澄心清意

澄心文化

阅读致远

东大教授世界文学讲义 ⟨2⟩

[日] 沼野充义
——编著——

王 凤
——译——

浙江文艺出版社
Zhejiang Literature & Art Publishing House

越秀译丛

总策划：李贵苍
   浙江越秀外国语学院外国语言文化研究院院长

主　编：许金龙
   中国社会科学院外国文学研究所研究员
   浙江越秀外国语学院大江健三郎研究中心主任

译　者：王宗杰
   浙江越秀外国语学院东语学院院长

　　　　王　凤
   浙江越秀外国语学院东语学院副教授

　　　　严红君
   浙江越秀外国语学院东语学院副教授

　　　　李先瑞
   浙江大学宁波理工学院外国语学院教授

　　　　石　俊
   四川省成都市翻译协会会员

序言：世界由语言构成

此前，我作为主持人先后邀请了六位嘉宾，分别从不同的角度就文学相关问题进行了对谈，本书就是在此基础上编辑而成的。根据对谈内容的不同，有时我会在开篇时做一个简短的讲解作为导入，有时则直接进入对谈环节。与本书意趣相同的前作《东大教授世界文学讲义1》的日文版已于2012年1月由光文社出版，本书是其续篇。不过，由于本书独立成册，没有读过前作的读者朋友亦不妨直接阅读本书。

与前作相同，本书收录的对谈内容均来自由日本出版文化产业振兴财团（JPIC）和光文社共同主办的连续公开讲座。该系列的讲座有一个总题目为《新·世界文学入门》，幸运的是，本书的对谈活动仍然迎来了不逊于前作的极有魅力的多位嘉宾，也终于在探讨现代世界文学的多种多样侧面的路上又迈出了新的一步。

经常听到人们笼统地用"现代世界文学"这个词，但其数量极其巨大且种类多样，我们没有必要被一种堂吉诃德式的愿望紧紧攫住，试图去把握其全部。现代世界文学理论的旗手之一、斯坦福大学教授弗朗哥·莫莱蒂①曾说过，现在的世界文学从数量上来说实在是非常庞大，一个人无论多么努力读了多少的书，也不过是杯水车薪而已。我完全赞同他的看法，想要把整个的世界文学一网打尽是不可能的。但即便如此，我也仍然想要跟大家一起探索尽可能多的领域，因此，本书请来了俄罗斯文学研究者龟山郁夫先生、法国文学研究者野崎欢先生、美国文学研究者都甲幸治先生等所谓的"外国文学的专家"们，请各位分别担任了相关国家的文学向导。只是，刚才之所以用了"所谓"一词，是出于以下理由——在现代社会中，大家在各自的"专业领域"内闭门造车已经是不可能的了，所以我们的对谈也必然不仅超越了国家的界限，还超出了文学这一领域，扩展到音乐及绘画。借用瓦尔特·本雅明②评论巴黎时所用的关键词，就是，我们每个人在某种程度上都是世界文学的"漫游者（flâneur）"。那些更健壮的人们则可以更野蛮一些，做一做"游牧者（nomade）"也不错。

---

① 弗朗哥·莫莱蒂（Fran Moretti，1972— ），斯坦福大学英语和比较文学教授，美国当代知名文学教授，创立斯坦福文学实验室，凭借论文集《远读》获得美国"全国图书评论界批评奖"。
② 瓦尔特·本迪克斯·舍恩弗利斯·本雅明（Walter Bendix Schoenflies Benjamin，1892—1940），犹太人学者，出版有《发达资本主义时代的抒情诗人》和《单向街》等作品。本雅明借由十九世纪巴黎诗人波德莱尔所创造的都市"漫游者"形象，是指在现代性的催化下产生，居于人群中，不断巡游和张望，并以此对资本主义的完整性进行意向性抵抗之人。

此外，本次对谈活动还邀请了三位作家，一位是多和田叶子女士，她兼顾日语和德语，在两者之间开展了诸多越境创作的探索，再一位是用日语进行小说创作的中国人杨逸女士，此二位代表了现代文学的越境性倾向。还有一位是在日本国内，尤其是在年轻读者中有着极高人气的绵矢莉莎女士。三位作家分别就各自不同的文学创作过程做了分享。

以上对谈的嘉宾当中既有研究者，又有翻译家、作家，在超越了不同职业的界限、与各具魅力的诸位嘉宾对谈的过程中，我再次感受到了语言表达所带来的喜悦。波洛涅斯问哈姆雷特在读什么时，他回答说"语言、语言、语言"，我们也是如此。即便看上去我们所持有的文学观点和风格有时是多么错误荒谬，以及无论我们所使用的日语、英语、法语、德语、俄语、汉语等语言有着多大的不同，归根结底，我们还是经由语言（必要时就以翻译为媒介）而连接在一起。

与前作一样，本书也是通过与嘉宾的对话，就诸如世界文学的现况如何、这个世界上有哪些值得关注的有趣书籍、应该如何去阅读等话题尽可能地进行通俗易懂的解说。就我自己来说，到了这么大的年纪了还常常会迷途不知返。但是，如果这本书能够像地图册一样，给那些今后要去到世界文学的原野中冒险的读者们提供一点点帮助，就再也高兴不过了。不不，或许不如说"让我们一起踏上迷途吧"更合适。如果再用一下"漫游者"的比喻，还可以这么说——在世界文学的原野上，可能并不存在这样一个地方，说到了那里就意味着到达了终点。而是，轻松地漫游于世界文学的原野之上，在四处游荡的旅途中，可能会在某个意外之处看到美丽的花儿，又或捡拾到别人丢失的不可思议之物，这样的过程本身才是更重要的。也可能会有那种命中注定的相遇，一生命运就此决定，但你并不会知道那一刻将于何时来临。归根结底，这正如我们自己生命的样子。

最后，谨向在本书编辑出版的过程中给予了大力支持的各位朋友致以衷心的感谢。若本书有什么有趣及可取之处，不消说，绝大部分都是对谈嘉宾们的功劳。此外，还要感谢策划了本次连续对谈的主办方出版文化产业振兴财团的各位，以及积极推动本次对谈顺利进行的驹井稔先生、前嶋知明先生等光文社的诸位，没有大家的全力支持，将不会有本书的面世。同时，今野哲男先生对冗长的对谈内容进行了非常棒的整理，谨表示衷心的感谢。

沼野充义

2013 年 8 月 30 日

目录

翻译家·外国文学研究家篇

第一章 重新思考陀思妥耶夫斯基
——龟山郁夫与沼野充义的对谈

东日本大地震与"世界文学" / 001

在"3·11"与"9·11"的夹缝之间 / 003

乡愁(nostalgia)是一种无法分割的连续性的存在 / 011

"Тоска"这一俄语词的细微含义 / 016

陀思妥耶夫斯基的乡愁(nostalgia)是一种怎样的情感 / 023

什么可以将物哀(もののあわれ)和"aura"二者连接起来？/ 028

像跟踪狂一样把物哀(もののあわれ)偷回来 / 031

震灾发生后如何写作才是可能的？/ 036

俄罗斯文学的底气 / 040

第二章 "美丽的法语"将去向何方
　　——野崎欢与沼野充义的对谈

法国文学从何处来，又将往何处去 / 043

"法国文学"曾是日本精英阶层专属的外国文学 / 049

文学原本的乐趣 / 053

法国文学的自信心动摇了吗？/ 057

法国式矛盾：人权宣言由"美丽的法语"写成 / 062

法国文学在日本曾具有一种特权性地位 / 068

异乡人（etrange）的谱系 / 071

"美丽的法语"的将来 / 074

例外者的谱系 / 079

有关纯正的法语和如何翻译的问题 / 084

普鲁斯特硬朗的文体，翻译成德语就变得很普通 / 088

由翻译文学筑就的"世界文学" / 095

电影与文学之间的理想关系 / 097

第三章 作为"世界文学"开端的美国文学
　　——都甲幸治与沼野充义的对谈

活在多声部的语言情景中 / 103

小讲座第一部分：明治时期的"世界文学" / 108

小讲座第二部分：以英语写成的"世界文学" / 111

明治时期以来的日本与日语 / 117

多声部的语言情景其实在日本也是有的 / 123

所谓"世界文学"的问题,并不仅仅是语言的问题 / 129

洛杉矶是墨西哥的第二大城市? / 135

从中体验文学之美、了解"世界文学"为何物

——都甲幸治和沼野充义各自推荐的10本书 / 142

哪怕有错译之处,有翻译作品可读仍然是一件幸福的事 / 154

不知道不为错,明明不知道却以为自己知道才是最危险的 / 158

作者篇

第四章 在太宰治与陀思妥耶夫斯基的作品中都能感受到的某种相同的气息
——绵矢莉莎与沼野充义的对谈

这里也有"世界文学" / 165

什么是"以日语写成的世界文学" / 168

在太宰治与陀思妥耶夫斯基身上都能感受到某种相同的气息 / 175

人物有了自己的意志,小说写到一半书名就确定了 / 184

"芥末的气味猛地钻进了鼻子里来"这一日语表述的困难之处 / 193

绵矢莉莎的读者群体 / 196

绵矢风格的小说创作方法 / 205

如何描写那些激烈的情感 / 213

第五章　以日本语，写中国心
——杨逸与沼野充义的对谈

亚洲文学的世界性 / 225

作为一种微妙的异物的日语的魅力 / 228

通往世界文学的两条道路 / 231

同样是汉字，却又如此不同 / 236

用日语写作的乐趣 / 242

对我来说，既无圣地也无圣人 / 246

"砸锅卖铁让孩子上大学"这个说法 / 251

自己与食物、酒、文学这三者的关系之比较 / 257

读了翻译作品才会明白翻译的局限与世界文学的力量 / 260

杨逸推荐给年轻读者的三本书 / 267

文学需要幽默和讽刺 / 271

第六章　走到母语之外的旅行
——多和田叶子与沼野充义的对谈

在一次次的移动中写作 / 277

"去·边界"的现代意义 / 279

流亡者生存在看不见的"起点"与看不见的"终点"之间 / 283

日本作家对日本文学的回归等问题 / 287

关于语言的向心力和离心力 / 290

《不着边际的故事》：身处被动状态反而带来了自由写作的可能 / 293

在我自己之外还有一个我的意识,有时它会看着这个我发笑 / 299

多和田的两种创作方式 / 304

有过翻译经历后才明白的事 / 307

翻译需要时间和精力 / 313

哈姆雷特之海(Hamlet No Sea) / 317

给学术界带来新鲜的空气 / 321

当内心处在一种无思无虑的状态时,最能专心写作 / 326

写在最后
——还是要拥护文学 / 332

附记 / 346

翻译家·外国文学研究家篇

第一章
重新思考陀思妥耶夫斯基

——龟山郁夫与沼野充义的对谈

东日本大地震与
"世界文学"

龟山郁夫（kameyama ikuo）

1949年出生于枥木县，东京外国语大学前校长。现任名古屋大学校长，东京外国语大学名誉教授。研究领域为俄罗斯文化、俄罗斯文学。毕业于东京外国语大学外语系俄语专业，后取得东京外国语大学外语研究科硕士学位，东京大学人文科学研究科博士课程学分修满退学。其研究成果除了陀思妥耶夫斯基相关的研究成果之外，还有围绕苏联斯大林体制下的政治和艺术的关系发表的众多论文和著作。已出版的书籍有《复苏的赫列勃尼科夫（Velimir Khlebnikov）》《十字架上的俄罗斯》《狂热与幸福感》《陀思妥耶夫斯基弑父的文学》《〈恶灵〉想成为神的男人》《大审问官斯大林》《陀思妥耶夫斯基共苦的力量》《〈群魔〉解谜》等。译著有《卡拉马佐夫兄弟》《罪与罚》（以上两册原著作者均为陀思妥耶夫斯基，光文社古典新译文库），《白痴》（同上，近期刊行），《新译地下室的记录》（同上，集英社）。

第一章 重新思考陀思妥耶夫斯基

在"3·11"与"9·11"的夹缝之间

沼野：（首先请允许我介绍一下这次对谈的缘起。）2012年，《东大教授世界文学讲义1》的日文版由光文社出版，其中收录了我主持的几场对谈的内容，其中有一场龟山先生也参加了。之所以又企划了今天的这一场对谈，就是想对这本书的内容做进一步的讨论。首先请龟山先生来讲一讲，读了这本书之后他觉得有哪些有趣的地方，或者不满意的地方，我也希望能从龟山先生的感想当中找到本次对谈的一个方向性。

龟山：听起来我肩上的责任重大呀。

《东大教授世界文学讲义1》的日文版非常有趣，我一口气就读完了。印象特别深刻的一点是，该书的第一篇对谈，是从沼野先生的这样一个是问题又不是问题的提问开始的："夏目漱石到底是哪国的作家呢？"听众朋友或者读者们肯定会想，夏目漱石当然是日本作家了，因此当这样一个问题被正儿八经提出来时，就引发了大家的思考——问题的答案是什么呢？而这样问的意图又在哪里呢？

这一提问背后，其实隐含着一个现代社会特有的、终极性的疑问，即，一个人、一个作家，他仅仅只是活在一门语言、一种文化中吗？接下来，话题从有英国留学经历、曾经使用英语创作的夏目漱石开始，又扩展到以《撒旦诗篇》（五十岚一译、新泉社,1990年)为人们所知的萨尔曼·鲁西迪①,由此讨论了生活在现代社会的作家们的内心世界,除了他们在写作时所用的语言,怎么说呢,话题还涉及了他们内心深处的独白絮语,是一场有关多语言、多元文化的讨论。

开篇的对谈中首先登场的是作家利比·英雄②。可能有的朋友比较了解他,利比先生是一位美国外交官的儿子,少年时有在日本生活的经历。他还是一位有名的《万叶集》的研究者,现长居日本,经常来往于日本和中国、美国之间,并作为一位非以日语为母语却又以日语进行创作的作家,活跃在日本文坛。在这次对谈中,利比先生提到了出生于印度而后移民英国的作家萨尔曼·鲁西迪的这样一桩逸闻。有一天,鲁西迪身边的一位朋友对他说:"你现在也是个英国人了,应该像一个英国人那样思考。"鲁西迪不客气地反驳了他,说,现在的世界是一个多民族共存的世界,我身上有英国和印度两种文化的印记,现在你让我丢弃其中一个只留下另一个,我做不到的。我哪一方都不选,会同时背负着这两种文化的影响,继续我的写作。也就是说,重要的不是在两者当中做一个二选一的选择,而是应该好好正视这样一个事

---

① 萨尔曼·鲁西迪(Salman Rushdie),爵士,1947年6月19日出生于印度孟买。其作品风格往往被归类于魔幻写实主义,1981年发表的《午夜之子》获当年的布克奖,2008年入选《泰晤士报》评选的"1945年以来50位最伟大的英国作家"第13位,著有《羞耻》《撒旦诗篇》等。
② 利比·英雄(Ian Levy),日语小说作家、日本文学家,1950年11月29日出生于美国加利福尼亚州,是目前日语作家中极少见的非以日语为母语却又以日语进行创作的作家,父亲是犹太人。其父亲为外交官,因此他从小在美国、日本等地不断移居并接受教育,最后毕业于美国普林斯顿大学并在该校获得博士学位。——译者注

实，即，我这个人的精神世界里面，同时存在着两种不同种类的语言和多个不同的文明。——在我看来，鲁西迪的思考超越了只是"生存在一种与自己出身的文化不同的异文化中"这样一个阶段，而达到了"认识到原本自己的里面就内化了多种文化这一事实才是重要的"这样一个高度。

从这一点来说，我觉得自己是一个特别落后的人。我是学俄语的，当年从东京外国语大学毕业后进入东京大学研究生院读书，沼野先生比我年纪小，那时就感觉他外语能力很好，对多种不同的文化都有很深的研究。而我自己怎么样呢，语言表达能力差，腼腆内向，整个人都很紧绷。也因为性格内向的缘故，特别不擅长在人前讲话，俄语和英语就不用说了，就连用日语也不能好好表达。对我这样一个人来说，听了沼野先生、利比先生以及鲁西迪先生所说的"自己的精神世界里存在着两种不同的文明"这句话，感到非常佩服，心里想，如果可能的话真希望自己也可以变成这样的人。说老实话，即便是现在鄙人也还远远没达到这样一个境界。这一点就暂且不提，今天，我想从另外一个角度对这个话题做一点展开。

"3·11"大地震发生近5个月后，也就是去年（2011年）8月，我去了纽约，参观了十年前，即2001年9月11日恐怖袭击事件的发生地，位于曼哈顿的世贸大厦遗址。以这件事为契机，我有了一个非常意外的体验，即，我发现自己的内在世界也同时存在着两种不同的文明。

当时我正在翻译陀思妥耶夫斯基的《群魔》，有一个很强烈的愿望，希望这本书的最后一卷能够在美国恐怖袭击事件所发生的那个日期——9月11日出版。为什么会有这样的想法呢？因为这个事件，对于我最终决定将自己的研究课题从斯大林时代的文化研究转向陀思妥耶夫斯基起到了重要的推动作用。我的大学毕业论文写的也是《群魔》，所以就希望在与"9·11"事件相关的9月11日这一天，完成该书的新译本的出版，那么写后记的时候还可以加入一些曼哈顿旅行记的内容。当时的我，对这一点还是有挺深的执念的。所以就想，如果能到纽约去一趟，站在世贸大厦遗址上，在那里感受到一些强烈的激发灵感的讯息就好了。

但是，实际去到那里以后呢，与想象的完全不同，我并没有什么特别的感触涌上心头。眼前就是世贸大厦遗址，我看着，也只是呆呆地立在那里，没有什么特别的感觉。那时候就想，对我来说，"9·11"事件或许不过只是别人家的事。而且，那时我竟不知不觉地开始回想起日本的东北大地震，我想，此刻自己在世贸大厦遗址所体验到的这种虚无、悲伤，倒不如说正是来自自己作为日本人的那一种身份认同——察觉到这一点时，我的内心受到了极大的冲击，但这种冲击与我之前所期待的那种是完全相反的。

当年得知美国发生了恐怖袭击事件并有近3000人死亡时，我非常震惊，几乎觉得这个世界要完了。而一旦真的站在那里，脚下就是世贸大厦遗址，却什么特别的感觉也没有涌上来。我所感受到的，只有对彼时日本所处的孤立无援的困境的担心，看着眼前的世贸大厦遗址，我甚至还感到了一丝羡慕。同时也觉得后背发凉，害怕自己回到日本后，这种不安还会再次向我袭来。

此后，我返回了日本。当时，其实有个去中国的行程已经确定下来，就在纽约之行的下个月。那是北京外国语大学建校七十周年的聚会，彼时我跟研究日本文学的中国学者们围坐在一起吃饭聊天，亲身体察到，他们对这次日本的地震、洪灾以及核泄漏事故表达了很深切的同情。这可能因为他们是学日语的，对日本的感情之深厚远超一般人。但是，看到他们的情感超越了国界，对日本所经历的不幸表达自己的悲伤之情，也对日本人所体验到的悲伤表达自己的同情心，我感到又惊讶，又温暖。

看着他们的样子，当时我心里就想，如果有什么不幸发生在日本以外的国家，我会像他们一样，体会着那个国家的悲伤、感受着那个国家的痛苦吗？有这样一个国家，我可以将它的不幸作为自己的一部分体验与它共同经历吗？这样问自己时，我猛然发觉，"啊，对我来说就是俄罗斯了"。

以前我曾经有过这样的一种体验，在听到那首据说是二战中有2000万人死去时被创作出来的俄罗斯国歌①时，我的心被揪得紧紧的，有一种难以名状的悲伤。那种悲伤是如此之深切，忍不住会让我怀疑自己会不会是一个俄罗斯人，甚至是一个苏联人。那时我感到自己就像是有一种与俄罗斯人一样的身份认同，以至于在听到俄罗斯国歌时，就会想起那些唱着这首国歌死去的成千上万的人们。

在此之前，我一心以为自己只有一个身份认同，它如此之贫

---

① 目前俄罗斯联邦的国歌为《俄罗斯，我们神圣的祖国》，借用的是苏联国歌《牢不可破的联盟》的旋律，歌词已经过修改。

痒，我自己都难于启齿，但实际上并非如此。东日本大地震之后的那次美国纽约世贸大厦遗址之行，在某一个相反的意义上使我确认了自己作为日本人的民族认同，而之后的中国之行，又让我发现在漫长的从事俄罗斯研究的过程中，在自己的内心已经产生了某种类似于俄罗斯人的身份认同。就这样，我意识到在自己的内心，有这样两种文化、两种文明是同时存在着的。因此，在读到沼野先生您的书时，最先画线标注出来的地方，就是刚才谈到的、利比英雄转述的鲁西迪的那段话。

《东大教授世界文学讲义1》日文版，通篇都在讨论人的身份认同，作家的身份认同。沼野先生这些年在自己的工作中所体会到的那些精华，都凝结在这本书里了。比如说，读了这本书以后，我明确地感受到了"超越 J 文学，通向 W 文学"[①] 这一与现代日本的课题紧密相关的鲜明的问题意识，对沼野先生非常佩服。

换个话题哦，这本书里还提到了村上春树，可以看出，沼野先生对村上春树的文学持一种矛盾的态度，其中有爱，也有讥讽。我觉得这反映了沼野先生独特的个性。更有趣的是，竟然置我先前的译本于不顾，说要请村上春树翻译陀思妥耶夫斯基。从沼野先生您的立场来说，转译应该是绝对不予认可的，但在书里您说，若是由村上来翻译《卡拉马佐夫兄弟》，由英文版进行转译也是可以的，而且说，沼野先生您自己可以根据俄语原著对译文进行最后的审校工作。这些话里，可能也暗含了对我所译的

---

① 此处 J 文学意指日本文学，W 文学意指世界文学。

《卡拉马佐夫兄弟》的批判吧。

沼野：你想太多了。

龟山：哈哈，好吧，这个就暂且不提了。实际上以前我也想过，读一读由村上春树翻译的《卡拉马佐夫兄弟》也不错。如果借沼野先生之力能实现这件事，那就好玩了。这个话题很有趣，也是与多语言、两种文化、两种文明这些议题有关系的。

那么，我就先说以上这些。有关"3·11"东日本大地震的内容，稍后会再做补充。

沼野：非常感谢。刚才龟山先生的发言，提到了很多重要问题。当我们思考有关"3·11"的问题时，无论如何都不可避免会想起之前的"9·11"啊。两件事发生的日子也很奇特，难免会去比较，或者说提及它。

"3·11"之后日本的作家都有哪些创作呢，关于这一点，我曾在《东大教授世界文学讲义1》日文版的后记中有所提及。例如古川日出男[①]很早就写成了《马儿们呀，即便如此，光芒仍然是无瑕的》（新潮社，2011年7月）这部长篇作品——当然作为长篇来说是比较短的。

古川的老家是福岛县郡山市，福岛的核泄漏事故发生后，他

---

① 古川日出男（ふるかわひでお，1966— ），日本小说家、剧作家，2002年凭借《阿拉伯夜之种族》获日本推理作家协会奖、日本SF大奖，2016年凭借《三百女人的叛变之书》获读卖文学奖。

坐立不安，就像被一股自杀冲动驱赶着一般，他开车到了福岛核电站的旁边。他的这部长篇，开始是以非虚构的形式记录了那时的所见所闻，但接下来很突然地，他以前的小说《圣家族》中的一个人物出现了，他跟其他的人们一起，坐车来福岛参观。这部小说的写法很不可思议，虚构与非虚构的情节混杂在一起，描述了核泄漏事故发生后古川想了什么做了什么，而其中的时间顺序也是被打乱了的。为何要在这里提到古川的这部小说呢？其中有一个原因是，去年（2011年）5月份的黄金周连休期间，跟龟山先生一样，我也去了一趟纽约。

这是我大学的同事、翻译家柴田元幸组织的一场活动，主要就是日本作家去到纽约，在纽约展开一场对谈。除了古川以外，作家川上弘美也去了，他们两位及柴田都写下了自己参观世贸大厦遗址时的诸多感慨，那时就提到了这个视角，即，可以对"3·11"事件和"9·11"事件进行一下比较。其中古川的笔触是相当谨慎的，即便当时置身于这一举世瞩目的惨剧所发生的地点，他也没有要指责谁、追究谁的责任等想法。但是，对他的这一表现，我自己是有感到些许不舒服的。毕竟人祸与天灾有很大程度的不同，我们应该对事件的责任予以讨论。虽说引发"9·11"事件的直接的罪魁祸首是恐怖主义分子，但能把恐怖主义分子逼到这个份儿上，美国文明的责任同样也不小。文化研究理论家艾米莉·阿普特曾说过，这一事件是两种不同文化之间"翻译"失败的结果，对此我是基本同意的。

另一方面，就"3·11"事件来说，地震和海啸都是天灾，不可能是对日本持敌对态度的某个人的阴谋（科幻小说的世界里，倒是会出现那种可以人工制造地震的秘密武器等情节）。但是，明知道这片狭小的国土会发生地震和海啸，却并未对此类灾害进行充分的准备，这是日本人——不说全部是日本政府的责任——自己引发的人祸。至于此后继发的核泄漏事故，则只能说全部都是人为的灾难，其责任在那些在日本的国土上推行核电站建设的政治家、官僚、技术人员以及产业界人士，这一点已经太清楚明白了，不应该对此持和稀泥的态度。

我确实并不觉得，此前在日本推动核电站建设的人全都是罪大恶极的坏人。可能有人会觉得我的这个感受太过于文学了，其中可能也有一些有良心的政治家和官僚，他们是真心觉得核电站建设对日本来说是一条好的道路，才为此努力奋斗的。但是，如果这一猜测是真的，当这些人看到自己认为是好的事情却给日本带来了如此巨大的灾难性后果时，内心会万分悲痛吧——正如人们常说的，通往地狱的道路都是由善意铺就的——那么，作为一个人当然就该彻底反省，将自己的全部财产用于对受灾者的救援，并将自己的余生所有的时间用来纠正核电站建设政策的错误。但在目前我所知的范围内，这样的人一个也不曾有。所以我想说的是，在每一个具体的情形下冷静地追究其中的责任所在，是绝对必要的。而现在日本的政治家们呢，他们一味装聋作哑，并没有认真去做这件事。所以说，在这种情形下文学家可做的事情就很多了。

乡愁（nostalgia）是一种无法分割的连续性的存在

沼野：换个话题。圈内人都知道，龟山先生是一位超级音乐通，他自己也拉大提琴，对肖斯塔科维奇等俄罗斯音乐家也很熟悉。最近他还出版了《我为何喜欢柴可夫斯基》（PHP新书，2012年）一书，因此我们在这里绕个道儿来聊一聊音乐的话题，看看会有什么新发现。

刚才龟山先生提到了纽约、多文化、俄罗斯等话题，现在再把音乐放入其中时，我想到了一件事。日本作曲家山田耕筰①，曾经在俄国十月革命之后的1919年，在纽约见到了苏联作曲家普罗科菲耶夫②。当时的普罗科菲耶夫名声如日中天，已经是一位创作了大量二十世纪新音乐的世界级作曲家。山田见到他后，两人之间也有过一场对谈，而地点就在纽约。也很是耐人寻味啊。这场谈话，正是两种文化的相遇，也是一种对决。

山田著有《我所认识的现代大作曲家》（大阪每日新闻出版社，1924年），是一本珍贵的见闻交友实录，其中就提到了这件事。书在内容上多少有些炫耀的成分吧，而且普罗科菲耶夫跟山田是用英语交谈的，但山田是否有这样好的英语能力可使他与对方讨论这么艰深的话题，也是一个问号。但不管怎么说，如果书中的内容是可信的，普罗科菲耶夫的态度就实在是太傲慢了。他毫不客气地断言说，日本人根本不懂音乐。这让山田很是来气，也展开了强势的攻击，说了下面的话——虽然外界都在赞赏你创作了那么多具有创新性的音乐，但你的创新，其实是建立在欧洲

---

① 山田耕筰（やまだ こうさく，1886—1965），日本知名作曲家、指挥家，日本交响乐协会（现NHK交响乐协会）创始人。
② 谢尔盖·普罗科菲耶夫（Сергей Сергеевич Прокофьев，1891—1953），苏联著名作曲家、钢琴家，1947年获俄罗斯联邦人民艺术家称号，1957年被追授列宁奖。

音乐悠久的历史传统之上的,有传统,才有所谓创新。以欧洲音乐的传统为前提,并在此基础上做出一些改变,就是创新了,这并不难。相较而言,我们日本人就……在这里山田说了什么呢,接下来我们引用一下他书中的内容。

> 打破形式之束缚、进行个人的自由表达,这说法听起来真是很现代呢,但我并不觉得这事有什么特别的。比较一下我自己和普罗科菲耶夫两人在这一点上的处境,我甚至会对他感到同情,因为他正处在一种注定要为这一状况感到焦虑的位置上。也就是说,对于身为日本人的我来说,西方音乐不是因循守旧的东西,这与普罗科菲耶夫的处境大不相同。因此我们日本人其实是处在一种崭新的立场上,不会为什么 tradition 烦恼。也因此,无论是巴赫还是斯克里亚宾①,我可以对以前所有时代的作品都同时进行观照,而并不带任何先入为主的成见。

这一段话说的意思是,普罗科菲耶夫站在欧洲音乐的传统之上,满嘴说着"创新""创新",这并没有什么了不起的。日本人是在没有受到西方音乐传统熏陶的情况下,一下子同时接触到了所有类型的音乐,无论是巴赫,还是斯克里亚宾,也不管谁在先谁在后,在某个时期所有的西方音乐同时涌入了日本。而这一

---

① 亚历山大·尼古拉耶维奇·斯克里亚宾(Alexander Nikolayevitch Scriabin, 1872—1915),俄罗斯作曲家、钢琴家,代表作有三部交响曲、管弦乐曲《极乐之诗》等。

体验之剧烈，只有日本人感受到了，西方人并不了解。

文化的碰撞，或者说不同视角的碰撞催生了一些新事物，山田耕筰和普罗科菲耶夫的相遇和对话正体现了这一点，而这个过程没有发生在二十世纪初期的俄罗斯，也没有发生在日本，却是发生在纽约。这一音乐逸闻虽然与刚才龟山先生提出的话题不尽相同，但也非常有意思。

龟山：山田耕筰于1913年在莫斯科听到了斯克里亚宾的音乐，在他回国后不久，就传来了斯克里亚宾去世的消息，此后，深为斯克里亚宾音乐倾倒的山田写下了一些钢琴曲，就像是模仿斯克里亚宾的音乐创作一样。山田有一首名为《神风》的民族主义色彩的作品，是为交响乐团而作的，其中也使用了斯克里亚宾的手法。为何山田耕筰这么喜欢斯克里亚宾呢，我想到的一点是，可能因为山田很不喜欢普罗科菲耶夫的缘故。斯克里亚宾和普罗科菲耶夫，这二人有着很大的不同，我觉得，一定是山田在斯克里亚宾的作品中感受到了一些特别的什么。

在《我为何喜欢柴可夫斯基》一书中，我采用了某些情况下在文学等其他领域才会用的一种手法，即，把俄罗斯的音乐分为"狂热的音乐"和"充满乡愁（nostalgia）的音乐"① 两种，然后以这种分类的方式，对一些乐曲进行了重新定位。

有动有静，方成音乐。作品中某些部分是静止的，某些部分是动态的，而一首作品要成立，这两种要素都必不可少。我有一

---

① 日语原文为ノスタルジア，英语nostalgia，翻译时处理为nostalgia（乡愁）。

个假说，即无论是斯克里亚宾还是十九世纪俄罗斯的其他音乐家，在安静的、静态的音乐中，都糅进了某种类似"乡愁（nostalgia）"的情感。如果，在这种类似"乡愁（nostalgia）"的音乐的另一极，又出现了某种"狂热"的音乐，那么这种风格的出现，会有怎样的文化史上的根据呢？在书中我对此进行了探讨，文风多少艰涩了些，我也是思来想去费了很大的劲儿才写出来的，风格上倒与"PHP新书"① 不像了。

那时我想，普罗科菲耶夫到底是属于前卫派，作曲时多用断裂，或者说切断曲子的节奏这一手法。与此相对，山田耕筰所作的曲子则一以贯之地有一种连续性，有始有终，如《红蜻蜓》中氤氲的乡愁（nostalgia）之感就是这样的。斯克里亚宾也是如此，就如将人的灵魂分为了两半，但却并非一刀两断，而是藕断丝连，其中所有的表达都是在音乐作为其自身的完整的连续性中完成。可以说，他是在避免自己的音乐中有断裂的发生。

这种对连续性的追求，在俄罗斯东正教的精神中也可以看到，或许山田耕筰就是被这一点吸引了。如刚才沼野先生所说，即使面前的是有着长久历史传统的西方音乐，山田也可以不带任何偏见地去欣赏。从某种意义上来说，山田处在了一种特权性的位置上。很多没有被同时代的人们所接受的音乐，却可以翩然而入山田的内心——也许曾经有过这样一些奇迹般的瞬间吧。

话说，山田和普罗科菲耶夫是在哪一年认识的，你还记

---

① "PHP新书"，日本PHP研究所出版的以普通上班族为主要阅读人群的科普类图书。内容多具有实用性且通俗易懂。

得吗？

沼野：山田结束了他在柏林的留学生活后，就回到了日本。在那之后吧。当时普罗科菲耶夫不在俄罗斯，在其他国家。

但在那之前，山田耕筰遇到了斯克里亚宾的音乐，受到了强烈的震撼——我觉得，这件事还是有其特殊意义所在的。读过山田的自传就会知道，他有很高的音乐才华，在当时的日本人中格外突出，为了可以更全面地学习西方音乐，他愤然到欧洲留学，所选的第一个城市就是德国的莱普士。在那里他学习巴赫、贝多芬的作曲方法，但同时也遇到了一个难题。现在说起来倒也好理解，就是，他意识到，西方这些音乐很难完全融入到日本人的血肉当中，作为日本人去学习西方音乐是有局限的。东西方两种音乐之间有着难以超越的、根本性的不同。此后，在留学回国的途中经停莫斯科时，他偶然听到了斯克里亚宾的钢琴音乐并为其深深折服。我认为，之所以会这样，正是由于斯克里亚宾的音乐并非是那种正统的西方音乐，山田从中感受到了一些连接东方和西方的要素。也就是说，对山田耕筰来说，俄罗斯音乐成为了一种连接东方音乐和西方音乐的非常珍贵的存在。实际上在那之后，不只是斯克里亚宾，还包括肖斯塔科维奇等人的音乐在内，山田积极地将俄罗斯音乐的最前沿的东西介绍到了日本，在日俄两国的音乐交流中发挥了重要作用。

"Тоска"这一俄语词的细微含义

龟山：有关纽约的话题，在这里我想补充一点。"9·11"事件以后，我出于好奇心想看一些现场的视频，于是在视频网站上找了一些，诸如飞机撞向世贸中心大楼的，有人从大楼窗户跳下来的，还有用CG①合成的撞击大楼那一瞬间两架飞机内部情景的，等等，看了很多这样的视频。

其中有一个视频，是由一个年纪较大的女人和她女儿及看起来像是女婿的男人拍的双子塔崩塌的瞬间，画面极为震撼而有戏剧性，视频中该女人一次又一次地喊着："我的天！上帝啊！"

她的喊叫声，随着大楼的崩塌变成了带着哭腔的声音，那种哭泣听起来很不寻常，就像世界末日来临了一般凄惶。听着那个声音，再看到大楼崩塌倒地的画面，我忍不住也哭了。这样以视频的方式体验了双子塔的悲剧，十年后又经历了"3·11"东日本大地震，我想我的这双眼睛已经看过了超出某种极限的惨痛画面。在以自己的双眼见识了这么多的事情之后，我就觉得，今后无论遇到什么事，可能也不会有比这更恐怖、更诡异的场景了。那么，耳朵又怎么样呢？"3·11"东日本大地震后，我们的耳朵又体验到了什么呢？实际上《我为何喜欢柴可夫斯基》一书的写作，背后是有这样一种个人兴趣和问题意识在里面的。原本我就在思考的"乡愁（nostalgia）"这一与连续性有关的问题，在"3·11"之后，对我来说变得尤为迫切。

实际上，刚才说我想补充一点时，与"乡愁（nostalgia）"一起，"Тоска"这个俄语词也浮现在我脑海中。关于这个词的意

---

① Computer Graphics，计算机动画的英文缩写，是通过计算机软件所绘制的一切图形的总称。

思，我想请沼野先生来说明一下。

沼野：好的。在众多的西方语言中都可以见到的"乡愁（nostalgia）"是一个来源于希腊语的新词，俄语中原本是没有这个词的。如果要在俄语中找一个意思相近的，就是"Тоска"。日本人根据罗马字母的发音读出来，就成了"To Su Ka（トスカ）"，自明治时期就为人所熟知，北原白秋也用过这个词。说到 To Su Ka（トスカ），可能很多人会想起意大利普契尼①作曲的歌剧《托斯卡》，实际上这两个词也确实经常被弄混，但歌剧中 To Su Ka（トスカ）是一个意大利人的名字，完全不是一回事。

"Тоска"一词，被认为可以很好地表达俄罗斯人特有的内心世界。葡萄牙语中有一个常用词"saudade"，有乡愁、憧憬、思慕等含义，"Тоска"的意思与此相近，指的是俄罗斯民族特有的那种感觉、情感、精神状态。翻开俄日词典，其释义有"忧虑""忧愁""无聊"等，但实际上这些词无论哪一个都无法很好地把俄语的那个感觉翻译出来。

契诃夫有一部短篇小说的名字就直接用了"Тоска"这个词。这里跟大家多说一句，虽然龟山先生现在是以陀思妥耶夫斯基的译者而扬名，但他年轻的时候对契诃夫也很有兴趣，还写过关于契诃夫的论文。

契诃夫的这部名为 *Тоска*② 的短篇，书名的日文翻译是什么

---

① 贾科莫·普契尼（Giacomo Puccini，1858—1924），意大利歌剧作曲家，代表作有《波希米亚人》《托斯卡》与《蝴蝶夫人》等。
② 契诃夫的这篇小说，中文译为《苦恼》。

呢?《闷闷不乐的虫子》。现在的年轻人是很少用这样的说法了，但其实高尔基也有一部题为 *Тоска* 的作品，明治时期二叶亭四迷将其译为了《闷闷不乐的虫子》。据我所查阅的一些资料发现，这就是"Тоска"最初的日文翻译的用例，此后契诃夫的译者们也沿用了这一说法（《契诃夫全集》第三卷，中村白叶译，金星堂1934年；《新潮世界文学》第23册，池田健太郎译，新潮社1969年），而近年来的翻译也全都套用了这一译法（《契诃夫全集》第3册，松下裕译，筑摩文库，1994年）。

我曾翻译过一本《新译契诃夫短篇集》（集英社2010年出版），那时我大胆地改掉了这个在某种意义上来说已经约定俗成的固定译法，将其译为"せつない（哀愁）[①]"。我觉得这样比"闷闷不乐的虫子"的译法要易懂一些。就是说，在我的感觉中，"Тоска"的意思更接近日语的"せつない（哀愁）"。

俄罗斯人在说"Тоска"时，是处在怎样的一种情感状态呢？说起来，有点类似于一种非常强烈的忧愁——胸口揪得紧紧的，内心满是哀愁，再加重一点的状况就是一整天什么事都不想做，有时会觉得生无可恋，再严重的话甚至会想要自杀。因此俄语中会有这样的说法，"如此'Тоска'，一颗心都要揉碎了"，"如此'Тоска'，犹似灵魂碎裂"。不可思议的是，还有一种说法，"Тоска"的含义与上面的略有不同，比如"想念祖国时的'Тоска'""思念的'Тоска'"。

[①] せつない，日语词，有心碎、难过、哀愁之意。因原文讨论的是俄语"Тоска"一词，采用了不同的日语翻译后呈现的细微差异，为了防止混乱，此处在翻译时不做处理，保存了原来日语表达。——译者注

"想念祖国时的'Тоска'",是一种乡愁之念,有"nostalgia"之意,"思念的'Тоска'",指的是恋人不在身边无比想念的心情,多少有一种甜蜜、陶醉的意思在里面。

因此,"Тоска"有两个方面的意思,一个是指那种会把人逼到心都要碎了,或是什么也不想做甚至想要自杀、或是借酒消愁等状况的、具有极大破坏性的充满恐惧的精神状态;还有一个意思是,甜蜜地陶醉在对恋人的深切思念当中。

俄语的"Тоска"一词,就表达了这样一种复杂而矛盾的情感状态。所以说,这个词语不简单,足以让人感受到俄语,或者说俄罗斯文化的深奥与博大之处。

龟山:谢谢。正如沼野先生所说,"Тоска"一词的翻译是不容易的,它的含义很广,很难用日语的某个单词准确地表达出来,说,哎,就是它了。但反过来说,这也正反映了俄语中存在某种特殊的精神性、某种无法翻译的东西。我觉得,俄语中的这种精神性,与日语的"物哀(もののあわれ)"① 一词在某些地方是有关联的。

这点暂且不提,我觉得"Тоска"是一种民族性的遗传,是某种荷尔蒙分泌的结果,已经深深扎根于俄罗斯人的脑细胞中,是一种俄罗斯人特有的情感。如果把"思念祖国的'Тоска'"

---

① 日语中"物哀(もののあわれ)"是日本江户时代国学大家本居宣长提出的文学理念,也可以说是他的世界观,这个概念简单地说,是"真情流露"。本居宣长认为"物哀"在日本古典文学,特别是《源氏物语》中得到了很好的体现。

理解为"思念祖国的'せつない（哀愁）'"，那么它里面其实既包含一种痛苦，同时也有一种甜蜜之感。那么"Тоска"与"nostalgia"有何不同呢？"nostalgia"原本是一个合成词，是由"nosta（故乡）"和"algos（痛）"合成的，意思是思念故乡的痛苦之情，而之所以痛苦，是因为此生再无法踏上故土——它是有这样一个前提在的，因此或许可以说，它里面的甜蜜之感就没有"Тоска"那么浓烈。

最近一段时间以来，"nostalgia（乡愁）"一词成为了我个人的一个兴趣，天天琢磨它。说到其理由，还是与"3·11"东日本大地震有关。震灾发生后不久的2011年4月，世界三大男高音之一、西班牙歌唱家普拉西多·多明戈来日演出，在音乐会上演唱了日本的一首童谣《故乡》①。我当时也作为观众在台下听了，"从前曾追赶野兔的那座山"……《故乡》这首歌从来没有像那一次那样如此地打动我，我也再次体验到，它竟有如此震撼人心的力量，而同时我也感觉到，有一种类似民族主义的情感在那些跟我一起听他演唱的观众中蔓延。听到《故乡》这首歌时，音乐厅里几乎所有人都掏出手绢擦眼泪。从"nostalgia"这个词的含义来看，这背后，是所有人都有失去自己的家园和故土这一共同体验。现实中（由于震灾的发生）日本失去的虽然是东北地区，但这个东北地区，对当时在场的所有人而言都具有一种共通的象征性的意义。也就是说，失去了东北，对所有的日本

---

① 日文歌名为《ふるさと》，此处译为《故乡》。歌词第一段为"从前曾追赶野兔的那座山／从前曾钓过小鱼的那条河／至今依旧魂牵梦萦／难忘的故乡"。

人而言，就如失去了自己的故乡，再也回不去了。这一点用"从'nostalgia'这个词的含义来看"的词源来说，就是"algos（痛）"——人们所感受到的那种思念故土的痛。

音乐真的是一种很不可思议的东西，悲伤、美好等情感并不原本就包含在它里面，而是由听众自己所置身的情景所决定的。音乐自身不过是一些音符而已，而从中能产生怎样的情感，与听者内心的状态是密切相关的。

《故乡》这首歌所带来的美好感受，一部分是歌曲使听众在内心想到了"3·11"以后的日本人所置身的状况，以及经历的那些悲伤，同时也包含了人们在面对这种状况时无法言说的某种共有的情感。

从那以后，"nostalgia"这个词在我心里的分量就越来越重。而这之前，我觉得它所表达的是一种负向的情感、一种应该对之进行否定的、不应该有的情感。自从在音乐会上听多明戈唱了那首歌之后，我深深感受到，反而"nostalgia"才是一个人活着的证明，或者说，就像因无法再回家而伤心痛哭一样，带着某种痛苦忆起故土，这样一种情感其实才是生命活动的根本。

"3·11"东日本大地震后，应该说，我们日本人的内心发生了一些改变。我觉得，是对生命的思考发生了根本性的变化。如果说"nostalgia"这个词的里面就蕴含了这些内容，那么可以说，我逐渐开始感到，再也没有比体验到"nostalgia"这种情感更幸福的事了。

接下来沼野先生将如何继续这个话题，我很期待。

陀思妥耶夫斯基的乡愁（nostalgia）是一种怎样的情感

沼野：关于乡愁（nostalgia）有很多话题可以聊，不过今天对谈的题目里出现了陀思妥耶夫斯基的名字，所以接下来我想就陀思妥耶夫斯基谈一谈乡愁（nostalgia）。我想先请教一下龟山先生，刚才你所提到的有关乡愁（nostalgia）的含义，如果放到陀思妥耶夫斯基身上，会有怎样的发现呢？

龟山：这就跟《群魔》的翻译有关了。前段时间，我有机会与俄罗斯的一位研究陀思妥耶夫斯基的年纪跟我差不多的女学者进行了对谈。这一对谈收录在一本书里（《陀思妥耶夫斯基〈群魔〉带来的冲击》，收录在光文社新书，2012年出版），我为之写了后记，题目就是《寻找aura》。"aura"的意思，跟我们刚才的谈话中提到的日语词"物哀①"相近，本雅明是这样说的，比如有一个"东西"存在，当这个东西受到了某种灵性的作用时，"aura"就会出现，就像一个"光轮"一样，就是我们平时所说的"气场"。本雅明说，当看到一个"物品"时，如果你只能看到它的实体，当看到一个人时，如果你只能看到他的肉身，这就是没有"aura"的状态，是最糟糕的。也就是说，当你看到一个人时，能感觉到他身上的某种精神性的类似于"气场"的东西，并感受到某种来自这个"气场"的作用，这才是一个人应该有的样子。而《群魔》这部小说，探讨的正是失去了"气场"的

---

① 日语原文为"もののあわれ"，汉字写"物哀"意为"我"（主体，内在）与"物"（客体，外在）在情感上的共振。

作用的那样一群人的故事。用日语说,就是丧失了"物哀"的人。这样的一群人发起了革命。在这样一种思考的基础上,陀思妥耶夫斯基写了《群魔》。

因此,如何追回已经失去的"物哀""aura",也是《群魔》这本书隐含的一个题目。有关"aura"的丧失,用我的话来说就是"乡愁(nostalgia)"的丧失,《群魔》里在斯塔夫罗金回忆的部分对这点明确地做了表达。那些再也无法从他人那里获得灵性力量的人,——在书中,这样的人被描写为恶魔。

小说中有这样一个情节:斯塔夫罗金遍游欧洲,最后在一个名为德累斯顿①的城市看到了画家克劳德·洛兰②以希腊时代的爱琴海为背景画的一对恋人在一起时的幸福场景,画的名字叫《阿喀斯和伽拉忒亚》。

以前我也在德累斯顿看过这幅画,那时并没有留下什么印象。《群魔》的主人公斯塔夫罗金呢,跟陀思妥耶夫斯基一样,他先是观赏了这幅画,之后虽乘错了电车但还是回到了宾馆,吃完饭午睡时他做了一个梦,德累斯顿美术馆所看到的那幅画竟然带着一种"乡愁(nostalgia)"的感觉出现在梦里,彼时他忍不住热泪盈眶。

斯塔夫罗金失去的,是一种看到某个"もの(物)"后能

---

① 德累斯顿(德语:Dresden),德国萨克森州首府,德国东部仅次于首都柏林的第二大城市。
② 克劳德·洛兰(Claude Lorrain,1600—1682),法国著名风景画家,他的作品充分显示了画家对光线的敏感。代表作有《席维亚森林中射鹿的阿恩卡纽斯》等。

从中感受到"あわれ（情感的共振）"的能力。这是一种病啊。这种病，在现代精神医学中也是有命名的。抓住人的鼻子把对方拖倒，靠近对方的耳朵装作是跟他耳语却突然一口咬上去，等等，如果能够感受到对方同样作为一个人散发出的信息、气场，是绝对不会做出这样的行为的，而斯塔夫罗金呢，用陀思妥耶夫斯基的话说，他简直是"张牙舞爪"，毫无顾忌地胡作非为。在失去了自己的灵性的状态下，斯塔夫罗金遍游欧洲，希望自己可以终获拯救。最后，在漫长的旅行结束时，他遇见了那幅他称之为"黄金时代"的画，并在梦中梦到了它，那时他第一次流下了眼泪。就这样，斯塔夫罗金在梦中看到了已然逝去的黄金时代的乐园、自己永远都无法再回归的故乡，我觉得，这才是陀思妥耶夫斯基所说的"乡愁（nostalgia）"的原型。

刚才也提到了，我自己在大学二年级到四年级的时候读到了《群魔》，那时就想去看一下描绘了希腊黄金时代风景的《阿喀斯和伽拉忒亚》，后来真的去看了，但实际上我什么特别的感觉也没有。对照自己的这个亲身经历以及陀思妥耶夫斯基的作品来对"乡愁（nostalgia）"进行思考时，我就会有这样一种感觉，即，包括我自己在内，几乎所有的现代人都失去了那种生而为人很重要的能力，而这种能力可以带我们感受到某种灵性，透过具体的"もの（物）"去看到永恒。我觉得这是一个非常重要的、不可忽略的问题。

沼野：这真是一个非常有意思的话题。

有关"黄金时代"的描写，不仅在《群魔》中出现过，陀思妥耶夫斯基还在《少年》中借韦尔西洛夫之口提过，在他的短篇小说《荒唐人的梦》中也曾出现过。

这幅画所描绘的是三千年前的爱琴海，简而言之，其主题是回归。在《荒唐人的梦》中，陀思妥耶夫斯基对这个时代做了如下说明——那时候人们的心灵都纯洁无瑕，还不知现代科学为何物，也没有遭受"近代的自我"这种病的荼毒，有着非常纯粹纯真的灵魂。陀思妥耶夫斯基一直有一种想要回归那个时代的愿望。对此，可以说它表达的是对某个纯真时代的"乡愁（nostalgia）"，再扩展一下的话，也可以说它是一种对乌托邦的追求。

"黄金时代"所表达的，是一种希望回到过去的对乌托邦的追求，但俄罗斯还有与此不同的另外一种意识形态，它引发了俄国十月革命，而这种意识形态是指向未来的。从斯大林时代开始，众多的政治活动家们为了自己心目中理想社会的实现做了很多的努力，但这种指向未来的乌托邦理想最终还是失败了。而且是以一种非常悲惨的形式。

但是，俄罗斯人有关乌托邦的想象力，在二十世纪初期，指向过去的和指向未来的这两种乌托邦同时存在并互相竞争对抗，并且，从陀思妥耶夫斯基生活的时代开始就已经如此。陀思妥耶夫斯基所批判的革命家，我觉得他指的是那些忘却了过去一心只想追求未来的乌托邦的人们。

龟山：是的。乌托邦的俄语是"Утопия"①，意思是"现在的这个世界上所不存在的地方"。无论是指向过去还是指向未来，从某种意义上来说，人们对于"现在这个世界上所不存在的地方"都怀有一种强烈的憧憬，这是俄罗斯人内心所共有的一种情怀。这样想你就会意识到，对俄罗斯人来说，"乡愁（nostalgia）"这种情感的产生，或许与他们信奉世界末日预言、信奉《圣经》启示录的预言这一内在心性有很大的关系。

陀思妥耶夫斯基最初是向往社会主义的，在他25岁到30岁之间的那段时光，他整个的身心都为空想社会主义者傅立叶所深深吸引。但他所拥护的社会主义是一种充满浪漫主义色彩的东西，完全不是所谓的唯物论。他心中的社会主义，是能够为来自世界的影响，或者说共产主义、原始的共产主义提供保障的。有人说在《群魔》中他预言了二十世纪"斯大林时期"的到来，其实对陀思妥耶夫斯基来说，灵性共同体与自己的社会主义理想是同一种东西。他一直都不曾有那种冷峻的目光，并不曾像后来的社会主义者一样，可以将世界单纯地作为"一种客观存在的物质本身"来看待。因此，1861年农奴解放令颁布，之后不久发生了亚历山大二世暗杀未遂事件时，陀思妥耶夫斯基内心极为震惊，不明白为什么会发生这样的事。

在这个意义上，陀思妥耶夫斯基的内心不仅有对未来的追求和期待，同时也有对逝去的黄金时代的憧憬。在对未来的追求这一点上，他预感自己心中所想的社会主义可能会实现，另一方

---

① 原文用的是日语假名标注的发音，即"ウートポス"。

面，在对过去的怀旧这一点上，他希望可以与那种从基督教的各种画像和圣像中体验到的永恒融合。陀思妥耶夫斯基就是这样一个奇怪的男人。

什么可以将物哀（もののあわれ）和"aura"二者连接起来？

沼野：刚才龟山先生谈到，有的人无法从身边的事物那里感受到情感的共振，而这是很可怕的。同时龟山先生还多次提到，物哀（もののあわれ）是一个可以表现日本人特有的情感的代表性词语，但是呢，物哀（もののあわれ）也真的是一个很复杂的概念。围绕物哀（もののあわれ），经常会有人站在爱国主义的立场上，说这个词语表现了日本这个民族的优秀之处、它所表达的是一种世界上最高级的情感、日本民族的这种情感是没法翻译成其他国家的语言的，等等。在这些人的想法中，物哀（もののあわれ）是日本人特有的情感，难以翻译。话虽是这么说，但它的含义我们还是可以用理性去思考的。

在日本，物哀（もののあわれ）是理解《源氏物语》的一个重要概念，经本居宣长①的强调而普及开来，那么这里的"もの（物）"指的是什么呢？它其实指的是，在心之外的世界里存在的一切"事物"。

---

① 本居宣长（もとおりのりなが，1730—1801），日本江户时期的国学四大名人之一，是日本复古国学的集大成者，长期钻研《源氏物语》《古事记》等日本古典作品。

古人所谓的"物",如"もののけ""ものに憑かれる"①等词语中的"もの(物)"一样,其含义是存在于人力所不能及的灵异世界的某种力量。他们认为,在外部世界事物的背后,隐含着一种人力所不能及的、非常怪异,或者说很不可思议的"东西"。

那么,"あはれ(哀)"是什么意思呢?它指的是与上面这种人力所不能及的怪异的力量接触时一个人内在的变化。因此,当外部的"东西"与一个人的内在产生了某种连接时达成的和谐平衡的状态,并且能深切地感受到这个过程的发生,这叫作物哀(もののあわれ)。这样想来,陀思妥耶夫斯基所思考的内容,与物哀(もののあわれ)的意思或许是相当接近的。

龟山:有时,人是感受不到"aura"的。听众朋友中可能也会有人觉得"我怎么没感觉到呢",有一种看法是,年纪越大,越难以感受到。日语中有一个说法是"焼きが回る"②,经常用来揶揄一个人随着年龄渐大遇到一点点小事都会流眼泪,那么"焼きが回る"与感受物哀(もののあわれ)的能力是一回事吗,那绝对不是的。在日文版《东大教授世界文学讲义1》一书中沼野先生提到的物哀(もののあわれ),是一种更为动态的、主观与客观相遇的过程。

---

① "もののけ",汉字写作"物の怪",日语读音mononoke,意为妖怪、作祟的鬼魂、活人的怨灵等。"ものに憑かれる",意为被什么附体。
② 日语原文为"焼きが回る"。直译为打制刀具时淬火过头反而会影响到刀刃的锋利程度。意指随着年纪渐长,体力不支,头脑昏聩。

"焼きが回る"这个词所表达的,其实是一种并没有与客观外在之物产生真正的内在连接的状态。年龄渐老后泪点变得很低,这是一种感伤,所流的眼泪是一种感伤之泪。泪水中包含的是对自身处境的怜悯。我觉得必须要对这两种状态加以区分。

沼野: 通过《东大教授世界文学讲义1》一书,我始终想要达成这样一件事情,就是说,我自己是研究俄罗斯文学的,但我觉得,不要只是一味地进行实证比较的研究,也不要只是追寻不同文学间互相影响的关系,世界上还有许多东西是超越了时代和国境的,它们在最本质的地方密切相关,彼此呼应,我应该做的是去发现这样一些东西。阅读世界文学作品的有趣之处,就在于这样一些让人吃惊的意外的发现。而我们刚才的谈话,正是这样一种发现的绝好的例子。物哀(もののあわれ)与陀思妥耶夫斯基的思考有相通之处——这真是一个有趣的发现呀。日本十世纪、十一世纪所创作的文学作品与十九世纪的俄罗斯小说家的思路居然有相通之处,这怎么可能不有趣呢。

《东大教授世界文学讲义1》中,在谈到诗歌的时候我说过这样一件事。即,编纂了《古今和歌集》的纪贯之在其《假名序》中谈到了在原业平,[①] 说他"心有余而词不足",意思是业平是一个很好的和歌诗人,但与他内心源源不断的才情相比,他的语言使

---

① 纪贯之(きのつらゆき,872—945),日本平安时代初期的随笔作家、和歌歌人,代表作《土佐日记》等,主持编纂了著名的《古今和歌集》,并亲自为其作《真名序》和《假名序》。在原业平(ありわらのなりひら,825—880),平安时期著名的和歌歌人,《古今和歌集》收录其和歌30首。

用能力则略显不足。诗的内容是有了，但没有掌握如何使用词汇，也就是他没有掌握写诗时所需要的形式上的方法，两者不相匹配。纪贯之所指出的，就是诗歌的内容和形式不匹配的问题。

与此相对，在西方也有这样一件逸闻，十九世纪末的画家德加想要写诗，于是他就去请教诗人马拉美。① 马拉美说："亲爱的德加，诗这种东西不是靠思想写出来的，而是靠词语写出来的哦。"马拉美的意思是，听起来你想写的内容有很多，但用来表达的语言不够啊。这与纪贯之评论在原业平的话本质上是一样的。

在《东大教授世界文学讲义1》一书中我想表达的是，如果只是专门从事俄罗斯文学的研究工作，这些事情可能都没什么所谓的，但是呢，若一个人扩大他阅读的范围，就会发现，哇，还有这么多有趣的地方啊。对那些重视专业性学术研究的人来说，该书里的内容看起来有些挑衅的意思，或者说，都是一些难以在学术领域展开讨论的、被无视的一些内容。

像跟踪狂一样把物哀（もののあわれ）偷回来

龟山：刚才谈到了纪贯之的《古今和歌集》，我在翻译陀思妥耶夫斯基作品的过程中也有过一些思考，那些思考与沼野先生提到的物哀（もののあわれ）、纪贯之的"诗的力量"等问题都有密切的关系。"心有余"中的"心"，指的是信息、内容，从"词

---

① 埃德加·德加（Edgar Degas，1834—1917），法国印象派重要画家，代表作有《会计师和女儿们》等。斯特芳·马拉美（Stéphane Mallarmé，1842—1898），法国象征主义诗人和散文家，代表作有《牧神的午后》等。

不足"这里再折回到"3·11"的话题啊,我工作的大学有一本宣传杂志 pieria,今福龙太先生曾经在上面发表了一篇文章,写的是自己在"3·11"以后所经历的失语体验。文中他说,在大地震发生后一个月,我几乎完全写不了任何东西。

那个杂志栏目的名字是《让我们谈一谈世界各地的诗歌》,是今福先生与我的一个对谈,具体来说是我们俩各选十首自己喜欢的诗歌,聊这些诗歌的同时,也聊一聊自己目前的状况。其中有一个规则是,在对谈进行的一周前把自己选好的诗歌发给对方,那时,今福先生当然是按时选好了诗歌并发给我了,我就遇到了一点问题,因为我在自己乱糟糟的书架上没有找到那本平凡社出版的《世界名诗集大成》,我就在网上找了找。其时看到了一个叫作《世界名诗》的栏目,收录了大约三十首诗,其中有叶芝、欧文、泰戈尔,还有三好达治①。

我高中的时候有一段时间写过诗。高三那年高考结束后也写过,还曾经用雕刻刀把诗刻在了木桌上。那会儿还没意识到这么做是不可以的。

沼野:刻在学校的桌子上吗?

龟山:是。把自己写的诗刻在了自己学校的桌子上。

---

① 三好达治(みよし たつじ,1900—1964),日本诗人、翻译家,中学时代起习作俳句。出版了《测量船》《南窗集》《闲花集》等多本诗集,运用白描手法和四行诗形式描绘乡间自然景物。

沼野：这么做可不太好。不过那个桌子，如果现在还在的话可以作为纪念保存起来了，有展览的价值啊。

龟山：那时候没觉得那样做不好。后来休息的时候老师来到教室，说请大家都闭上眼睛，刚才有个家伙在教室的桌子上刻了像是一首诗的东西，是谁干的？请默默把手举起来。我是真没敢举手。我觉得老师知道是谁干的。对这事没有一点罪恶感当然是不好的，但那时候确实是沉迷于写诗的。

那时我喜欢的诗人就是三好达治，其中特别喜欢他那首《婴儿车》。于是当后来在网上再次读到这首诗时，真的是觉得自己又一次体验到了这首诗传递出来的"aura"。诗本身只是文字的罗列，要从中感到"aura"，其实需要自己这一方的内心是做好准备了的，处在合适的境况中。那时我每天被工作追得焦头烂额，连找诗的事情都要在网上完成，其实是很匆忙很疲惫的一种状态，但即便如此，当我读到《婴儿车》开头的第一句"母亲啊——淡淡忧愁之物飘落"时，自己第一次读到这首诗时的景象突然一下子就展现在眼前。当时就想，啊，这就是乡愁（nostalgia）啊。今天在这里我想大胆地使用一下这个表达，即，自己与日本是连接在一起的。——而那时我发觉，自己与日本这片土地、与日本的民族性的东西相连接的那个标志，就是《婴儿车》这首诗。《婴儿车》，也正是生命诞生之地、故乡的一个原风景。而且，哪怕只有短短的一个瞬间，正是那份感动，带给一个人活着的感觉。

在与今福先生的对谈中，还有一个约定是两个人各作一首诗拿到对谈现场。而我一直到了对谈的当天才想起这件事，很是狼狈，在去会场的车上才开始写，结果就是一句话也写不出来。当时今福先生已经把他写好的诗发给我了。那首诗里他使用了一个技巧，就是，他把福岛和广岛这两个"岛"的发音作为了韵脚，每一句都押这个韵。

今福先生说，这个韵脚并非是为自己押的。可能不是很好理解，这么说吧，让读者踩着韵脚读这首诗，可以使他们把广岛的经验和福岛的经验合二为一，设了韵脚后，那首诗就像是具备了某种强制性的力量。

当时就想，那我就从别的视角写首诗，也来押一下这个韵吧。在今福先生这首诗的激发下，我开始写诗，想的就是要押上今福先生所写诗的韵脚。诗的内容大致如下——我想写一首诗，写下有关"3·11"以后失语的体验，于是我拜访了某个地方，为什么会去这个地方呢，我去是为了把丢失的"もの（物）"或者"物哀（もののあわれ）"偷回来。

塔尔科夫斯基有一部名为《跟踪狂》的电影。我自己有种感觉，可能对我来说，拜访世贸大厦遗址，就意味着自己成为一个跟踪狂，像一个盗猎者一样悄悄靠近那片土地。东日本大地震发生的5个月之后，我曾经沿着东北地区的太平洋沿岸，进行了一趟1500公里的旅行，之所以去到东北地区，最终也是为了拿回什么，偷一点什么回来。仍然是一个盗猎者、跟踪狂。

也就是说，在这首诗里，我告发了那个失语的跟踪狂，也就是我自己。从某种意义上来说，这首诗既虚张声势又俗不可耐。为了让读到它的人看不出它是以日本东北和美国纽约为舞台写成的，在诗中我故意模糊了具体信息。我不想让诗中出现广岛、福岛这样明确的词语，因为人们一听到它们就会在脑海中唤起某种特定的印象。最后写成的诗用了一些只有去过这两个地方的人才会懂的词，具体信息则被我一再模糊掉了。

写这首诗的时候，我想起了一个人——可能这听起来有些不谦虚啊——二十世纪俄罗斯诗人曼德尔施塔姆①。把自己的诗与他的名字相提并论，真的是挺厚颜无耻的，还请大家原谅——其实我想说的是，他的诗作，尤其是晚年的作品，有点像咒语或者说像猜谜语，如果不是熟读他的传记，就读不懂他每句诗的细节。读诗的人能从中直接体验到的只是词语的罗列和节奏。从这些词语的罗列和节奏中能够读出什么，全看读者对曼德尔施塔姆的一生有多少了解和想象——曼德尔施塔姆写的诗，就是暗号化到了这个程度。

刚才沼野先生提到了震灾发生后古川日出男先生写的小说，我觉得，当前所未闻的那样一个大事件发生时，可能对于作家们来说就产生了一个重大的问题——此时，到底我该用怎样的手法来写一个怎样的故事呢。

我也想就这一点听听沼野先生的意见，也就是说，失语也有好几种不同的表现，像今福先生一样，虽然失语了一个月，但一旦开始表达就如滔滔江水有很多话要说；与此相对，我自己的情

---

① 奥西普·艾米里耶维奇·曼德尔施塔姆（1891—1938），俄罗斯白银时代（19世纪末至20世纪初）著名诗人、散文家、诗歌理论家。著有诗集《石头集》《悲伤》和散文集《时代的喧嚣》《亚美尼亚旅行记》《第四散文》等。另有大量写于流放地沃罗涅什的诗歌在他死后多年出版。

况且是，只能写出像曼德尔施塔姆的作品那样的暗号化了的诗，而最终也只能以告发自己的深重罪恶的方式，来面对这个现实。也就是说，那时，我想以自己的方式尽可能地表达自己的一种伦理性态度。沼野先生是如何看待这样不同的失语的方式的呢？

我的问题有两个，一个是经历了震灾后的人们，如何写作、写作什么才是可能的？第二个是有关失语的不同表现方式。

震灾发生后如何写作才是可能的？

沼野：这个问题不好回答，不知道我接下来的发言是否对您有用。有关诗歌，我在《东大教授世界文学讲义1》日文版的《后记》中也提到过，福岛的核泄漏事故发生后，住在福岛的诗人和合亮一①，在自己的社交网络平台上发了大量的内容，如"如阿修罗一般去写自己的作品""没有哪个夜晚不会迎来天亮""天上下着核辐射之雨。安静的夜"等。和合先生短时间内在网上发了大量的此类词句，这些单纯的表达很难称作诗，但在当时却有着直击人心的力量。

和合先生是日本现代诗的代表人物之一。现代诗这个类型其实是很难理解的，诗的含义并非轻易就能让人明白。所以读到这些自言自语一样的表达时，我觉得这真是一种让人惊讶的风格上的改变。由于是发在社交网络平台上的，所以语言的表达方式也跟平时不太一样。但这个不是一种失语。

---

① 和合亮一（わごうりょういち，1968— ），日本当代诗人，生于福岛县福岛市，被《日本经济新闻》誉为"日本新生代诗人的领袖"。

再举个例子。有一位俳句作者叫长谷川櫂①，他是写俳句的，但震灾发生后却写了大量的短歌，很快地，这些作品作为《震灾歌集》出版（中央公论出版社，2011年4月。后来还出版了《震灾句集》，中央公论出版社，2012年1月）。

俳句和短歌的句子都很短，所以这两个很容易被看作是差不多的东西，但实际上是完全不同的文学形式。俳句作者写短歌是很不可思议的事，让人吃惊不已。俳句追求的是一种凝缩的抽象世界，而短歌的写法则非常流畅，将人的情感和盘托出。纪贯之在《假名序》中的一句话很有名，说"（只要看到花中鸟鸣、听到水中蛙声）所有有生命的存在，有谁会不想写和歌呢"？又说，和歌有一种神奇的力量，可不费力而使山动，可以抚慰凶暴之人的心灵。俳句诗人长谷川櫂在自己歌集的后记中引用了纪贯之的这些话。原本俳句与和歌之间有着难以逾越的鸿沟，但面对震灾这种大灾难，一句又一句的和歌却从这位俳句诗人的内心喷涌而出。"3·11"后，在短诗这种形式的文学世界里，这样一种不寻常的事发生了。

和合先生、长谷川先生所写的这些作品，长远来看，是否能够作为文学作品流传后世，说实在的我也拿不准。但有一点可以说的是，它们确实表达了那个时刻从作者的内心流淌出来的非常真切的情感。

---

① 长谷川櫂（はせがわかい，1954— ），日本俳句诗人，生于熊本县。俳句是一种日本古典短诗，由"五—七—五"共十七字音组成，与"五—七—五—七—七"三十一字音的短歌相对。

龟山：我觉得，一首诗里面一定要有一个你想传递的信息，或者说是一种一定要把某个信息传递给他人的强烈的意愿。作者把自己在现实中的经历用语言表达出来，与读者可以在多大程度上直接接收到这些喷涌的语言，完全是两码事。

我们通过视觉和听觉在经历着自己的现实，然后带着这种印象，在社交平台上读到这些匆忙写下的文字。我没有读过和合先生和长谷川先生的文字，也不是很确定，但如果读了的话，可能会感到这些文字极度接近作者的自白，如果是这样的话，也就是说他们一开始就放弃了"传递某种信息"这样一个意愿。在我的理解当中，会觉得这也是某种意义上的失语。

我曾有过这样的体验，就是说，某个时刻我曾经感觉到过，如果听的人不是心有余裕，那么，从作者自己内心直接生发出来的这些话是很难传达出去的。以前我为此深深地苦恼过。

无论说的内容是什么，对于说话者而言，那个时刻的那些话就是世界的全部，但是，就只是说出来的话，这些表达有可能只是一个人的自言自语；而且也有太多时候，是听者、接收的那一方正在经历比说话者更严重的事情。诗这种东西，并不是作者和读者双方经验大小的较量。一言以蔽之，作者与读者之间存在的这种距离，其实是很大的。（所以，为了更好地传达，表达的方式是很重要的。）

沼野：嗯，是的。比如和合先生是福岛人，古川先生是福岛郡山人，出版了诗集《眼睛之海》（每日新闻出版社，2011年）的边见庸先生老家是宫城县石卷市。① 这几位虽说平时住在东京，但有亲戚、家人在东北，也是直接的或者间接的受灾者，但即便如此，看了这些诗人、作家写的东西，也会有受灾者觉得，不对，现实不是他写的那样的。

所以，看了和合先生在社交平台上写的那些句子，我自己是很容易被打动的，但也听到一些质疑的声音说，他的这些话是为了谁而表达的呢？或者说，震区的实际状况并不是这样的。

龟山：那天我也一整夜都在看"3·11"事件的视频。然后，坐立不安，7月9日、10日首先去了岩手县的釜石，又从那里去了大槌和陆前高田，最后去了福岛的相马附近。

去了釜石我才明白——这跟前面提到的《群魔》的主题也有关系——无论视频的内容是多么震撼，在网上看到的视频都只是一个二次元的画面而已。在釜石的时候，我有种感觉说，这个世界背后的世界才最深奥。就如同此刻我站在这里，望过去可以看到远处的各位听众的身影一样，踏上釜石的土地，我才深刻地感受到这个真实的三次元世界的震撼之处。那时候我就想，看来只看视频网站是不行的。通过这次旅行，我也体会到了亲身去到现场看的意义是什么。

在釜石的某个瞬间，我体验到了一种很神圣的感觉，好像有什么降临到了我身上，我不禁想，可能这就是神的存在吧，就像

---

① 宫城县石卷市，距离东日本大地震震中很近的重灾区。边见庸（へんみ よう，1944—　），日本当代作家，作品多具有反战主义思想。——译者注

是大自然或者是宇宙，所有的一切都进入了自己的大脑一样。亲自去一趟灾区这件事，其意义可能对每个人都是不一样的，若只是就一个单独个体的个人化体验来说的话就是，到了灾区的现场你才会明白，这个世界不是二次元的，而是三次元的。你不是透过文字，而是通过自己身体的直觉真切地体验到，神真的存在于三次元的世界里。

继而，某个空间诞生了，我站在那里，语言不再成其为语言，就如我的语言全部被吸走了——我感觉自己失语了。我去的那个时候，从外地来到灾区的人还只能待在车里不允许出来，我的内心也处在一种恐惧当中；但是，以失语的形式，我体验到了一种非常重要的感觉，而这种重要的感觉，从某种意义上来说与震灾后的日本文学也是有相通之处的。

俄罗斯文学的底气

沼野：刚才聊的内容，或许可以说是本次对谈的一个总结。我觉得其中包含了一些很重要的视角，对于我们思考震灾后的世界文学也非常有帮助。

那么，让我们回到一些更具现实性的话题吧。我俩都是专门从事俄罗斯文学研究的，所以最后还是想谈一谈俄罗斯再结束这次对谈。首先是刚才提到过的龟山先生的诗作——可能与龟山先生自己的介绍有所重复了，但还是再说一下，——刊登在东京外国语大学出版会发行的读书杂志 *pieia* 2012年副标题为"与新世界的邂逅"的春天号、"与世界的诗歌相遇"特辑中。

说到大学发行的杂志，其实我所在的东京大学的东大出版社

也有一本名为 *UP* 的杂志，这本杂志每年到了 4 月份就会做一期题为《东大教师给一年级新生的书单》的问卷调查的特辑，由各个领域的东大教师 30 余人每人推荐三本好书。这个企划已经持续 25 年了，现在所有的这些推荐书单被总结成了一本书，将由东大出版社于今年春天出版（《书籍推荐：东大教师给一年级新生的书单》，东大出版社，2012 年）。这将会是一份过去 25 年来东大教师眼中的好书排行榜。

然后呢，其中位列第一位的是《卡拉马佐夫兄弟》。不过名列第一位的有三本书，其他两本分别是马克思的《资本论》，还有一本是高木贞治的《解析概论》。再往下看，名列前 20 位的书当中，包括《卡拉马佐夫兄弟》在内，共有四册俄罗斯文学作品入选，其他三本分别是《战争与和平》《罪与罚》《安娜·卡列尼娜》。在日本，学俄语的人很少，像我们这些研究俄罗斯文学的人，难免在一些人眼里看起来就像是在做什么奇奇怪怪的研究，而且跟研究英国文学、法国文学的人相比，总是不那么起眼。但是，看这份书单的问卷调查结果就会知道，俄罗斯文学在日本有着极高的人气。单看小说这一栏，除了《源氏物语》之外，其他的都是俄罗斯小说。类似的问卷调查在别处也有人做过，结果也大同小异，因此可以说，在日本，还是有很多人认可俄罗斯文学的影响力的。

龟山先生写的《我为何喜欢柴可夫斯基》一书中，也提到了俄罗斯作曲家是如何为世界上的众多人所喜欢的。

龟山：那些数据我是在网上查到的。世界上的作曲家前 100 位的排行榜中，只看二十世纪的话，最有人气的作曲家前三位都是俄罗斯人。总体来看的话，第一位是贝多芬，第二位是莫扎特，有三个人同时名列第三位，分别是巴赫、海顿、舒伯特。只看浪漫派的话，前几位分别是瓦格纳、勃拉姆斯、柴可夫斯基、舒曼、肖邦。二十世纪浪漫派的作曲家，前几位分别是斯特拉文斯基、普罗科菲耶夫、肖斯塔科维奇、德彪西、巴托克，五人中有三人是俄罗斯作曲家。

即便我们的眼睛和耳朵如此多地为俄罗斯的文学和音乐所占据，但是在日本，俄语特别是大学里的俄语学科，完全没有人气啊。只不过，这么多年坚持下来，最近终于觉得大家对俄罗斯这个国家有兴趣了。我希望自己珍惜这种变化，并踏踏实实将其传递给下一代。

沼野：马上就到结束的时间了。今天我们的话题从"3·11"事件谈到了俄罗斯音乐，看似散漫，但我觉得基本的主题都是连在一起的。聊得很开心。我想在场的听众朋友应该也从中感受到了不少乐趣。谢谢大家。

翻译家・外国文学研究家篇

第二章
"美丽的法语"将去向何方

——野崎欢与沼野充义的对谈

法国文学从何处来，
又将往何处去

野崎欢（のぢきかん）

1959年生人，东京大学研究生院人文社会研究科教授（法语法国文学研究室）。除法国文学研究之外，他还活跃在电影评论、文艺评论、随笔创作等多个领域。著作有《法国小说之门》、《让·雷诺阿越境的电影》（三得利学艺奖获奖作品）、《幼儿教育》（讲谈社随笔奖获奖作品）、《异国的香气——论热拉尔·德·钱拉·德·奈瓦尔的〈东方纪行〉》（读卖文学奖获奖作品）、《法国文学与爱》等。编著有《文学与电影之间》等。译著有《浴室》（让·菲利普·图森著）、《素粒子》（米歇尔·维尔贝克著）、《幻灭》（巴尔扎克著/共译）、《小王子》（安托万·德·圣·埃克苏佩里著）、《红与黑》（司汤达著）、《岁月的泡沫》（鲍里斯·维昂著）、《法国组曲》（伊莱娜·内米洛夫斯基著/共译）等。

资料

● 野崎欢热情推荐的卢梭后的法国文学 10 册

①卢梭《忏悔录》

②夏多布里昂《墓中回忆录》

③司汤达《红与黑》

④钱拉·德·奈瓦尔《火的女儿》

⑤兰波《兰波全诗集》

⑥普鲁斯特《寻找失去的时间》

⑦加缪《局外人》

⑧杜拉斯《洛尔·瓦·斯泰因的迷狂》

⑨夏莫瓦《最后行为的圣经》①

⑩维勒贝克《地图与领土》

● 野崎欢偏爱的由文学作品改编的电影 10 部

①让·雷诺阿《黄金马车》（改编自梅里梅的话剧）

②罗伯特·布列松《温柔女子》（改编自陀思妥耶夫斯基小说《温顺的女人》）

③阿尔弗雷德·希区柯克《眩晕》（改编自皮埃尔·波瓦洛与托马斯·纳尔瑟加克的小说《坟墓》）

④马克斯·奥菲尔斯《快乐》（改编自莫泊桑的短篇小说

---

① 原著法语书名为 *Biblique des derniers gestes*，作家 Patrick Chamoiseau 的作品。国内尚无中文译本。

《泰列埃夫人之家》《面具》《模特儿》）

⑤阿伦·雷乃《去年在马里昂巴德》（改编自阿兰·罗布·格里耶的同名小说）

⑥弗朗索瓦·特吕弗《两个英国女人与一个法国男人》（改编自昂利-皮埃尔·罗歇《两个英国女人与欧陆》）

⑦雅克·德米《驴皮公主》（改编自夏尔·佩罗的同名小说）

⑧成濑巳喜男《流浪记》（改编自幸田文的同名长篇小说）

⑨沟口健二《近松物语》（改编自川口松太郎的戏剧《画师茂兵卫》，其前身为劲松左卫门著《大经师昔历》）

⑩吉田喜重《秋津温泉》（改编自藤原审二的同名长篇小说）

● 沼野充义满怀感恩之情推荐的法国文学作品 10 册

①弗朗索瓦·拉伯雷《巨人传》　过度

②伏尔泰《老实人》　理智

③司汤达《红与黑》　热情

④野崎欢（钱拉·德·奈瓦尔）《东方的香气——评奈瓦尔《〈东方之旅〉》　彷徨

⑤堀口大学编译《月下的一群》　情色

⑥雷蒙·格诺《扎齐在地铁》　实验性

⑦安托万·德·圣·埃克苏佩里《小王子》　纯粹

⑧加缪《局外人》　存在

⑨雅歌塔·克里斯多夫《恶童日记》三部曲　跨境

⑩拉斐尔·孔菲昂（Raphaël Confiant）《咖啡之水》① 混淆

●沼野充义偏爱的改编自文学作品的电影 10 部（多数为俄罗斯、东欧的电影）

（在日本均可找到 DVD 版本）

①安德烈·塔尔科夫斯基导演的《索拉里斯星》、改编自斯坦尼斯拉夫·莱姆的同名小说（塔尔科夫斯基导演的《潜行者》、改编自斯特鲁加茨基兄弟的《路边野餐》也难以割舍）

②谢尔盖·帕拉杰诺夫导演、改编自勒鲁蒙托夫编写的《游吟诗人》

③谢尔盖·邦达尔丘克导演的《战争与和平》、改编自托尔斯泰的同名小说

④伊万·佩里耶夫导演的《卡拉马佐夫兄弟》、改编自陀思妥耶夫斯基的同名小说

⑤亚历山大·索科洛夫导演的《日食的日子》、改编自斯特鲁加茨基兄弟的小说《人类终结前的十亿年》

⑥弗拉基米尔·博尔特科导演的《大师与玛格丽特》、改编自米哈伊尔·布尔加科夫的同名小说

⑦瓦列里·福金导演的《变形记》、改编自卡夫卡的同名小说

⑧亚历山大·罗高斯基导演、改编自罗高斯基同名小说

---

① 原著法语名称为 *Eau de café*，国内尚无中文译本。

《布谷鸟》

⑨弗朗西斯·福特·科波拉导演的《没有青春的青春》、改编自米尔恰·伊利亚德的同名小说

⑩米拉·奈尔导演的《同名人》、改编自裘帕·拉希莉的同名小说

"法国文学"曾是日本精英阶层专属的外国文学

沼野：本次对谈是日文版《东大教授世界文学讲义1》（光文社，2011年）一书的续篇，前作中我与利比英雄、平野启一郎、罗伯特·坎贝尔、饭野友幸、龟山郁夫这五位就相关的文学问题进行了探讨。本次企划，则是希望对前作中提到的话题做进一步的延伸。今天是本次企划的第二场对谈，我们请来了研究法国文学的野崎欢先生。前作《东大教授世界文学讲义1》一书中，如果按国别来划分世界文学的话，你会发现它有一个不足之处，就是聊法国文学和英美文学的内容很少。其实这种情况的出现并非是刻意为之，但不知为何，话题自始至终都围绕着处于边缘地位的国家展开，一般所说的"外国文学"领域所包括的主要国家的文学几乎都没有谈到。就对谈的内容构成来看，确实也难免会被人误会说，这就是沼野眼中的现代文学的全貌吗？事实上我也的确是收到了这样的批评。

出现这样的结果在我意料之外——并非刻意为之最后却变成了这个样子，可能会有人说，这一定是因为在沼野的潜意识深处隐隐有这样的想法才会这样的。对此我竟无力反驳，或许是真的也不可知呢。因此今天，就让我们在"日本近代文学中的外国文学"这一视角下，谈一谈在外国文学领域最受日本人尊敬和尊重的、从某种意义上来说也是最受日本精英人士喜欢的法国文学。我并非不喜欢法国文学，所以其实今天我是深怀着一种对法国文学的感恩之情来与野崎先生展开对谈的。当然，这个过程不是由我来为大家讲解，而将以一种向野崎先生请教的方式进行。

虽则如此，这场谈话还是需要有一个前提，或者说一个最低限度的共识——我们将围绕什么话题展开本场对谈。那这个部分将由我来向各位做一下简单说明。

今天对谈的主题主要有四个方面。

第一个主题是，"外国文学的乐趣"。人们喜欢用一个头衔、身份来称呼别人，如称野崎先生为法国文学家，称沼野为俄罗斯、东欧文学家——而其实我并非仅仅从事这一个领域的研究。——所以说，用一个头衔来概括某个人，此类做法还是存在某些较微妙的问题的。比如说野崎先生这个人，仅用法国文学家这个词就能概括他的全部存在吗？沼野这个男人，最近并没做俄罗斯文学研究，而是在做文艺评论，那么称他为俄罗斯文学家还合适吗？包括这个问题在内，在这场对谈中，我们将围绕如下话题展开讨论：在现在这个时代从事有关外国文学的工作意味着什么，把日本文学与外国文学区别开来的意义在哪里，或者说，日本的文学与外国的文学原本是可以人为地区别开来的吗？

野崎先生著作繁多，其中有一本叫《我们皆是外国人——作为翻译文学的日本文学》（五柳书院，2007年）。这个书名实在是非常棒。从其副标题可知，该书提出了一个相当重大的问题，即，日本文学的形成是通过阅读以外语写成的文学作品，并将其大量译介到日本而完成的，而这样的日本文学究竟是一种怎样的存在呢？

当然，下面这些话不太好大声说——其实无论野崎先生还是我自己，当年想要做外国文学研究的一个重要原因是，专门从事日本文学研究这事本身就听起来有些"俗气"。也就是说，在我们年轻的时候日本社会有一种风潮，外国文学比日本文学看起来时髦得多。或者还有种偏见是，只有那些外语不好的才会去搞什么日本文学。如果听众中有从事日本文学研究者，请允许我真诚地向您致歉，刚才说了那么多失礼的话。实在是当时年轻气盛，并不是说我现在还持这样的看法。不管怎么说，从前在人们的印象中，外国文学专业，特别是法国文学专业，是优秀的精英学生才能去的地方。但是现在想来，当一个人奔着文学而去时，将外国文学与日本文学区分开到底有多大意义呢？这个问题值得我们好好考虑。这是我们这次对谈的第一个主题。

第二个主题，则是有关在前作《东大教授世界文学讲义1》一书中没有提到的"法国文学"本身，特别是我想对法国文学表达自己的感谢之情。各位听众的手边有两份资料，一份是我心怀感激之情列出的10册法国文学作品，以及拜托野崎先生列出的电影作品（具体请参考本章开头的资料），接下来，将以这两份资料为参考，谈一谈法国文学的有趣之处，以及法国文学在日本的接纳情况与其他的外国文学有何不同。

第三个主题则是有关"翻译和语言学"。野崎先生做了大量的翻译工作，是翻译专家中的专家。虽说在这里提到自己略显不够矜持，不过我自己也是多少做一些翻译工作的，并非完全没有翻译经验，因此今天也会谈一谈何为翻译的问题，以及读原版的外国文学书籍与读日文的翻译版本有何不同。有的专家认为，读外国文学就得读原版书，这样一来，读者就会感到很不安，会想，那通过日文译本来阅读的那些外国文学算什么呢？如果读的是陀思妥耶夫斯基的翻译本，读到的就只是译者龟山郁夫，而非陀思妥耶夫斯基？读者就会有一些这样的疑问。接下来的对谈中，我将与野崎先生就这一点进行讨论。

第四个主题，则会将话题略扩展到文学以外的领域。众所周知，野崎先生是一位远近闻名的电影通，他还出版了多部包括电影评论在内的电影相关的著作。法国电影就不消说了，他还有一项不太为人知的绝招，熟知香港电影。用我的一位同事、中国文学研究者藤井省三的话说，"那已经远超个人兴趣的范畴了，他是香港电影的行家"。因此，今天的对谈虽不能过多地把时间放在电影上，但也会给大家介绍几部好看的由文学作品改编而成的电影。

野崎先生很擅长对谈，他与东京大学驹场校区英语学科的同事，也是日本屈指可数的翻译大家斋藤兆史的连续对谈此前结集出版，名为《英法文学战记名作导读——带你更愉快地阅读》（东京大学出版社，2010年）。英语和法语之间大约是可以平等沟通的，那么法语和俄语之间的关系又是怎样的呢，对接下来的对谈我充满期待。好的，那么接下来就请野崎先生上台，欢迎野崎先生！

（野崎氏登上讲台。听众鼓掌。）

那接下来就进入正题，首先请野崎先生来谈一谈学习外国文学的乐趣。

文学原本的乐趣

野崎： 好的。刚才沼野先生提到了各位听众手边都有一份资料，其实这里还有一个小插曲。原定今天下午一点钟大家是要在池袋见面，做一下正式对谈前的准备工作的，于是我就出门了，但心里莫名有些不安，打开电脑一看，果然有一封十二点零七分收到的来自沼野先生的带有附件的电子邮件，大意是可否按照这样的格式准备一份"世界文学排行榜前十"以及"文艺电影排行榜前五"的资料。时间太紧了，我匆匆忙忙写了一下。然后事情又有了新的展开——大家说这个机会很难得呢，不如打印一下请听众们带回去吧，于是会场上各位的手边就有了现在的资料。对我来说，这个事情本身就很有趣，或者说，它给我带来了一种非常新鲜的体验。此番绝非讽刺，是真心话。

可能在场的各位听了也会觉得很意外吧，但其实搞外国文学研究的人，平时交流的对象大多只限于那些跟自己搞同一门语言的人。呃，就拿我本人来说，平时单位里能见到的也只是那些搞法国文学的，像今天这样，在这里跟俄罗斯文学研究和世界文学研究的大学者沼野先生一起对话，这样的机会平时基本是没有的。

我非常喜欢跟研究其他语种、其他国家文学的专家聊天，因为，仅仅是彼此坐在一起聊天，我就好像是经历了一趟微型留学，或者说体验到了某种异国的文化。说起来，在对谈的当日，而且在距对谈正式开始不足一个小时的时候，会发一封带着附件的邮件说，请准备一份这样的资料过来——这么大胆的做法，在我周围搞法国文学的同行中是很难看到的。所以说，从这一点我就感受到了俄罗斯人在时间方面的不拘小节,或者说俄罗斯人性格中不怎么在意时间的特点,而这一点正与俄罗斯小说中的某些情节重合——想到这里,简直是浑身起鸡皮疙瘩啊。

以前我曾与龟山郁夫先生一起在某处组织了一场学术研讨会。准备阶段,龟山先生曾给我发过一个邮件,问"你哪天有空",在我回信之后,一直到那一天之前,都没再收到龟山先生的回复。我一边心里想今天是不是不用去了,但还是想去看看吧,就去了。龟山先生竟然真的已经在那里等着我了,他笑着说:"今天你来晚了哦。"我也算是经常出门去各处演讲的,这种事情还是第一次遇到。但这也是一种很有趣的体验,让我感受到不同的文化带来的差异。

接下来让我们来谈一谈文学的乐趣。这个话题,说得太深了就打不住了,先说最简单的一点,当我们读书的时候——可能各位也会有同样的感受吧,阅读的过程里,其实我们是进入了另一个世界,可以逃避现实一会儿。也就是说,可以从眼前的问题那里逃离片刻。所以,越是眼下有急需解决的问题,这一乐趣就越甚。比如说明天要考试了,那么今晚读推理小说的乐趣就越多、就越发停不下来。

"逃避"这个词,经常被当作贬义词来用,但其实逃避未必就是一件坏事。人生在世,若没有一点可逃避的退路是活不下去的。当然逃避的意义不止如此,它还有一层积极的意思,比如通过逃避,我们可能会遇见在此前的生活中不会遇到的人,接触到新的事物。我们每个人都只有一次人生,但当通过其他人的翻译读到那些俄罗斯经典时,在书里你甚至会看到那种一个晚上不惜散尽千金去赌博的贵族。而我们平时在自己的生活里是不可能那么做的。或者,当我们读到安娜·卡列尼娜那样的女性的故事时,会感到我们自己仅有一次的人生被大大地丰富和扩展了,就如同活了不止一次。这是文学作品会带给我们的福祉之一吧。

此外,刚才我也简单提到过了,搞外国文学的,比如搞法国文学的人和搞俄罗斯文学的人,他们所分别理解的常识,或者说他们各自依凭的文化有极大的不同,而这个不同也是极为有趣的。

沼野:搞外国文学研究的日本人,很容易都变成了那个国家文化的代言人。就像有人说,搞法国文学的人多多少少都有些装模作样,总是莫名其妙地围着一条围巾,搞英国文学的则绅士又幽默,搞俄罗斯文学的就特别能喝酒,总是若无其事地迟到,不守时也不遵守约定。当然这都是些表面的例子,从本质上来说,这种现象其实可以这样理解,即在日本文化的框架中,搞外国文学的研究者们多少都受到了他所学外语的那个国家文化的影响,而这些在日常的言行中又都有所表现。

野崎:嗯,想想也是很奇妙的事呢。比如一个人是研究巴尔扎克的,就会被称"他是(做)巴尔扎克(研究的)"。想来这也是很奇妙的说法了。但这种现象到现在还是根深蒂固啊。

沼野:确实如此。时间再往前推一点的话,做外国文学研究的人与他所研究的作家的名字一定是非常紧密地联系在一起的。在法语圈里,大家会说渡边一夫是拉伯雷、阿部良雄是波德莱尔。不过,近期的文学研究领域出现了一个新动向,我也不知道这是好事情还是坏事情,就是说,只靠研究某一单个的作家就能写出博士论文的做法,恐怕行不通了。过去曾有一个时期,我称之为"俄罗斯文学的英雄时期",研究对象和研究者之间都是很明确的一对一的关系,比如马雅可夫斯基是水野忠夫,巴赫金是桑野隆,赫列勃尼科夫则是龟山郁夫。而现在呢,谁在做哪个作家的研究,已经完全分不清了。我也是一样的,到底是在研究哪位作家,连自己也说不上来。野崎先生那边怎么样,也有类似的现象吗?

野崎: 呃,法国文学研究这边几乎完全没有什么变化……仍然是以作家为中心的研究为主。虽然作为研究对象的作家群不断有变化,但这种作家中心的倾向仍然很明显。五年前我离开原来的工作单位来到东大时,也有种感觉是,这里的法文研究的氛围跟自己当学生的时候差不多。过去的四分之一个世纪里,日本社会发生了巨大的变化,但竟然还有一个地方是没变的,也真是少见。

沼野: 我的研究室也有在接收一些研究日本文学的外国留学生,听他们说,在美国的日本文学研究界,靠作家研究获得博士学位的时代已经一去不复返了,比如说查阅了三岛由纪夫或者太宰治或者某个作家的资料写出一篇评传什么的,已经不会被看作是研究成果并得到认可了。从横断面把握某个时代的潮流及文化现象,并利用现代的文艺批评理论进行分析,这才是现在的文学研究。应聘美国一流大学的文学教授职位时,你不仅要熟知自己所研究的那个国家的文学,还要掌握各种其他的现代文学理论,如女性研究、媒体论、文化研究,等等。与此相比,貌似日本的学术界还停留在从前那种宁静的氛围里啊。

法国文学的自信心动摇了吗?

野崎: 就法国文学的情况而言,法国人对本国文学的看法还没有像美国一样发生那么大的变化。美国是这样的,在文化研究的大潮下,关于一个人应在大学习得怎样的教养,也即哪些文学经典是必读书目的价值观受到了剧烈冲击,女权主义及种族歧视问题、殖民主义等问题出现后,美国的文学研究经历了一个重新洗牌的时期,需要去重新思考文学研究到底是什么。法国的学术界就基本没有这种动向。

沼野: 但是,比如我在书单中列出来的第九本书和第十本书,其作者都不是一般意义上说的正统的"法国人"哦。雅歌塔·克里斯多夫①是匈牙利人,她流亡到瑞士后才开始用法语写作。拉斐尔·孔菲昂②是出生在马提尼克岛的克里奥尔作家。这样一些背景的作家进入到法国文学领域后,就现代法国文学的框架及边界而言,似乎也会有所改变吧。还是说,这些仅仅是表面上的一

---

① 雅歌塔·克里斯多夫(Agota Kristof, 1935—2011),匈牙利女作家,代表作有《恶童日记》《第三谎言》等。
② 拉斐尔·孔菲昂(Raphaël Confiant, 1951—),克里奥尔语及法语作家,著有《咖啡之水》《克里奥尔文化赞歌》等。

些流行,法国文学的自信心在本质上并没有什么变化?

野崎: 法国文学的自信心还是有所动摇的,或者说,一直都在动摇之中。这并非是新近才有的现象。因为法国这个国家从十六、十七世纪时就慢慢走下坡路了,所以缺乏自信是它的常态。反之也可以这么说,法国一直都处在衰退之中,社会极臻成熟,而这也在某种程度上推动了法国文学的发展。在当年还在读初中、高中的我看来,这样的文学简直可以说是光彩照人,实在太有魅力了。

经常听到有人半开玩笑地说起这样一件事。在让娜·达克(圣女贞德)与英国军队作战的那个时代,英法之间还没有明确的边界线。英军跨过海峡统治着勃艮第地区。然而他们在这里讲的语言却是法语。诺曼征服之后,法国就掌握了这一地区的文化霸权,英国贵族的语言是法语,英语中也有很多词语来源于法语。比如,"猪"这个单词,活着的是"pig",上了餐桌就是"pork",对吧?那么"pork"这个词,其实来自法语的"porc"。因此,就有个笑话说,如果不是让娜·达克(圣女贞德)把英军击退了,说不定一直到现在英国人还在说法语呢。

再者,加拿大这个国名来自一个法国探险家杰克斯·卡蒂埃尔,十六、十七世纪时他在这里开展殖民活动,从哈德逊湾一直南下来到密西西比河口附近,也就是现在的路易斯安那州,他以加拿大为这片地区命名,意为这一片土地都是献给法王路易十四的。也就是说,从加拿大到美国,这一大块区域整个都是法国的土地。此后每次战争失败,法国就不得不出让一些,如果不是法国后来步步后退的话,可能加拿大和美国到现在还属于法语圈呢。从这个角度来看的话,反而这几十年来法国的衰落都不是什么不得了的事情了。世界上还有哪一个国家曾像法国一样经历过如此壮丽的没落呢。

回看法国的历史,还是会觉得路易十四的时代是很了不起的。在那样一个动荡的年代,路易十四一方面在政治上统一了法国,同时在语言政策上也获得了巨大的成功。当然这个所谓的成功是否真的就是好的、对的,还有很大探讨的余地,但不管怎么说,路易十四在位时期法国统一了各地的语言,在全国彻底普及了标准的法语,并设立了法兰西学士院,从当时的知识分子中选了四十人,请他们编纂了法语词典以示何为纯洁的法语。这一套学术词典现在仍在使用中,并一再修订出版。

在专制王权下,法国完成了语言的统一这一伟大事业,令法国人骄傲的拥有纯粹而强大的表现能力、优雅又严谨的法语诞生了。从十七世纪的笛卡尔、帕斯卡①等一直到现在,法国文化不曾有过断层。不管是谁,只要努力学上半年法语,看懂帕斯卡书籍的一个章节是没有问题的。

而且,路易十四生性张扬,最喜男女之情,遍寻美女放在宫廷里,并搭建了舞台,自己穿上高跟鞋在上面跳芭蕾。在这种情形下,法国诞生了一种以宫廷为舞台的、以女性为中心的文化——当然其本质上还是男性主导,但至少形式上它是以取悦女

---

① 布莱瑟·帕斯卡(Blaise Pascal,1623—1662),法国数学家、物理学家、哲学家、散文家,西方科学与思想界重要人物,发明和改进了许多科学仪器。

性为目的的。这是一种以男女之间的情爱为中心的奢华文化。一方面是纯洁的法语，一方面是男女之爱，一直到现在，法国人对这两种文化的信仰都不曾动摇过。

沼野：这正是法国文化的核心所在啊。今天我也想就这些内容再向您请教一下。

首先是有关语言的，就如安托尔·里瓦罗尔①那句有名的话，说"非明晰者不能称之为法语"，由此可见法国人有一个很厉害的武器，就是他们可以通过写文章进行明确清晰的表达。对此我有一个疑问是，会不会有这样一个问题呢——如果一门语言中词语的意思过于明确，那它是否并不适合用来写作？

拿日本文学来说，比如《源氏物语》也罢，明治时期之后泉镜花②的作品也罢，句子的意思都是暧昧而模糊的，不知道哪里是主语，哪里是谓语，整部作品本身散发着一种如梦似幻的气息。但法语就不同了，它可能适用于那些需要进行明确表达的领域，但并不适合用来表达错综复杂的情感，比如像陀思妥耶夫斯基那样的多种情绪混在一起、难以清晰分辨的内心状态，是否就不适合用法语来书写呢？这是一个外行人才会有的疑问吧，还请您解惑。

---

① 里瓦罗尔伯爵（Rivarol，1753—1801），法国政论家、新闻记者及讽刺诗人，著有《论法语的普遍性》等。
② 泉镜花（いずみきょうか，1873—1939），日本小说家，作品具有唯美主义倾向，著有《高野圣僧》《外科室》等。

野崎： 关于这一点，您所言极是。或者说，法国文学也正是基于这样的认识而发展起来的。

从某种意义上说，法国文学中有一部分正是由那些对法语的明晰这一特点有抵触，对推崇合理主义和中央集权的法国精神持反抗态度，并试图从中逃离的人们发展起来的。

只是事情并不止如此，它还有另一面——我也是年岁渐长才隐约体会到的，就是说，法国人无论是谁骨子里都是一个古典主义者，路易十四时期形成的那些东西深深地烙印在他们的骨髓里，缺少了这些，就不能算是一个堂堂正正的法国人。这一点，即便是就那些对法国精神持反抗态度并由此推动了法国文学发展的人来说也是一样的。这就可以说明，在法国，为何对外国文学的接受容纳一直到十九世纪都非常落后。这是因为，外国文学翻译成法语时会遇到很多的困难。

例如，法语中的"élégance（优雅）"是什么意思呢。早在十七、十八世纪法国的宫廷文化中，就非常重视优雅的礼仪及日常礼节，直到现在，仍然有很多所谓的、在人前这个不能做那个不能做的说法。比如"手帕"在法语中有一个对应的词语是"mouchoir"，但这个词是由"擤鼻子"这一动词转换而来的，过于粗鄙，被认为不可用于文学作品。因此，比如说对于莎士比亚的《奥赛罗》中出现的"手帕"一词，法语译本就没法按原文进行直译。莫里哀①的一些喜剧就反讽了法国人这种对优雅的不

---

① 莫里哀（Molière，1622—1673），法国喜剧作家、演员、戏剧活动家，代表作有《无病呻吟》《伪君子》《悭吝人》等。

懈追求，逗人发笑。

但丁的《地狱篇》，也是一直到十八世纪末才得以译介到法国。因为，书中所描写的地狱中各种阿鼻叫唤，没法翻译成漂亮的法语。此外，德国浪漫派作品在法国的接受容纳也非常晚，因为像《浮士德》这样的恶魔、撒旦所跋扈的世界，在讲究逻辑的法语中是很难被表达和接受的。尽管如此，在经历了来自外国文学的冲击后，在明晰的法语这一框架之内谋求对阿鼻叫唤及恶魔等禁忌领域进行表达的斗争一直在持续着，并从中诞生了一系列延伸到现代的激进的文学。

法国式矛盾：人权宣言由"美丽的法语"写成

沼野： 在俄罗斯，近代文学及近代音乐的起步就很晚，具有世界性影响的作品更是一直到十九世纪中期才出现。到了十九世纪末期，俄罗斯文学在法国也掀起了一股热潮，法国人对俄罗斯的兴趣也越来越浓厚。特别是曾作为外交官长期在俄罗斯生活的沃格①于1886年出版了《俄罗斯小说》这一介绍类书籍后，俄罗斯文学在西欧大热。看当时西欧社会对俄罗斯文学的评价，有的说，真是神秘的俄罗斯啊；有的说，有一股野蛮的力量从神秘的俄罗斯这样一个非欧洲国家涌入了法国——类似于这种感觉。当时的西方社会已经由繁盛期进入了衰退期，各类艺术达到了极致洗练的水平，但同时也有创造力即将枯竭的兆头，恰在此时，俄

---

① 尤金·梅尔奇奥·沃格（Eugene Melchior de Voguè，1848—1910），法国外交家、文艺评论家。

罗斯野蛮而非欧洲式的文学的涌入，给欧洲带来了新的活力。可能这与二十世纪后半期拉丁美洲对欧美发达国家的文学带来的影响是相像的。也就是说，从边缘而起的新兴力量，对旧有的中心产生了影响。相比俄罗斯而言，练达而优雅的风格早已在法国形成，法国也因此一直作为文化的中心君临欧洲。

野崎： 十九世纪末俄罗斯文学之于欧洲，与二十世纪拉丁美洲文学之于欧美，两者所起的作用是相似的。——沼野先生的这个说法对我很有启发。

法国文化成熟于伏尔泰等人活跃的启蒙运动时期，也即十八世纪。那时的法国知识分子，无论是伏尔泰还是卢梭，都不在大学任教，他们以自由职业者的身份出版书籍，受到各国宫廷的吹捧。比如，俄罗斯想要学习开明的进步思想，就邀请了狄德罗①来俄罗斯讲学。在那个时代，法语成为了整个欧洲的通用语言。或许可以说，那是法国人对自己的语言最有自信心的一个时代。沼野先生刚才所提到的称"非清晰者不能称之为法语"的里瓦罗尔的这篇论文，也是在十八世纪发表的。

但是，曾是上述法国文化有力支撑的宫廷文化，在 1789 年的法国大革命中被推翻了。法国大革命是一场暴力革命，它彻底颠覆了这个国家的文化传统。我认为，以路易十六及其妻子玛丽·安托瓦内特的处死为结果的这场血雨腥风的惨剧给法国人带

---

① 德尼·狄德罗（Denis Diderot，1713—1784），法国启蒙思想家、哲学家、戏剧家、作家，百科全书派代表人物。

来了巨大的心理阴影，他们一直到现在都难以释怀。但与此同时，为法国有《人权宣言》这样正确、美丽的语言而感到骄傲和自豪的心理也一脉相传了下来。我们这些教法语的老师也是如此，在教室里朗读《人权宣言》时会格外有精气神儿，甚至会觉得"自由""平等""博爱"等一个个词语都在放射出耀眼的光芒。颇具讽刺意味的是，应该说，《人权宣言》文章本身，就是在法国大革命中被否定的法兰西古典主义的精华。当时法国的识字率不足四成，因此普通的劳动者是看不懂《人权宣言》的，应该都是听别人朗诵的，而这篇文章的语言，读起来真的是非常优美。革命精神的精髓，却是由古典主义之美写成——这一矛盾或许正是法语的宿命吧。

在这一时期，俄罗斯开始大量译介法国文学作品到国内。不仅领日本之先，其认真程度也远超日本。这里想请教一下沼野先生，那时的俄罗斯人读了《人权宣言》，是否也曾被其语言的光辉所深深打动呢？

沼野：大概从十八世纪开始，俄罗斯上层贵族社会的日常生活就以法语为通用语了，可以说那时俄罗斯的上层阶级是双语人群，可同时使用法语和俄罗斯语。这一现象一直持续到了十九世纪中期。日本人可能不太了解，其实，像普希金，虽然他被称为俄罗斯的国民诗人，但除了俄语之外他也会使用法语创作，平时写信也全部是用法语。读托尔斯泰的《战争与和平》就会发现，开头部分的人物对话，全部是以法语写成的——明明是一本地地道道的俄语小说，里面却穿插了好几行原汁原味的法语。所以，对当时的俄罗斯来说，法国文化虽然是一种外来文化，但同时也已经是他们日常生活的一部分了。

因此，就当时两国在文学方面的交流而言，法国文学即使还没有被翻译成俄语也不会有太大的问题，因为俄罗斯的知识分子们可以读法文原版啊。陀思妥耶夫斯基就曾经在年轻时期如饥似渴地大量阅读法国文学。但是，（虽然俄罗斯人的法语阅读和口语表达能力不错）书写方面还是不能像法国文人那样流利的，文学创作还是要靠俄语，俄罗斯文学就这样成长起来了。也就是说，即使是对于那些有教养的俄罗斯上流阶层人士来说，法语也不曾成为他们表达自我的语言，对法语的使用仅仅停留在日常会话和书信来往的层面。与此相对，俄语成为了他们进行文学创作时使用的语言。当我们回顾法国文学对俄罗斯的影响时，会发现其中有这样一个充满矛盾的过程。

野崎：说起法语的特点，就像刚才提到的"自由""平等""博爱"等几个词语一样，口号性的语言用法语读起来会非常好听，朗朗上口。说到其原因，主要是由于在法语中，名词是这个句子的"门面"，或者说，在一个句子中名词发挥了中心作用。法语有一股力量，可以让抽象的概念一下子立体起来。虽然一般都会认为法语的词汇量是较少的，但它的名词中浓缩了多种要素，十七世纪法兰西学院的语法体系确立后，按照这套体系的规则，名词可以像拼图一样拼起来（组合成不同的句子）。作为一门语言来说，法语是有这样一个极为稳固的根基的。以这种极富力量感的语言创作出的文学作品，此后传入其他国家，比如俄国和日本,这些国家也分别受到了它的影响,并形成了自己独有的文学体系。我觉得这个过程非常耐人寻味。在对谈的一开始沼野先生提到过如何看待"翻译和语言的关系"这一问题,就我自己而言,一开始只是到处找那些有趣的、有启发性的书来读,在这个过程中,渐渐对其背后的语言及翻译的问题产生了兴趣。这方面沼野先生又有怎样的经历呢?

沼野:当年我之所以去学习俄罗斯文学,很重要的一个原因是,我读了很多日文版俄罗斯小说的文库本。初中、高中时期我以为所谓的文学指的就是外国小说。那会儿觉得,读夏目漱石呀芥川龙之介呀什么的,都太土气了。虽也听说夏目漱石的《心》是经典之作,但读了也只感觉到一股阴郁之气,并不心仪。

野崎:我高中的时候也对文学很着迷,读了很多书后,感觉还是翻译作品更有趣一些,觉得更有感染力吧。近来读野谷文昭翻译的古巴小说《低度开发的记忆》(埃德蒙多·德斯诺斯著,白水社,2011年),写的是二战结束后的古巴,主人公是一位文学青年。它里面有一个情节是,这个青年沉迷于阅读法国的文学作品,并由衷地赞叹法国人思考问题远比自己深刻。(读到这里时)我很有同感,高中时候的我也曾经这样被忽悠过。法语就是这样一种会给其他国家的文学青年带来此类感受的文学语言啊。

但反过来说,法语也在追求某种形式主义上的纯粹,例如文学的类别,就分得非常明确。一直到现在还是这样,是长篇小说

(浪漫主义),就一定要特意在封面上标注"浪漫主义"。此外,由于法国没有日本这样的文艺杂志,因此出版的书籍几乎都是新写就的作品,法国没有那种把杂志的连载文章收集起来合成一本书的做法。每一册书,都是作者与读者的坦诚相见,胜负输赢就在此一举。从这一点也可以看出法国人死板教条的一面,或者说,他们不太擅长做那种打破某些框架限制的出格的事。

我在法国留学时,为了一解对日语的相思之苦,也读了很多日语小说,其中最有趣的是谷崎润一郎①的《吉野葛》。这本小说以随笔的形式开头,说自己去吉野玩时都做了些什么,但跟随着作者的叙述,读者会渐渐进入一个不可思议的世界。这种写法在法国文学中则是很少见的。谷崎大量涉猎了法国文学及欧洲文学,所以我也在想,他的这一风格会不会是受普罗斯佩·梅里美②的影响呢?

沼野:野崎先生著有《谷崎润一郎与异国语言》(人文书院出版,2003年)一书,写下了很多非常好的有关谷崎润一郎的评论。刚才您说自己在法国留学时,非常渴望接触到日本的文学,是否这一体验也正是您写这本书的动力呢?

野崎:这方面的原因一定是有的。我常常觉得,不管怎么说,一

---

① 谷崎润一郎(たにざきじゅんいちろう,1886—1965),日本近代小说家,唯美派文学主要代表人物之一,代表作有《春琴抄》《细雪》等。
② 普罗斯佩·梅里美(Prosper Mérimée,1803—1870),法国现实主义作家、剧作家、历史学家,著有《雅克团》《查理第九时代轶事》等。

切都只是相对的,因此我会不断地对其他的东西感到好奇,会去寻找、探索——可能因为年轻时候我读了大量的翻译作品,不知不觉就养成了这样一种类似于生理性反应的习惯。

法国文学在日本曾具有一种特权性地位

沼野: 难得我们今天准备了有关法国文学的一些资料,接下来就谈一谈我们自己以前是如何阅读法国文学作品的,现在又如何看待它。

明治时期以来,西方文学大量涌入日本,回顾当时的翻译情况会发现,在那个时代译介到日本的外国文学作品中,法国文学占了极大的比例。这一点,看一下当时出版的文学全集里法国文学的数量就会一目了然。

明治时期还没有世界文学全集之类的出版物,在日本,真正意义上的世界文学全集第一次出版,是从大正末年到昭和年间由新潮社制作的"一日元书"。"一日元书"的意思是,仅仅花一日元就可以买到这本书。当时的一日元,大约比现在的一千日元稍少一点,这个"一日元书",有点现在的"起步价500日元的出租车"的意思。只需要花费一日元,就可以买到这么好的书,所以在当时这套书大受欢迎。第一期的世界文学全集是按照国别来分类的。现在的世界文学全集就不太一样了,就拿池泽夏树①编辑、河出书房新社出版的那套全集来说,其中有很多作品是难

---

① 池泽夏树(いけざわなつき,1945—),日本诗人、翻译家、小说家,第98届芥川奖获奖作家。

以按照国家来分类的。

那么当时的"一日元书"具体来说是如何分类的呢？具体来说是，英美文学七本，德国三本，俄罗斯四本，意大利和西班牙加起来三本，北欧三本。其他的名作集三本。其中法国几本呢？竟然多达十四本。与其他国家相比，法国在数量上占有压倒性的优势。

世界文学全集直接反映的是那个时代文学领域的价值标准，或者说对"经典"的评价标准，因此此类书籍的架构如何是非常耐人寻味的。从"一日元书"的架构来看，首先可以说，在当时的外国文学中法国文学是具有特权性地位的。也因此，大学中的法语系在年轻人中很有人气，聚集了大量的优秀学生，毕业生也有很多成为了作家、评论家、学者。在日本的现代文学领域，曾经有很多作家是法语专业出身的，现在也仍是如此。法语系出身的人，无论他的职业是评论家还是学者，就像野崎先生著有自己的文化类作品一样，很多人都在做好本职工作的同时，也活跃在其他领域。在外国文学领域当中，法语曾是一个精英聚集的学科，而这种状况持续了很长时间。

只是到了后来，情况发生了变化。当然不是说它就没落了，只是说，从某种意义上来说，法国文学如日中天的全盛期结束了。到了二十世纪后半期，法国文学进入了某种瓶颈期，有的作家试图向存在主义哲学的方向发展，还有的作家由于老路走不通了，做了一些实验性的、反传统小说的尝试。渐渐地，法国文学放弃了此前常见的文学风格，开始追求前瞻性；与这一动向同时出现的，还有势头强劲的各种现代思潮。因此，二十世纪后半期的法国文学曾经出现过这样一个潮流,即把那些与我们平时所说的小说有着显著不同的、现代思想领域的成果——如罗兰·巴特①及米歇尔·福柯②等人的作品——当作某种文学作品来读,同时认为,这些才是领先于世界的先进思想。

刚才也说到了这一点,在这个时期,有一股诸如拉美文学那样的外来的、从周边而起的野蛮的力量进入了法国文学,并给这种多少有些缺少创新的先进文化带来了活力。这种情形,就像十九世纪俄罗斯文学曾经给西方文学带来过活力一样。有时候我喜欢用"世界文学"来囊括所有的文学,当我们在这里俯瞰世界文学的全貌时,你会发现,在面对西方文学时,俄罗斯、东欧与拉丁美洲处在一种极其相似的位置上。

就最近的动向而言,比如在我提供的资料中第九项、第十项作品,都是从外部给法国文学带来活力的例子。法国传统的旧有的界限已经动摇,在时下的后殖民主义时代,非洲以及克里奥尔等旧殖民地出生的作家开始用法语或混合语,如克里奥尔语式的法语进行写作。拉斐尔·孔菲昂就是克里奥尔作家中的一位典型代表。这种动向,与拉丁美洲的魔幻现实主义有相通之处。另一方面,如雅歌塔·克里斯多夫(匈牙利出生)、米兰·昆德拉③(捷克出生)、安德烈·马金(俄罗斯出生)等人,他们是从东

---

① 罗兰·巴特(Roland Barthes, 1915—1980),法国作家、思想家、社会学家,著有《写作的零度》等。
② 米歇尔·福柯(Michel Foucault, 1926—1984),法国哲学家、社会思想家,著有《疯癫与文明》《性史》等。
③ 米兰·昆德拉(Milan Kundera, 1929—),小说家,自 1975 年起在法国定居,著有《小说的艺术》《雅克和他的主人》等。

欧和俄罗斯来到法国的,法语并非自己的母语。像这样的移民作家也越来越多了。现在,当人们提到法国的现代文学时,少了捷克人米兰·昆德拉怎么行呢?在这种状况下,法语的边界已经被大大地松动了。

法国文学研究者、同时也身为作家的堀江敏幸①,很早就对巴黎的郊区,或者说对移民人群比较关注。以前的日本人只对法国的中心感兴趣,搞法国文学研究的那些最优秀的人,个个以比法国人还法国为目标。但现在与以前不同了,法国的中心已经有所变化了。刚才野崎先生说日本的法国文学界并没有发生大的改变,不过我在为今天的听众朋友准备的资料中,就特意选择了打破明治以来法国文学界传统的两部作品。

异乡人(etrange)的谱系

野崎: 沼野先生刚才谈到了有关拉美文学给世界文学带来了新的活力这一现象,仔细想来,类似现象在拥有不可动摇的制度性地位的法国文学内部也不断发生过。法国文化有一种把外国人也同化为法国人的力量,对于艺术家来说,在法国居住、生活的感觉应该不错。对于那些翻越国境线远道而来的人,法国一向是宅心仁厚,来者不拒。当然,最终大家都会在某种大一统的氛围里被同化。

沼野先生的"法国经典文学作品10册"的资料中,有一位

---

① 堀江敏幸(ほりえとしゆき,1964—),日本作家,法语学者,凭借《到郊外去》获芥川文学奖、读卖文学奖。

大放异彩的作家叫弗朗索瓦·拉伯雷①。在教会和巴黎大学神学部的言论控制的背景下，他通过叙述了巨人高康大与其儿子庞大固埃惊世骇俗的故事，充分地再现了文艺复兴时期的精神，但由于作者使用的是古典主义之前的那种自由奔放的法语，现在法国的年轻人不大读得懂。日本的读者就比较幸运，宫下志朗先生的新译本语言平实易懂，借此大家可以好好地去欣赏拉伯雷的这部作品。

沼野先生资料中的第二本是伏尔泰的作品，包括伏尔泰在内的后面所列举出的所有作品，其所用的法语是现代人都可以读懂的。沼野先生刚才提到了克里奥尔作家，他们也会在作品中使用一些克里奥尔语，但如果全部用纯粹的克里奥尔语来书写的话，作品就很难有销路，读者数量也有限，因此，他们还是会尽量按照标准法语的规范来写。因此在某种意义上可以说，该资料里所列出的作品，从第二部开始，都蒙受了法国古典主义的恩惠。反过来说，只要创作时使用的是古典主义确立之后的法语，那么就属于同一个法语共同体，或者说，共属同一个法国式的文学共同体。

今天在准备"法国文学作品 10 册"的资料时，作为现代意义上的文学精神的代表，或者说现代文学的精神源泉，我想到了卢梭。今年（2012 年）是卢梭诞辰三百周年，再回头看仍然会感慨，他确实是一个伟人。他的作品读得越多，越觉得这个人了不起，虽然偶尔也会觉得他思路清奇有异于常人。说起来，卢梭

---

① 弗朗索瓦·拉伯雷（Francois Rabelais，约 1484—1553），文艺复兴时期法国人文主义作家之一，著有《巨人传》等。

虽是一个法语作家，但他在法国其实是一个异乡人。卢梭来自瑞士的日内瓦，他自己可能从未觉得自己是法国人。应该说，他是一个流亡作家。因此，从卢梭到沼野先生资料中提到的阿尔贝·加缪①的《局外人》，从某种意义上来说，是可以用一条直线连接起来的。加缪出生在北非的阿尔及利亚，他来到巴黎后由伽利玛公司出版了自己的书，与萨特②一会儿是好友一会儿又反目，搞得我们都以为他是法国的文化人，但其实不是的。

加缪时刻关心着阿尔及利亚，他那不识字的妈妈一直住在阿尔及利亚，这也成为他最重要的身份认同。他去世前写的作品叫《第一个人》，在开头的献辞中他写道，谨以此书献给永远不会读到它的你。也就是说，这本书是他献给妈妈的。无论成为了怎样的文学大家，他都没有忘记自己的根在阿尔及利亚。

如果我出生在阿尔及利亚，是不会把巴黎看作是中心的。如果以巴黎为中心，就会说这家伙是从南边的乡下来到大城市巴黎的，但对于加缪而言，这个过程会是自己从地中海温暖的南方去了寒冷的巴黎。加缪所写的最美的篇章并非是赞美巴黎的，而是那些赞美阿尔及利亚的大海和太阳的文字。

因此，当我们把这些内容与沼野先生所说的联系起来就会发现，在法国文学的发展史上，来自所谓的边缘，或者说没有处在法国文化中心的人们，一次又一次地给法国文化带来了新的活

---

① 阿尔贝·加缪（Albert Camus, 1913—1960），法国作家、哲学家，存在主义文学、"荒诞哲学"的代表人物，著有《局外人》《鼠疫》等。
② 让-保罗·萨特（Jean-Paul Sartre, 1905—1980），法国20世纪最重要哲学家之一，无神论存在主义主要代表人物，西方社会主义最积极的倡导者之一。

力,这样一个过程一直在连绵不绝地进行着。可以说,正是这样一个过程造就了法国文学。同时,也存在另一个谱系,就像兰波①一样,不断地从中逃离。沼野先生刚才提过的奈瓦尔②,深为德国或者说被东方文化的魅力折服,他试图尽自己所能逃离那些来自法国文化的束缚。拿二十世纪的作家来说,跟让·热内③有点像。热内支持巴勒斯坦游击队,并一度在巴勒斯坦住帐篷,他深知西欧文化中的恶的一面,极力要从中逃开。他最后的作品中充满了对巴勒斯坦游击队的欣赏与爱(《恋爱的俘虏——通往巴勒斯坦的旅行》,鹈饲哲·海老坂武译,人文书院出版,1994年,新版2011年),但无奈的是,这些情感,他仍然需要使用美丽的法语才能表达出来。从这里也可以看到法国文学的宿命吧。

"美丽的法语"的将来

沼野: 在现在这个时代,法国人自己还会用"美丽的法语"这个说法吗?如果日本作家说自己在用美丽的日语写作,难免会贻笑大方。

野崎: 平时也很少听到法国人用"美丽的法语"这个词,但我觉得,在法国人心中,这个意识是一直都存在的。比如,法国人

---

① 让·尼古拉·阿尔蒂尔·兰波(Jean Nicolas Arthur Rimbaud,1854—1891),法国著名诗人,早期象征主义诗歌代表人物,超现实主义诗歌的鼻祖。
② 钱拉·德·奈瓦尔(Gérard de Nerval,1808—1855),法国象征主义与超现实主义文学先驱,著有《幻象集》等。
③ 让·热内(Jean Genet,1910—1986),法国诗人、小说家,荒诞派戏剧代表作家之一,著有《高度监视》等。

在翻译日本的文学作品时，作品校译完成交到编辑手里后，哪怕这个编辑一点儿也不懂日语，他也会再次对法语译文进行修改。古井由吉及中上健次等作家的作品在译成法语时就遇到了类似的问题，若法语译文原封不动地忠实于原作，他们那种文风难免会引起法语读者的强烈抵触。于是日语与法语、编辑与译者之间，就开始了你来我往的拉锯战。我曾经听译者说过，如宫本辉等作家，他们的作品读者群广泛，文风平实，即便这样，译成法语后也会遭遇到出版社编辑的大幅度修改。所以说，法国人在潜意识的层面，就对美丽的语言，或者说符合文学规范的语言有一种追求。

沼野：这一点，很早之前我也隐约感觉到了。也就是说，母语非法语的其他国家出生的作家在用法语写作并出版自己的作品时，虽说作品无疑是他自己写成的，但如果这样的话，一般来说，文章会在某些地方用词不那么地道，（但出版后的法语作品却不见这样的痕迹）所以说，出版社的编辑一定在很大程度上对文字做了润色。如小说家昆德拉、文学理论家克里斯特娃，很多足以代表法国文坛的著名作家，其母语并非法语，所以他们真实的写作过程是怎样的呢？如果问他本人，一定会说，作品是我写的，并没有经过编辑润色。在日本，小说家出版自己的作品时，可能不同出版社情况略有不同，但作者与编辑共同完成的部分一定是有的。虽然作品的署名是作者本人，但可能基本上不存在那种百分之百都是作者独立完成的情况。

野崎：法语的"外语化"到底在何种程度上可以被允许呢——您说的是这样一个问题吧。有一个不是法语的例子,就如沼野先生也认识的多和田叶子女士,一直用德语写作,她的情况有点特别,从一开始就不要求自己使用规范的德语,所谓充分发挥出多和田式语言的风格,才正是她作品的价值所在。她用日语写作的时候,应该也是如此。

沼野：有的作家,作品被改掉一个标点符号也会很生气,会跟编辑多方争取,希望可以保持原样。而这争取的过程让人疲惫不堪,慢慢也就不再坚持了。另一方面,也有作家是跟编辑、译者一起完成创作过程的。

野崎：就沼野先生所说的用法语写作的现代作家而言,近十年、十五年来的法国四大文学奖①的获奖者当中,原先非法国籍,或者来自其他国家及旧殖民地地区的作家占了相当大的比例。由于他们的作品都非常有冲击力,印象中我甚至觉得这样的母语非法语的作家占了获奖者的一半左右。只是,他们的法语曾在多大程度上被"野蛮修改"过,就难以知晓了。

比如,雅歌塔·克里斯多夫。在匈牙利的内战中,她抱着还在吃奶的小婴儿徒步越过国境线,而去到的国家正好是法语圈的瑞士,而她并不会说法语。她说过,由于匈牙利语和法语完全不同,自己突然变成了一个文盲。

---

① 指法兰西学院文学奖、龚古尔文学奖、费米娜文学奖、美弟奇文学奖。

沼野：她的自传，书名就叫作《文盲雅歌塔·克里斯多夫自传》（白水社，2006年）。

野崎：是的。在自传中，她说自己流亡后的生活就是一场与讨厌到极点的法语的战斗。当然，讨厌到极点这样的话她并没有说，但至少书中是传递出了这样一种情绪的。

沼野：是的。流亡到法国的文化人当中，有很多人是喜欢法国、尊敬法国文化的。昆德拉就是如此。从这点来说，克里斯多夫是很特别的一位。

野崎：有很多流亡作家都表达过自己对法国的热爱。而克里斯多夫明确地说自己不喜欢法语，这样的情况确实比较少见。

沼野：接下来这个问题可能不太好回答，不过我还是想听听您的看法——在有诸多的外部闯入者存在的情况下，法语的规范现在是不是没有那么严格了呢？法语本身是否也有一部分受到了来自外部的影响而改变呢？现在大概是一种怎样的情形呢？

野崎：现在这个时代，在视频网站上可以很方便地看到世界各国的作家们讲话的样子。你会发现，流亡作家以及那些从他国来到法国的作家们，他们的法语都不是很流利。法语说得这么不好，还能写出畅销书，有时确实会让人难以置信。法国也有来自中国的作家,有的人的法语就透着浓浓的中国口音。

但是法语对书面语的要求是很高的,有严格的规范,因此,从其他国家来到法国的作家们,以他们笨拙的法语拼尽全力写出的东西,是不可能原封不动就得以出版的。但尽管如此,就在这样一种与古典主义对抗的过程中,作为反向命题的那一类文学也得以磨炼、发展。包括流亡作家在内的人们在孤独的斗争过程中产生了一些体验,这些体验连接、聚合在一起,就确立了一种属于边缘人群的传统。这形成了法国文学的重要组成部分。

刚才的聊天中也提到了,有位法国作家叫让·热内,他是个被父母抛弃的孤儿,也没有人照顾他,年幼时没有钱上学,有段时间还曾以盗窃为生。后来这个人在狱中努力阅读、写作,从拉辛①到波德莱尔②、普鲁斯特③,他如饥似渴地阅读了古典主义时期以来的大量法国文学作品,并将其与作为同性恋者的自己对欲望的幻想结合起来,形成了自己的写作风格。前年(2010年),光文社的古典新译文库出版了由中条省平翻译的让·热内的作品《花之圣母》。读了这本书,我再一次感受到他所进行的是怎样的一种创作。作品本身所使用的是非常完美的文学性语言,但里面所讲述的内容简直是乱七八糟。内容实在是太惊人了,读了不到十页,我就觉得自己脑袋要出问题了。我小时候读

---

① 让·拉辛(Jean Racine,1639—1699),法国剧作家,代表作有《昂朵马格》等。
② 夏尔·皮埃尔·波德莱尔(Charles Pierre Baudelaire,1821—1867),法国19世纪最著名现代派诗人,象征派诗歌先驱,代表作有《恶之花》等。
③ 马赛尔·普鲁斯特(Marcel Proust,1871—1922),20世纪法国最伟大小说家之一,意识流文学先驱,著有《追忆逝水年华》等。

过堀口大学翻译的版本，以为自己是读懂了的，但是去读法语原版时，却完全不明所以。中条先生用了非常流畅的日语翻译了这本书，但它本身所讲述的无疑是一个异样的奇怪的世界。只是，用来描述这个异样的、奇怪的世界的语言，自始至终都是高纯度的文学性语言。从这本书里，人们可以充分感受到那种自十七世纪以来传承至今的正统的法语血统。

只是，现在的法国年轻人所使用的法语，已经不再像从前那样纯粹了。这与法国逐渐变为了一个多民族、多文化社会是直接相关的。当然不是说这不好，恰恰相反，我想这一变化或许会给法语带来新的活力。

沼野： 这一现象，今后可能会成为法语需要面对的一个问题呢。

野崎： 是的。今后可能会出现一种与我们这代人所接触的从前的那种法国文学，以古典主义风格的语言为基础的法国文学所全然不同的新风格。最近日译本也出版了，像《郊外少年马里克》（马布鲁克·拉希迪著，中岛纱织译，集英社出版）就是这样的一部作品，从中可以感觉到街舞少年、互联网时代的年轻人的气息。

例外者的谱系

沼野： 刚才听您说到日奈，我也有同感。还有一个作家叫塞利纳①,他的法语带有些许叛逆的味道,但他还是会被认为属于美丽的法语这个系统吗?

野崎:呃,怎么说呢。就塞利纳来说,他身上有一些部分是无论如何也难以被归到这个系统里面来的,包括他的政治立场。

沼野:那么就是说,塞利纳与日奈还是有些不同的,他处在一个比较特别的位置。作品中出现了大量骂人的词汇,以及粗鲁的歧视性语言。

野崎:即便在法国文学的例外者的谱系当中,塞利纳也是格外与众不同的。他本人倒是说过,(自己的作品之所以呈现这样的风格,)主要是出于对左拉②的共鸣,又说那是因为自己太追求节奏感了,结果就形成了一种口语式的文风。或许可以说,他的作品,包括他那种战斗的姿态在内,与街舞少年这代人倒是有共通之处呢。

以口语作为创作的基础性语言,这种想法在法国很少见。从这点来说,沼野先生推荐书单中所提到的雷蒙·格诺③的小说《扎齐在地铁》,是一本平实易懂的杰作。应该承认,传统的法

---

① 路易-费迪南·塞利纳(Louis-Ferdinand Céline,1894—1961),法国小说家和医生,他的小说总是在描述罪恶、混乱和绝望。
② 爱弥尔·左拉(Émile Zola,1840—1902),法国自然主义小说家和理论家、自然主义文学流派创始人与领袖,主要创作有《卢贡-马卡尔家族》。
③ 雷蒙·格诺(Raymond Queneau,1903—1976),法国小说家、诗人、剧作家,文学社团"乌力波"创始人之一。

国文学对于口语性的表达、口头传承的东西,还是持一种压制性态度的。

沼野: 虽然有作为规范的美丽的法语这一前提存在,但还是出现了对这种正统性的反抗,并且,这种反抗性的东西持续存在着,就形成了某种传统。——我也完全赞同这一看法。只是说,反抗也是有各种各样不同形式的,如超现实主义者们和雷蒙·格诺等,他们的做法突出了语言性实验的部分,对语言本身的用法进行了各种尝试,当然这也是一种改变原有的语言规范的方法。以雷蒙·格诺和乔治·佩雷克①为首的前卫性文学团体的作家们,他们的作品带给人一种强烈的数学式的语言游戏的印象,说实话,我觉得有点过头了。《扎齐在地铁》我读的是生田耕作的日文译本,那时只是单纯觉得很有趣,后来看到法语原版才发现,它的实验性色彩还是挺浓厚的,比如会按照单词的发音改变其拼写,等等。

野崎: 是的。正如您所说,这直接就关系到如何翻译的问题。法语单词在字母拼写上的改变,要如何才能反映到日语的译文上呢。高中的时候读生田翻译的《扎齐在地铁》,第一句的"吃我一屁股"到现在还记得清清楚楚,但其实,这句话与原文之间还是有相当大的距离的。

---

① 乔治·佩雷克(Georges Perec,1936—1982),法国著名先锋小说家,其作品《生活的使用指南》被誉为"超越性小说"的代表作。

沼野：这样的法语如何去翻译，确实是一个问题呢。雷蒙·格诺有一本书叫作《文体练习》（朝日出版社，1996年），是朝比奈弘治先生翻译的，译得相当漂亮，让人佩服。

野崎：《文体练习》一书中，那种长达十行到二十行的素描性的描述加起来总共有九十九种。作者会用好多个不同的版本，自由自在地对那些平平常常的场景加以描述。读朝比奈先生的译文，就像看一场机智的语言游戏，比如说这里是几个女高中生在一起聊天的语气，这里是一种中年男子常用的简洁的语气，等等，而每一处都翻译得很有趣。

从《文体练习》可以看到，这里确实有一种与语言表达上的美感所不同的、经由某种独特的路径进行创作的可能。十九世纪后半期出现了一种把语言本身当作创作的素材，或者说，探索语言自身所蕴含力量的文学形式，我觉得《文体练习》的写法大约借鉴了这一做法。

雷蒙·格诺作品的日文译本读起来很是轻松愉悦，但实际上他也是一位以明晰而又美丽的法语为武器，又反过来对这样的法语进行反抗的作家之一。他的创作最初是超现实主义风格的。

超现实主义的作家们，比如安德烈·布勒东①等人，曾经进行过一种叫作自动笔记的写作实验，试图让自己在写作时摆脱意识的控制。他们想，如果在半睡半醒的状态下把浮现在脑海中的

---

① 安德烈·布勒东（André Breton，1896—1966），法国诗人和评论家，超现实主义创始人之一。

话——记下来，会成为怎样的作品呢？他们认为，一切顺利的话，那些隐藏在潜意识中的想法就会在此时自动浮现出来。按照安德烈·布勒东的想法，潜意识层面的东西比意识层面的要更加美丽而富有能量，可以释放更多的爱，因此这样的尝试是非常有意义的。

雷蒙·格诺则是另外一种情况，他对于自身内部的"潜意识"已经没有太多期待，他的做法更像是在玩一种干净利落的语言游戏，他探索的是，——如果改变一下语言自身的前后顺序，是否会有什么新鲜的感觉产生呢。在这场探索的游戏中，他加了各种各样的语言规则进去。

沼野：是的，比如说写作时不使用某些文字。他们觉得，加入这种日常写作时不需要遵守的规则，有助于激发更多的潜意识层面的东西。

野崎：比如把奈瓦尔的十四行诗的单词全部在词典上查出来，用词典上排在这个单词旁边的单词与原来的词进行置换，这样一来，有时也会形成一首别有意义的诗作。

沼野：有一部作品叫作《百万亿的诗篇》，里面有十首十四行诗，而其中的每一首诗中的每一行，都被切割开来，每一行诗自由组合，就可以重新编织成百万亿首诗。这是格诺的书。当然并没有人自由组合过，自由组合后再读完，那得需要几亿小时的时间啊。

野崎：说到游戏规则，最出格的应该是格诺的朋友乔治·佩雷克的作品《消失》（盐塚秀一郎译，水声社出版，2010年）。法语中最常用的字母是"e"，冠词中也有它，各种女性用语的名词也都是以"e"结尾的——不知道佩雷克怎么想的，他尝试了一种新写法，就是把所有的"e"都从单词中去掉。"e"在法语的字母表中读作"u"，只听发音的话，是"他们"的意思。有人说，佩雷克的做法与一个历史事实有关，即，由于他的父母在奥斯威辛集中营去世了，他失去了包括自己父母在内的所有的"他们"。就是这样的一部作品，也有很棒的日文译本面世了，日本的法国文学家们真的是很厉害呢。

有关纯正的法语和如何翻译的问题

沼野：接下来让我们聊聊翻译本身的话题吧。有关纯正的法语与翻译，我首先想到的一点就是方言如何处理的问题。日本作家谷崎润一郎的作品中就有很多日本关西地区的方言，野崎先生对此也很熟悉，因此在这里想要请教一下。

在日本的纯文学作品中，经常把方言当作一种很有用的创作方法来使用。井上靖的《吉里吉里人》等作品中，简直可以说东北的方言才是小说的主人公。冲绳出生的作家们在写作时也使用冲绳方言，只是若全部用冲绳方言的话，大多数读者就看不懂了，因此就只是夹杂一些。所以，日本的文学作品中，方言以各种各样的形式存在着。这种事情在法语中几乎是不可能出现的。

因此，我就有一个很朴素的疑问，比如谷崎润一郎在小说

《细雪》中所描绘的关西地区的那些风土人情，在翻译成法语时，真的还能像原作一样传递给读者吗？当然这不仅仅是法语的问题，日本文学作品中的方言在翻译成欧洲各国的语言时，都会遇到同样的问题，只是，在众多的语言当中法语是格外重视用语的规范性的，因此我想，在法语环境下用方言进行文学创作应该是非常困难的。您是怎么看待这一点呢？

野崎：这方面俄语又是怎样的呢？比如谷崎润一郎的作品《卍》，基本就是一个满口操着关西地区方言的女性的独白。翻译成俄语时，会使用不同于标准俄语的语言去处理吗？

沼野：俄语是没法这样操作的。若只是想表达某种优雅的女性用语的话，还有法子可使，比如说变换一下句尾的说法等，但要说把日语的人物对话用俄语的某种特定的方言来翻译，几乎是行不通的。俄罗斯虽然疆域辽阔，但各地方言的差别并不大。遥远的西伯利亚地区人们所使用的俄语，与莫斯科地区的并无大的不同。当然这背后有其缘由——历史上，俄罗斯一直是通过占领殖民地等方式扩大自己版图的。

比如说，虽然白俄罗斯语以及乌克兰语与俄语都不尽相同，略有差别，但仍然是很相近的，因此在写作时，虽说也不是不能像日本的文学作品那样将其作为方言来使用，但作为文学创作的手法来说是不合适的。如果俄语小说中突然出现了白俄罗斯语，读者难免会把使用这种语言的人与白俄罗斯这个特定的国家联系起来。俄罗斯的边境地区也有当地土生土长的方言，但如果使用了这样的方言来创作，这个地区的特色就会在作品中显得格外刺眼，那种感觉就像在翻译美国小说时，把作品中的南部黑人的语言用日本东北地区的方言来表现，是很不自然的。因此，在将日语翻译成俄语时，要在译文中把原作中的方言体现出来基本上是不可能的。这一点与法语的情形是一样的。

不过，谷崎润一郎有很多作品都被翻译成了法语吧。

野崎：是的。谷崎润一郎的小说在法国非常受欢迎，以前多是以英译本为基础的转译，现在当然都是直接从日文翻译过来的，而且有的版本还标了非常详细的注解。日本的谷崎润一郎全集都没有标注解呢。

但是，这些法语译本所用的也都是非常标准的法语。谷崎的原作是用关西方言的女性用语写成的，这一点在法语译本中完全体现不出来。因此原作中方言的魅力，只能通过对作品的解说来体会一二。读者是难以直接感受到原作本来的那种味道的。

此外，谷崎还有一部以汉文开头的小说叫《武州公秘话》，其中汉文的部分，译者特意用了拉丁语来翻译，可以说是非常用心的。但是关西方言就很难表达出来。当然了，一般来说方言的翻译都是有一定难度的。

沼野：听您说起关西方言的翻译，我想起了一个相反的例子。以前，四方田犬彦先生在翻译曾居住在摩洛哥的美国作家保罗·鲍尔斯①的短篇小说时，对于其中混杂了马格里布语的对话，翻译时使用了关西方言（鲍尔斯《优雅的猎物》所收，新潮社出版）。接下来我们再回到日文作品中的方言如何翻译成法语的问题，我记得平野启一郎的作品《日蚀》② 中古典日语的部分，是使用拉丁语翻译的。

野崎：《日蚀》在日本出版两年后，法语译本就问世了。从中也可以看出，现在的法国人对日本文学的期待程度之高。同时，从日本文学的角度来看的话，我会觉得，在某种意义上可以说，通过翻译这个过程，日本文学变成了"法国文学"。

　　法国文学的基础有很大一部分是来自十九世纪的现实主义，现实主义派的作家们标榜说，对于那些此前不曾成为小说创作素材的市民及农民、或者说无产阶级劳动者的生活，自己会在作品中如实加以描述，但是，他们所说的"如实描述"并不曾包括劳动者们的语言。福楼拜的小说《包法利夫人》中，故事发生的背景是农村，然而小说人物所使用的也都是完全没有口音的法语。从某种意义上来说，这简直可以说是配音后的版本了。

沼野：这样的话，从语言的方面来说，这些作品就不能算是现实主义了。

---

① 保罗·鲍尔斯（Paul Bowles，1910—1999），美国小说家、作曲家、编剧，作品有《遮蔽的天空》等。
② 中译本已由浙江文艺出版社于2017年出版发行。

野崎：确实如此。福楼拜当然是了解那个地方的方言的，但尽管如此，小说中人物对话的部分还是全部置换为标准法语了。作为一部现实主义作品，这样处理人物语言是否合适，我觉得作者对此可能并没有感到任何一丝的犹豫。莫泊桑的短篇小说中有时会出现一点诺曼底地区的方言，但这种情况，从某种意义上说只是为了刻意展现一点地方特色。

普鲁斯特硬朗的文体，翻译成德语就变得很普通

沼野：方言的翻译确实是一个难题。但即便不是方言，翻译过程中也常会遇到其他问题，比如没法单纯地将日语的文体和语言简单置换成法语；一个句子，如果不改变结构按原样翻译的话，就会变得很奇怪；或者明明是一个很普通的日语表达，直译成法语就失去了其原有的美感；翻译家们就在这样的地方绞尽脑汁冥思苦想啊。除了文体上的区别，日语与法语之间的不同之处实在是很多的。

下面的这个例子当然情况有点不一样，但因为非常有趣，我常常说来给大家听。海明威曾经把普鲁斯特的文章翻译成德语，当然译文本身已经遗失了，但海明威曾经在给霍夫曼斯塔尔的信上说过这件事。海明威说，普鲁斯特用法语写的文章有一种很特别的硬朗的感觉，因为他使用的不是那种符合规范的、普通的清晰明快的法语，而多用冗长而复杂的句子。但当把这些长长的法语句子翻译成德语时，文章却变得特别普通。这样一来，句子的表面意思确实是翻译出来了，但文章原有的那种本质性的东西却

消失不见了。海明威在信里说过这些话。当然反过来说，德语翻译成法语时，也同样会遇到类似的问题。

米兰·昆德拉在评论集《被背叛的遗嘱》（西永良成译，集英社出版，1994年）中，就卡夫卡作品的法语译本也表达过类似的看法。卡夫卡的德语具有很典型的德语句子的特点，长句多，句式复杂，但在翻译成法语时，这样的句子就会被断成好几个很短的短句。译文中多了很多原文没有的冒号、分号，一个长句被断成三四个小短句。我们日本人往往会觉得法语和德语同为欧洲语系，两种语言之间互译应该不会有太大的困难，但实际上仍然还是存在这样的翻译问题。

所以说，（相比德语和法语的互译）日语和法语互译时，类似于那种表面意思可以翻译出来但是整体感觉却变味了等等的不适感，其实会更让翻译家们痛苦。野崎先生有过很多翻译方面的经验，对这一点您是如何看待的？

野崎：听了您刚才所说的，我很庆幸自己的专业不是德国文学。海明威要是说经自己翻译后普鲁斯特的文章就变成了非常普通的文字，那我们就只有举手投降、没什么可做的了。能把那么艰涩的文字翻译出来，本来还想骄傲一下呢，但若说译文（失去了原有的风采）变得相当普通，那真的是让人难为情啊。

沼野：在翻译俄语的作品时，有时候我也会想自己能否翻译出原文的味道呢。俄语中也有很多由关系代名词构成的长而复杂的句型。

野崎：在这方面，法语还是比较节制的，清清爽爽，或者说，句子较短。说起德语的风格，像托马斯·曼①，他的文章句子都很长，因而也较有震撼力，很有趣。而法国的文章美学，沼野先生刚才提到的伏尔泰的《老实人》就非常典型。句子短小，干净利索。这本书写的是环游世界的故事，故事情节的发展也很快，各种出人意料的事情一件件发生，诸如差点被人杀死，或者被拷打到脸都变形，等等，整个故事安排不拖泥带水，非常流畅。文风也很简洁。这是法国人写的文章的最理想状态了。

在法国作家中，普鲁斯特是相当特别的，几乎没有人企图要与他比肩，更遑论超越他。而唯一想这么干的，是克洛德·西蒙②。

沼野：《农事诗》（芳川泰久译，白水社出版，2012年）这部小说很精彩啊。

野崎：这本书真是非常突出地体现了他的个人风格啊（笑）。大家随便翻看一下就会知道，有时仅一个句子就会长达十几页。有时还会插入一些引用，让人觉得是刻意地把句子拉长。可能对作者来说，这样会带给他一种成就感吧——自己把句子写到了它最

---

① 托马斯·曼（Thomas Mann，1875—1955），德国小说家和散文家，1929年获诺贝尔文学奖，代表作有《魔山》《马里奥与魔术师》等。
② 克洛德·西蒙（Claude Simon，1913—2005），法国新小说派代表人物，1985年获诺贝尔文学奖，代表作有《弗兰德公路》《农事诗》等。

大限度能够达到的长度。但不管怎么说，总是先有了普鲁斯特，才有了克洛德·西蒙。

沼野：野崎先生自己的体验是怎样的呢？在实践中，您把大量的法语作品翻译成了日语，是否可以说，现在从事翻译工作已经是胸有成竹了呢？是否已经达到一种什么样的法语都可以很顺利地翻译成日语的境界了呢？或者说，如果一个译者在翻译过程中总是为两种语言之间的违和感所困扰的话，他就寸步难行了？

野崎：远远不是啊。不管译了多少书，每次拿到新的翻译工作，感觉都是从零重新开始。我最注意的一点是，尽量按照原文的语序、原文中句子的前后顺序去翻译，所以经常会冥思苦想，去思考在尊重原文语序的情况下，怎样翻译才不会太啰唆。有一点我是很坚信的，翻译这个活儿，只有乐观的人才做得了。如果是责任心太强的译者，他翻译的过程就会非常痛苦，对自己的译文怎样都不满意，迟迟不能交稿。我都是心里想着"就这样了吧"，就把稿子交了。沼野先生是非常有责任心的译者，像纳博科夫的那部作品①，前后花了二十五年的时间才完成日文译本。

沼野：那个纯粹是因为我做得比较慢……我是这样的，有时候，以前明明觉得自己看懂了的句子，到了现在反而翻译不出来了。

---

① 指日本作品社2001年出版的《弗拉基米尔·纳博科夫全短篇集》，沼野充义等译，收录俄裔美籍作家纳博科夫（1899—1977）全68篇短篇小说。

读了这么多年的俄文小说，时间久了，渐渐可以读懂其中的复杂微妙之处，所以很多时候就会觉得，这个地方这样译是不对的，这样译的话，很多隐含在字里行间的意思就会丢失了。

野崎：之所以干翻译这一行，当然是因为自己喜欢，这是一定的；但对个人的发展来说到底是好事还是坏事呢，就很难说。有时我会想，如果把花在翻译上的时间都用来搞研究，或许还可小有成就。当然实际上，如果我没做翻译的话，可能到最后什么也没干成。另外就是，哪怕是自己翻译的书，只要开始下一本的翻译工作，就把上一本的事全忘光了。所以，完全没有因为翻译这些书而变得更聪明一些。有人拿我的译著来跟我讨论，比如会说，这个地方是这样啊等等，我也只会"嗯嗯"点头应付而已。

沼野：这种情况我也有。有时我甚至记不住自己翻译了什么。曾听过这样一个笑话，说有个人某天读到一篇很好的翻译文章，他就想，译者是谁啊，翻得这么棒，结果一看译者的名字，原来是自己。——当然我还不至于到这样的程度啊。还听过一个托尔斯泰的笑话，说他晚年时重读《安娜·卡列尼娜》，说这小说真棒，是谁写的啊，然后一看封面，才发现作者就是自己。

野崎：搞翻译的人，如果没有这样一种不过度执着的态度，这个活儿还真是做不长久。不要长时间停留在烦恼和迷茫中，只管去做，不然的话，它是不会自动完成的。所以说，那种乐天派的、不会顾虑太多的人比较适合做翻译，或者说，不是这样的人还真做不了。

翻译的过程中,有时会在某些时刻眼睛突然看不清,难免会出一些简单的错误,比如把代名词搞错了,或者很简单的一个名词却翻译错了,等等。因此,如果一个人不能原谅自己犯类似的小错误,翻译这个工作就做不下去,可能这样的人也不会选择翻译。之所以我还在继续做这一行,是因为有一个心愿,想把自己年轻时候感受过的对翻译文学的兴奋感,或者说读到巴尔扎克、司汤达、萨特、安德烈·布勒东或者陀思妥耶夫斯基时的那一份感动,也传递给下一代人。

经常有人对我说,现在英语圈国家的年轻人读原版的莎士比亚作品会感到很辛苦,而日本人就可以读到现代日语版本的莎士比亚,让人羡慕。是的,翻译有一种让原作历久弥新的力量,对我来说,这也是翻译的魅力之一。而且,当然了,经由自己的工作把那些未经翻译的法语作品介绍给国内的人们,不知道为何,想到这一点,我到现在还会感到很兴奋,那种感觉就像自己变成了一个赌徒一样。

刚才话题谈到了方言的不可翻译,但是呢,像谷崎润一郎的作品,虽说读法语译本并不能体会到关西腔的那种大大咧咧不拘小节的魅力,但即便如此,法国人还是很爱谷崎润一郎,法语译本的编辑和装帧,比日文原版还要好。谷崎作品想要传递的重要信息,通过法语译本还是传递给了读者们的。这是世界一流的、独特的作品——这一点,经由对法语译本的阅读,法国的读者们是感受到了的。所以说,翻译还是要做的。沼野先生刚才提到了世界文学,那么,持续地进行翻译工作,一定是可以使世界文学更加丰富的唯一方法。当然了，希望译者们最好不是那种马马虎虎粗心大意的人。总之我觉得，不管怎么说，翻译本身是一件对世界有益的善事。

沼野：是的，外国作品的日文译本也应该被看作是日本文学的一部分，这样的话，日语文学的在库目录也会丰富很多。这一点很重要。当然了，就像方言没法翻译一样，翻译过程中原作的韵味会失去很多。

比如井上靖的话剧《如果和父亲一起生活》（1994年，新潮文库），由于后来它被改编成了电影，可能很多人都知道这部作品，它里面的台词，用的全部都是广岛方言。所以在日本，不管观众是广岛人还是东京人，大家都会对此印象极其深刻，知道这是一部由广岛方言写成的作品。

这部话剧后来被翻译成其他国家的语言，在世界各地上演，当然了，广岛方言是翻译不出来的。英译本的译者是罗杰·巴尔伯斯，有一次我就问他："方言的翻译你是怎么处理的呢？"他说："就是把它翻译成常用的标准英语了呀。"我说："翻译成常用的标准英语的话，那里面广岛方言独有的韵味不就丢失了吗？"对此，他的回答是："方言的韵味什么的，没有了就没有了吧。"他想说的是，好的作品就是好的作品，你正常翻译就可以了，读者会感受到的。那些情绪饱满、情感充沛的台词，用标准语也是可以表达出来的，比如使用一些非常有女人味，或者男人味的语言，并好好地加以打磨，一样可以传递出来。只是不用方言这个系统罢了。罗杰·巴尔伯斯是这样说的。我觉得这是一种可行的、较为妥当的做法。

由翻译文学筑就的"世界文学"

野崎：换个话题啊。我几乎没有怎么做过诗歌的翻译，对此大有憧憬之情。我开始读外国文学是在初中、高中的时候，那时也读了一些翻译诗作，受到很大的震撼。

就是在那时候，我迷上了法国文学作品。波德莱尔的《恶之花》，兰波的《地狱的季节》以及《幻视》，还有堀口大学译的《月下的一群》①，读了这些诗歌后，我感到自己突然踏入了一个从前一无所知的新世界。现在想来，且不说《月下的一群》怎样，那时我读的那些翻译作品，从语言方面来说，很多译文并没有打磨好。但是，那也是可以的。生硬的翻译，也自有它生硬的韵味，或者说，即便是译文很生硬，原作的内涵也还是可以传递出来的。翻译并非一种透明的存在，可能你读起来会有抵触，但这种抵触感里面，也蕴含了某种生命力。

在这里我特别想跟听众们说的是，沼野先生做诗歌的翻译是很有一手的，我读到时每每有惊艳之感。以前我就想，沼野先生一定要多翻译一些诗歌，量攒到跟《月下的一群》差不多了就出版，我就可一饱眼福了。

沼野：关于诗歌我谈一点个人的体验。年轻的时候我做过一本诗

---

① 日本译者堀口大学（1892—1981）的译诗集，收录66名法国近现代诗人的近340篇诗歌。

歌的同人杂志，那时松浦寿辉①也是杂志的撰稿人。他还在法国留学的时候，我就拜托过他撰稿的事，那时候没有电子邮件也没有传真，他的诗就手写在航空信用的那种薄薄的半透明的纸上寄过来。这些稿子，现在到我家的阁楼上找一找可能也还在。此后，他成为了大诗人、小说家，我就没有这份才华，最终也没成为一个诗人。自己是不写诗了，但诗歌的翻译是一直到现在我还想做的。

野崎：有一些诗歌，很希望有机会读到沼野先生重新翻译的版本，就像从前的《月下的一群》一样，沼野先生的译本，将不仅会进一步丰富日本文学的表达方式，也会激发人们对那些此前所不了解的外国诗人们产生兴趣。

《月下的一群》中有一首诗非常有名，让·谷克多②的作品，"我的耳朵如贝壳/怀念着大海的声音"。只把这一句拿出来给学生看，问他们觉得这是翻译还是日语诗，结果是一半一半。但是在法国，让·谷克多的这首诗并不怎么为人所知。所以说，世界文学的一部分是在翻译的过程中形成的，真实不虚。再有就是，森鸥外翻译的短篇小说《冬之王》非常精彩，相反，原作者汉斯·兰多几乎并不为人所知。所以说，翻译是有这样一种创造的可能性的。

---

① 松浦寿辉（まつうらひさき，1954— ），日本法文学者、诗人，诗集《冬之本》获高见顺奖，小说《花腐》获芥川奖。
② 让·谷克多（Jean Cocteau, 1889—1963），法国作家，代表作有《可怕的孩子们》等。

沼野：电影的话题到现在还没有谈到，我们就把它作为这次对谈的压轴好戏留到最后吧。现在，我来总结一下此前所讨论的内容，同时也就各位听众手边的资料做几句补充。

这份资料虽说名为"名作书单"，但这里所提到的并非仅限于主流作品，一点也不保守哦。并非只有那些被守旧派誉为经典的作品才算是名作，如果说整个社会存在一种规范的话，实际上，那些至今还在为人们阅读的有价值的作品，常常是产生于对这种规范的某种反抗。

其实不仅法国文学如此，文学的历史、艺术的历史都是这样一个过程的连续。一个时代最有代表性的思想，从某种意义上来说是最为平庸的。所以说，历史并非来自这些平庸的思想，一个社会的规范，总是伴随着那些打破规范的作品的出现而更新的，而这个更新的过程，就成为了历史。所以我们在做推荐书单时就比较重视这一点。正如大家此刻所拿到的这份书单，从中多少是能看出那些反抗过程的历史脉络的。法国是一个热情又充满反抗精神的国家，读司汤达等人的作品你就会觉得，这就是法国啊，一个热衷于恋爱又喜欢反抗的国家。俄罗斯文学中，描写肉体的感官快乐的作品很少，而反观法国文学则会发现，有关爱情的主题与反抗精神一起，密不可分地同时大量地出现在作品中。

电影与文学之间的理想关系

沼野：接下来我们谈一谈文学和电影吧。今天也给大家准备了一份电影名作清单，其他的可以不看，但这些电影不要错过哦。非常推荐。

野崎：我觉得，从某种意义上来说，电影导演就像是一个翻译家。拍电影时，你首先得有剧本。呃，当然像香港电影那样，也有的是没有剧本就拍出来了的。

我想说的是，原本电影这个东西，"一开始得先有文字才行"。电影导演，就像一个翻译家，把文字视觉化，用影像来表达故事。尽管如此，还是经常听到有人轻轻巧巧地说什么"电影是无法超越原作的"——对说这种话的人，我真是气不打一处来。我特别想跟他们说，去看一下让·雷诺阿导演的电影《乡村一日》，它是由莫泊桑作品中的一部相对小众的短篇小说《一日郊游》改编而来，日本的话，可以看一下吉田喜重导演的《秋津温泉》。《秋津温泉》原作者是藤原审尔，虽说小说本身在当时也是一部畅销书，但改编后由冈田茉莉子主演的电影，可以说是日本爱情电影的"NO.1"。还有路易斯·布努埃尔导演的电影《白日美人》，约瑟夫·科塞尔的原作小说现在已经没有多少人读了，但改编后的电影非常有感染力，到现在我也时不时会想要再看一遍。当然了，虽说拍电影跟翻译类似，但导演在电影中擅自加入原作没有的内容是家常便饭，也正因如此，电影才有其拍摄的价值。《乡村一日》的原著小说《一日郊游》原本是天气晴朗的某天发生的故事，雷诺阿导演却在电影中安排了瓢泼大雨的场景，也是很任性了。拍电影跟我们译者小心翼翼地做翻译还是很不同啊，一出手改动就很大。

无论如何，比原作精彩的电影实在是太多了，我觉得，这对文学界来说也是一件好事啊。有小说，有电影，人活着只要有了这两种趣味，就不会太无聊。所以个人觉得，一定要给这两类原本就不同的领域分出个高低上下的做法，真是无聊至极。沼野先生怎么看？

沼野：俄罗斯和东欧的电影我看了很多，但其他地区的电影就看得比较少。说到法国电影，我想起了金井美惠子①的小说，它里面有很多地方是这样的，如果你没看过法国电影就看不明白，所以她的书对我来说就有点难懂。

关于由文学作品改编的电影，我简单列举其三条功用。

第一点是，"可以发牢骚说这电影拍得与原作不同"。不是指责它与原作不同，而是讨论这电影与原作有何不同。这就有趣了。比如说，塔尔科夫斯基拍的电影《索拉里斯》②，就与原作非常不同，但正是由于不同才有趣，有意义。

第二点是，"可以从电影中看到小说原作中看不到的东西"。比如卡夫卡的《变形记》，小说中主人公变成了"毒虫"，那这个"毒虫"到底是什么虫，长何种模样呢。卡夫卡自己觉得，这个部分是不可以将其视觉化的。但要拍电影的话，就必须把它画出来。俄罗斯有一位很有才华的话剧导演叫瓦列里·福金，他把《变形记》拍成了电影，其中毒虫会是什么样子的呢，当我们看到电影中毒虫的形象时，会有一种看了不该看的东西的

---

① 金井美惠子（かないみえこ），日本作家。主要作品有《奇怪的新娘》《恋爱太平记》等。
② 中译本已由广西师范大学出版社于 2010 年出版。

乐趣。

第三点是,看"书总是读不完,但看电影的话,只需两个小时的时间就让人觉得自己把整本书都读了"。当然了,仅仅停留在"觉得"自己读完了当然是不行的,如果看完电影后兴趣大发,去真的把书读完就最好了。比如《战争与和平》是无人不知无人不晓的名作,但其实没有几个人从头到尾把它读完过。《战争与和平》的电影总共分为4部,全部看完需要近7个小时,虽说比两个小时要长不少,但看完电影,就了解了那段波澜壮阔的历史过程。而且,若觉得电影有趣的话,可能就会想,下次我要拿原作的小说来读一读。

好的,有关电影的话题就蜻蜓点水、到此为止了,今天对谈的最后,请野崎先生来介绍一下他最新的译著、鲍里斯·维昂的《岁月的泡沫》①(光文社古典新译文库,2010年出版)。

野崎: 方才的对谈中,沼野先生曾经提到过一位作家雷蒙·格诺,非常擅长玩文字游戏,而鲍里斯·维昂,就是以他为师的。具体来说,鲍里斯·维昂是活跃在十九世纪四十年代后半期到五十年代初期法国文坛的一位诗人、小说家,同时也是小号演奏家、美国小说译者、爵士乐评论家,也是萨特、波伏娃的好朋友,最后他还是一个自己老婆与萨特私通被戴了绿帽子的男人,不管怎么说,他才华横溢,经历丰富,一生辉煌。有关他的小说

---

① 原著是波兰作家斯坦尼斯拉夫·莱姆创作的一部长篇科幻小说《索拉里斯星》。

《岁月的泡沫》，格诺说这是一部"二十世纪最为悲伤的恋爱小说"，个人深以为然。维昂四十年的生涯中经历的，包括悲伤在内的所有情感和体验，都完美地凝结在这部小说中了。

其中有法国小说常见的反抗的因素，同时也有让人愉快的冒险精神、时尚感，这些，都以一种非常纯粹的形式呈现在其中。虽然维昂自己不太积极，但这部小说还是被改编成了电影，在首映式上，当电影的名字出现在屏幕上的那个瞬间，维昂心梗发作当场去世。翻译的过程中我也再次确信，（虽然小说已经出版了很多年，但）作品的生命并没有任何减损，在岁月的洗礼中仍然非常完整地留存下来了。如果有哪位朋友在听了今天的对谈后对法国文学产生了些许兴趣，请一定读一读这本书。

沼野：谢谢。今天的对谈就到此结束。

翻译家·外国文学研究家篇

第三章
作为"世界文学"开端的美国文学

——都甲幸治与沼野充义的对谈

活在多声部的
语言情景中

都甲幸治

1969年生于福冈县。毕业于东京大学研究生院。美国文学家、翻译家、早稻田大学文学学术院教授。著作有《伪美国文学的诞生》《21世纪的世界文学导读30册》等。译著有《本杰明·巴顿奇事》（菲茨杰拉德著）、《肆意生活》（查尔斯·布考斯基著）、《问尘情缘》（约翰·范特著）、《弗农小上帝》（DBC·皮埃尔著）、《奥斯卡·瓦奥短暂而奇妙的一生》（朱诺·迪亚斯著/共译）。

资料

●都甲幸治向年轻读者推荐的英美文学、英语小说 10 册

①埃德加·爱伦·坡《莫尔格街凶杀案》,1843 年。(小川高义译,光文社古典新译文库,2006 年。此外,亦有其他译本多种)

②亨利·戴维·梭罗《瓦尔登湖》,1854 年。(饭田实译,岩波文库,1995 年。此外,也有其他译本多种)

③杰克·伦敦《野性的呼唤》,1903 年。(深町真理子译,光文社古典新译文库,2007 年。此外,亦有其他译本多种)

④弗·司各特·菲茨杰拉德《了不起的盖茨比》,1925 年。(村上春树译,中央公论社,2006 年。小川高义译,光文社古典新译文库,2009 年。此外,亦有其他译本多种)

⑤杰罗姆·大卫·塞林格《麦田里的守望者》,1951 年。(村上春树译,白水社,2006 年/野崎孝译《麦田里的守望者》,白水社,1964 年/桥本福夫译《危险的年龄》1925 年)

⑥理查德·布劳提根《在西瓜糖里》,1968 年。(藤本和子译,河出书房新社,1975 年。河出文库)

⑦托妮·莫里森《最蓝的眼睛》,1970 年。(大社淑子译,hayakawa epi 文库,2001 年)

⑧J. M. 库切《迈克尔·K 的生活和时代》,1983 年。(kubota nozomi 译,tikuma 文库,2006 年)①

---

① 此处译者的姓名原文用的是假名,非汉字,为尊重原文此处用罗马字母。

⑨玛格丽特·阿特伍德《使女的故事》，1985年。（斋藤英治译，新潮社，1990年。后由hayakawa epi文库出版）

⑩石黑一雄《长日留痕》，1989年。　（土屋正雄译，hayakawa epi文库，2001年）

●沼野充义向年轻读者推荐的英美文学、英语小说（等）10册

①莎士比亚《哈姆雷特》，约1600~1602年。

②劳伦斯·斯泰恩《特利斯川·商第的生平和意见》，1760年。（朱牟田夏译，岩波文库，1969年。此外，亦有其他译本多种）

③罗伯特·路易斯·史蒂文森《金银岛》，1883年。（村上博基译，光文社古典新译文库，2008年。此外，亦有其他译本多种）

④赫伯特·乔治·威尔斯《墙中门》，1906年，及该作者的其他科幻短片。

⑤赫尔曼·梅尔维尔《书记员巴特尔比》，1853年。（柴田元幸译，载于 *Monkey Business 2008 Spring vol.1*，Village books，2008年）

⑥埃德加·爱伦·坡《威廉·威尔森》，1839年。

⑦杰罗姆·大卫·塞林格《九故事》，1953年。（中川敏译，集英社文库，新版2007/*Nine Stories*，野崎孝译，新潮文库，1974年。此外，亦有其他译本多种）

⑧罗伯特·安森·海因莱因《夏之门》，1956年。（小尾芙

佐译,早川书房,2009年。此外,亦有其他译本多种)

⑨理查德·布劳提根《爱的方向》,1966年。(青木日出夫译,新潮文库,1975年。hayakawa epi 文库)

⑩约瑟夫·布罗茨基《小于一》,1987年。(Less Than One, New York: Farrar, Straus, Giroux, 1986/Penguin Books)

(番外篇:内村鉴三《我如何成为基督信徒》,1895年。原书英文名称为 *How I Became a Christian: Out of My Diary*)

小讲座第一部分：明治时期的"世界文学"

沼野：今天我们迎来了都甲幸治先生，他的翻译和研究工作是以美国文学为中心展开的，接下来我们的对谈将围绕以下话题进行，透过英文小说可以看到怎样的世界，或者说，读了英文小说是否就了解了世界文学。接下来先由我就今天的主题来做一个简短的小讲座，之后再进入对谈的环节。

现在，日本各大学的文学部沿用的仍是英美文学、德国文学这一旧有的分类方法，但这一旧的框架是否还适用于现在的世界文学呢，或者说，是否还能以此框架来解释、说明现在的文学界现状呢？我觉得，只要是搞现代文学研究的人，谁都会有这样的疑问。只是在现实中，原有的组织和权威因循守旧是常有的事，面对大学里的英文系这样一个组织，只是批评它"太守旧"恐怕也很难改变什么。但是，在真实的文学世界里，已经出现了很多无法以旧有框架来涵盖的英语文学作品，这也是一个不争的事实。

因此在今天的对谈中，对于从前的英美文学我们会加一个引号去看待，也就是说，各位听众在听接下来的内容时，请把那些已包含在旧有框架中的、作为历史性事实的英美文学的印象先放在一边，却看到，在现代这个时代，还有一部分英美文学是游离于旧有的文学框架之外的。

好了，接下来的内容我想从对英美文学的赞美开始，以示对都甲先生的敬意。日本对欧洲文学的接纳这一问题，是比较文学研究，或者说是日本近代文学史上的一个大问题，很难用几句话来简单地总结。但有一点可以说的是，对于在明治时期结束了闭关锁国的日本来说，人们对于此前的欧洲文学是一无所知的。在封闭的锁国时期，至多有一些荷兰的文献可以进入日本，或者翻译一些有关人体解剖的书，而那时的日本人几乎完全不了解，除了此类书之外欧洲还有大量优秀的文学作品。然而，在进入明治时期之后，在极短的时间内，大量的西方文化一下子如潮水般涌入了日本。在欧洲，英国文学、法国文学是先发展起来的，德国和俄国的文学是后发的，出于这样一个缘由，自然也就有了文学史上的时间差之先后、发展的顺序之别以及价值大小之异，但（由于这些文学作品是在很短的时间内同时进入日本的，因此）日本对欧洲各国文学的接受，就与以上的价值排序无关，只能是同时全部接收过来。俄罗斯文学、与欧洲相比还是新兴国家的美国的文学、十六世纪英国的莎士比亚、西班牙的塞万提斯①等各类文学同时进入日本，并在此后很长的一段时间里百花齐放，令人眼花缭乱。身处这样一种波澜壮阔的外国文学的大潮中，日本的人们唯有发出连连赞叹，说着"俄国文学太棒了""美国文学也很有趣""莎士比亚的作品也不要错过哦"等。

日本人是同时接触到莎士比亚和陀思妥耶夫斯基的，但他俩之间其实有三百年的时间差。由此可见，明治时期日本的人们所

---

① 米格尔·德·塞万提斯·萨维德拉（Miguel de Cervantes Saavedra，1547—1616），西班牙小说家、剧作家、诗人，他创作的《堂吉诃德》被誉为文学史上第一部现代小说。

经历的是怎样一场巨大的欧洲文化的洗礼。

就这样,作品诞生的时代、文学史上的价值大小排序等都被置之不理,所有的欧洲文学同时涌入了日本这个狭小的竞赛场,凭实力展开了一场比拼。这种状况下,日本人最喜欢哪个国家的文学呢?可以这么说,俄罗斯文学很有趣,法国文学和德国文学也各有其风采,不相上下,但客观上来看,还是以莎士比亚为代表的英国文学最有实力。在明治时期的日本社会,不限于英语文学研究领域,无论是文科还是理科,从一般教养的角度来看,会说英语都已是一种身份的象征。在当今的时代,全球化的风潮正是在英语这面旗帜下被推动起来的,英语已成为事实上的世界语。而在明治时期的日本,在英法德俄这几种主要的西方语言中,从某种意义上来说,英语也被看作是最重要的一门外语。这是必须承认的。

因此,明治时期日本的知识分子们都很积极地学习英语,尤其是搞文学研究的,有很多人可直接阅读那些没有日文译本的英语原版作品。现在的日本作家中不懂外语的人越来越多了,想读英语小说,也只有等都甲先生这样的译者把书翻译出来。但明治时期的文学家们不是这样的,他们是可以自己读英语的原版作品的。比如芥川龙之介,托尔斯泰的《战争与和平》他读的就是英文原版。明治时期人们的英语阅读并不仅限于文学,哲学、思想、科学等领域的知识也是通过英文原版来学习的。

因此,反过来说他们想要向世界表达自己的想法也很强烈,很多人用英语写作、用英语表达自己的思想。做比较文学研究的人一定知道如下几本书，内村鉴三①《我如何成为基督信徒》（铃木俊郎译，岩波文库）、冈仓天心②《茶之书》（村冈博译，岩波文库）、新渡户稻造③《武士道》（矢内原忠雄译，岩波文库），这三本书都是以岩波文库本的形式出版的通识类书籍，但请大家不要误会的是，这几本书最初都是以英语写成，而后翻译成日语。明治时期的日本人擅长英语就是到了这样的程度，熟练地阅读英语读物，也用英语来表达自己的思想。

出于以上缘由，以英语写成的文学作品，从明治时期以来就在日本的文学界占据了中心位置。夏目漱石在大学时代学的就是英国文学，其后到英国留学，在那里他学到了英国文学的精髓，虽则后来他略微出现了一些神经衰弱的症状，但他的英语水平是专业级别的，而非仅仅是一个作家。

小讲座第二部分：以英语写成的"世界文学"

沼野：在明治时期的日本，英语文学是通识性知识的基础，就像坪内逍遥等大量阅读莎士比亚作品并将其翻译成日文出版一样，那时人们关注的主要是英国，与欧洲各国相比，美国还是处于劣势的。美国是一个新兴国家，从当时欧洲的视角来看，它处在边缘位置。这样说大家可能颇感意外，但以西欧为中心来看的话，

---

① 内村鉴三（うちむらかんぞう，1861—1930），日本基督教宗教教育家，著有《基督教信徒的慰藉》《我如何成为基督信徒》等。
② 冈仓天心（おかくら てんしん，1863—1913），日本著名美术家，近代文明启蒙期最重要人物之一，著有《东洋的理想》《茶之书》等。
③ 新渡户稻造（にとべいなぞ，1862—1933），日本著名国际政治活动家、教育家，著有《武士道》等。

俄罗斯和美国，都不过是些边缘国家。从这个意义上来说，美国和俄罗斯是一样的，在面对那些古老的西欧国家时，会同时产生两种相反的复杂情感，一方面有一种新兴国家的自负，同时又有一种自卑，此二者的张力给美国文学带来了一种独特的生命力。从十九世纪一直到二十世纪，正是这种旺盛的生命力催生了美国文学的发展。我是专门研究俄罗斯文学的，都甲先生是专门研究美国文学的，从这个意义上说，我们两个人的想法应该是比较合得来的，不知道事实是否真的如此呢。

在今天活动的开始我也提到过这一点，就是说，现在的英语圈文学，已经呈现出了一种难以用英国文学、美国文学这种旧有的框架来概括的生态，具有非常丰富的多样性。德国及法国也有类似的现象，即便单看美国这一个国家，情形也是如此，有非常多的移民从世界上其他各个国家来到了美国。因此，很多母语非英语的人们在年轻时移民到了美国，重新学习英语，用不是母语的英语开始小说创作，这样的例子有很多。其中有来自亚洲的移民，最近也有很多是来自苏联、东欧等以前的共产主义国家的移民。同时，还有一些人属于移民二世、三世，他们的母语虽然是英语，但由于父母只说波兰语或者俄罗斯语，他们并没有完全被英语文化圈同化，其身份认同有着微妙的不确定性。甚至还有这种情况，虽然其身份是美国作家，但他永远只写南斯拉夫的事情。当然这种情况并非只发生在美国，其他国家也是有的，但其中特别是以英语进行创作的文学领域，多样性、某种越境性、混合性等特点越来越明显。

自2008年6月翻译出版朱诺·迪亚斯①的《奥斯卡·瓦奥短暂而奇妙的一生》(都甲幸治·久保尚美译,新潮crest·books出版,2011年)以来,对于那些用生动鲜活的美式英语写成的最新文学作品,都甲先生会阅读其中还未翻译成日语的作品并将其介绍性文章每月刊载在文艺杂志《新潮》上,这项工作已经不间断地持续了4年以上。其中一部分收录在《21世纪的世界文学导读30册》(新潮社,2012年)一书中,并已于近期出版。

都甲先生撰写的这些导读文章,我一直都很喜欢,一期一期地在杂志上追着看,那时就很感慨,心里想,真的是每个月都不间断呢,太让人佩服了。一位专门做外国文学研究的专家,把那些还没有翻译过来的原版书通读一遍并撰写有关该作品的介绍性文章——可能大家会觉得,你是搞外国文学的,做这种工作是轻车熟路、理所当然的事,但其实是非常辛苦的。

比如说,如果本职工作是一位翻译家,就要留出专门的时间用来做翻译,也就没有太多的时间读别的书了。如果本职工作是大学教师,拿了大学的工资就要好好教学,要花费大量的时间备课、批改学生的研究报告,就更没有时间了。所以说,像都甲先生在做的《新潮》杂志的连载工作,一般人的话,坚持个一年半载还行,但是三年、四年下来都持续地每月更新,其实需要耗费非常大的心力。以前我也曾经以类似的方式给文艺杂志的连载栏目撰稿介绍现代的俄罗斯文学,但近期实在是心有余力不足了。

---

① 朱诺·迪亚斯(Junot Diaz),多米尼加裔美国作家,普利策奖得主。

都甲先生在连载中介绍过的作品，有很多后来都得以翻译出版了。除了朱诺·迪亚斯之外，还有米兰达·朱莱①《没人比你更属此地》（岸本佐知子译，新潮 crest·books 出版，2010 年），我个人很喜欢的作家李翊云②《金童玉女》（筱森百合子译，河出书房新社，2012 年）、唐·德里罗③《坠楼者》（上冈伸雄译，新潮社、2009 年）等很多有趣的作家和作品。就是说，通过这本书的介绍，我们了解到一片丰富多彩的世界文学的天地。在现在日本的外国文学家中，像这样积极将现代世界文学介绍到国内的人，除了都甲先生之外几乎再难有其他。这是一项非常重要的工作。同时呢，在这里我也想探讨一下这个问题，即，推荐书单中您所选取的都是以英文写成的小说，但在《新潮》杂志的连载中，也介绍了一些原版非英文、但有英文版本的作品。而且，把该书命名为《21 世纪的世界文学导读 30 册》在某种意义上来说也是有些挑战性的，因为可能有人会说，这本书的名字难道不该是《美国文学导读》吗？所以我想了解的是，出于怎样的缘由，您才把这些在美国出版、以英语写成的文学作品称为"世界文学"的呢？这是我们今天对谈的一个主要话题。

此外，我也经常就世界文学的动向写一些文章，最近美国的一位比较文学研究者戴维·戴姆拉什的《什么是世界文学》（奥

---

① 米兰达·朱莱（Miranda July），美国作家，凭借短篇集《没人比你更属此地》获弗兰克·奥康纳国际短篇小说奖。
② 李翊云，1972 年生于北京，坚持用英文进行创作，著有《千年敬祈》《金童玉女》等。
③ 唐·德里罗（Don Delilo, 1936—　），意大利裔美籍作家，代表作《白噪音》获美国国家图书奖，被誉为后现代主义文学巅峰之作。

彩子等译，国书刊行会出版，2011年）在日本面世，我为该书写了解说稿。其中，戴姆拉什谈到了世界文学的有趣之处，对此我自己也思考了一下，并总结出了以下三点，第一点是"旅行使人快乐"；第二点是"多样性是好的"；第三点是"翻译使（之）更丰富"①。

这个话题说起来就长了，这里说的"旅行使人快乐"中的"旅行"指的是，在某个国家以那个国家的语言写成并在那个国家出版的文学作品，后来被译成他国语言的过程，也就是说，这部作品以这样的方式旅行，在世界上的其他国家被阅读，并为越来越多的人所知。所以，那些在美国写成的英语原版作品，经由都甲先生阅读后再介绍到日本国内，这个过程也可以看作是一场旅行。这本身就是一件让人心情愉悦的好事。如果并不能体会到这种愉悦，读外国文学也就没有什么意思了。

第二点的"多样性是好的"，是说，在现代这个世界，无论是人种、语言，还是文化，都有多种多样的要素错综复杂、交叉并存。有一些作家，很难用"他是某国的作家"这样的说法来定义他。如果把这种现象看作是对语言和文化纯粹性的威胁而排斥它，世界就会变得枯燥无趣。拥有丰富的感受性，认同"多样性本身就是好事情"，这一点对我们阅读世界文学来说是必要的。当然了，这一点不用我来啰唆，现在这已经成为人们的共识了。

---

① 此处作者的日语原文中没有使用宾语，在此为了读者的中文阅读习惯，补译了宾语"之"。作者省略宾语的意图请参考下页内容。

然后是第三点,"翻译使(之)更丰富"。使什么更丰富呢?这个句子中缺少宾语,作为日语来说是不完整的。这是我模仿欧洲语言的句子结构编造而成的说法,透着浓浓的翻译腔。具体来说,文学作品的翻译,经常被诟病失去了原文的韵味、是二次模仿的水货,只有原文,也就是作者原本用自己的语种写成的作品才是唯一神圣的,而翻译的过程损害了这种神圣性。相传美国诗人罗伯特·弗罗斯特①说过这样一句话,"所谓诗,就是翻译之后失去的东西"。他是一位诗人,所以谈论的是诗,但其实在很大程度上小说也是如此。

但如果过于强调这一点,以为外国文学经翻译后其价值就大大下降了,不值得阅读,这就本末倒置了。但是,(换一个角度来看我们就会发现)翻译虽然确实有这样那样的局限性,但它有一种力量,使得作品可以超越某个国家的边境去到更广阔的世界,在那里与新的读者们相遇。翻译的过程可能确实使它失去了什么,但只要是有趣的好的作品,阅读了就一定会从中有所得。比如都甲先生所译的朱诺·迪亚斯的《奥斯卡·瓦奥短暂而奇妙的一生》,我想这本书的翻译过程一定是颇为辛苦的。如果是多少懂一点西班牙语的美国人,读这本书时可以无视里面只有特别感兴趣的人才会注意到的那些细节,顺着主要情节一口气读下去就可以了,但总的来说,阅读时还是会遇到一些语言上的障碍的。因此,反过来说,都甲先生翻译之后呈现的译文给日本读者

---

① 罗伯特·弗罗斯特(Robert Frost,1874—1963),20世纪美国最受欢迎诗人之一,4次获普利策奖,代表作有《山间》《新罕布什尔》等。

带来了一种新的冲击力，它一定与英语圈的读者们在阅读原著时感受到的那种冲击力是不同的。从这个意义上来说，收获最大的可能是译者自己。因为，译者是那个最能感受到自己的译文所带来的冲击的人。

因此，今天我们请来了都甲先生，一起来聊一聊以英语写成的文学，或者说世界文学在今天有了怎样的发展。现在有请都甲先生。

明治时期以来的日本与日语

都甲：看到今天有这么多的朋友来参加活动，我感到非常荣幸。像今天这么高的人口密度，大学时期我去看小剧场演出时曾经体验过，今天是我人生中第二次。非常感谢。跟沼野先生对谈，我是很紧张的。其实我在学生时代曾经听过先生的课。所以说，人生就是这样的，你并不知道接下来会发生什么。

刚才沼野先生说了很多对英美文学的赞美之辞，其实昨天夜里、也就是今天的凌晨两点钟，我收到了沼野先生的邮件，宣布说今天的对谈首先会谈到内村鉴三。我家附近的八王子车站有一家熊泽书屋，早上九点开始营业，所以我今天匆匆忙忙赶去那里，买了一本《我如何成为基督信徒》，来这里的路上读了大半。

沼野：这本书的日语很棒吧。

都甲：是的，是旧式的日语。但很有范儿。

沼野：是内村自己的学生翻译的。

都甲：在翻译的时候，可能他参考了内村鉴三自己写文章的风格吧。

沼野：是呢。听说书的名字是内村本人指定的。

都甲：这本书很好，推荐大家都能读一读。非常有趣。

沼野：内村自己说是由日记改写而成的，所以内容并不难懂。只是译文的日语实在是有点老旧过时了，最好是有人重新翻译一下。都甲先生，就由您来翻译成现代日语出版怎么样呢？

都甲：这本书里很多细节都非常有趣，比如说作者提到在札幌的农学校被学长们包围，在学长的强制和胁迫下自己无奈改信了基督教；因为听说美国是基督教国家，本来他在内心是很敬重美国人的，但刚到美国突然钱就被偷走了；白人门童过来帮忙搬了行李，他心里刚想着"哇，基督教徒真是太善良了"，转头这门童就要小费，于是他不禁又想，"你们这些美国人，眼里就只有钱吗？"等等。现在留学或者移民到美国差不多都会遇到的一些让人惊讶的小插曲，已经都写在里面了。我留学美国的遭遇等等这一类的文章，有了这本书，就什么都不必写了。

在这一时期用英语写作的日本人，还有铃木大拙①、冈仓天心等许多人，几乎每一个人都是如此，他们不仅会说英语，还非常有行动力，在社会上大有作为。南方熊楠②更是有趣，他曾为钱所困，所以进了马戏团跟着去了古巴。像他们那样有行动力的人，在现在这个时代不多了。

对于在日本谈论世界文学及日本文学，我其实有一种焦虑感。这是怎样的一种焦虑呢？以日本文学为例来说吧，我有一种印象是，大家讨论来讨论去，也仅仅止步于"但凡是日本人就都能明白吧""日本人是不会那样做的"这一类的话题；而谈到世界文学呢，则常见这样一种让人生厌的态度，说什么那个作家的书我是想读的，"但从个人的角度来说我可不想跟外国人交朋友"。然后还要像称赞哪个国家的奥运会选手一样，说什么俄罗斯的陀思妥耶夫斯基很棒，英国的莎士比亚很棒。

但在明治时期，人们还不是这个样子，很多人外语都很好。为什么呢，因为他们学习英语，并非是只把英语当作一门外语来学的。二叶亭四迷③就是一个典型的例子，他学俄语，是因为老师是俄国人，只好用俄语来学习。刚才提到的内村鉴三上过的农学校，当时日语中连农学这个概念都没有，所以就请那些在美国西部开拓过的人来到日本，教人们从这个概念学起，也只有从这

---

① 铃木大拙（すずき だいせつ，1870—1966），世界禅学权威，日本著名禅宗研究学者与思想家。
② 南方熊楠（みなかた くまぐす，1867—1941），日本近代杰出的生物学家。
③ 二叶亭四迷（ふたばてい しめい，1864—1909），日本作家，俄罗斯文学翻译家，代表作《浮云》首创言文一致体，成为日本近代小说先驱。

里开始学起。也就是说,他们不是为了学英语而学英语,而是必须学好英语(才能听得懂老师上课)。

所以,虽然是在日本国内,但他们所处的环境跟实际去留学差不多,札幌农学校那种地方,进了校园简直就像是到了美国,在那里学会说英语是再自然不过的事。可以这么说,学生们虽是在日本国内上的学,但其实就和从国外回来的归国儿童差不多。

就这样,日本的近现代文学,或者说日本的学术,其实是有扎实的外语基础的,像俄语、英语、法语,均是如此。在其后的一百五十年中,还有一些像我们这样做翻译工作的人共同努力,形成了今天这样的掺杂了大量外来词汇的日语。这些由翻译而来的外来词汇,一并也被称为"日语",也以此来施行教育,于是一种类似于"不学外语也没关系,只会日语也能学习好"的看法就出现了,但这实际上仅仅是一种妄想而已,并非真相。

因此,一个人只要他生活在明治以后的日本,他所使用的日语,就不得不是一种杂交性的语言。所以其实在现实中是发生过这样一个过程的,即,原有的日语中有英语和法语掺杂进来,于是形成了一种很奇妙的日语,然后中国人和朝鲜半岛的人们又从这样的日语中吸收了一些和制汉语词,于是就形成了奇妙的现代汉语和现代朝鲜语。然而人们总是倾向于把时间一分为二,一个是自己出生前,一个是自己出生后,以为自己出生后才习得的这些奇怪的日语,是自己出生很久之前就已经存在着的原本的、纯粹的日语。实际上并非如此,现在使用的日语其实是由多种语言杂交形成的。正因为如此,在现代的日本社会,当我们在使用日语时才经常会忘记,这其实是一种人工合成的语言。

让我想起这一点的就是内村鉴三，他只花了五年的时间，英语就说得非常流利了。就是一群像他一样的人们，造就了这种奇妙的杂交语言，这是现代日语的一个不为人所知的起源。如果我也跟大多数日本人一样，一直愉快地在日本国内生活着，偶尔读一读自己感兴趣的英美文学，可能也不会注意到这一点。

但是呢，后来我去了美国留学，虽然并没有经历过像内村鉴三那样让人伤心的事，但也是天天都会遇到不如意。上课听不懂老师讲的，连去超市买东西都做不好，这样的体验多了，就会想，这是怎么了呢，为什么自己的英语就是学不好呢？这个过程中，也渐渐开始思考明治时期那批人的经历，以及美国以外的国家，如俄罗斯相关的一些事情。比如，即使同是俄罗斯人，但如果一个人他的第一语言不是俄罗斯语，当他从自己的家乡去到莫斯科时，每天也会因为语言不同遭遇一些困难吧。他们的经历，与我自己来到美国后的经历，并没有什么本质上的不同。但如果我一直生活在日本，可能就不会注意到这一点。所以在我来说，其实是经历了这样一个思考的过程。

俄罗斯也是一样的。很多人都会把俄罗斯看作一个大的整体性的存在，但就像文学批评家鲍里斯·格罗伊斯①那样，也有一些人是从东欧国家来到这里的，那里其实也在发生着一场规模巨大的人口移动。旧东欧圈是一个国际化程度很高的地区，一方面存在着作为大国通用语的俄语，同时也存在很多其他的语种。就

---

① 鲍里斯·格罗伊斯（Boris Groys, 1947— ），德国艺术评论家、哲学家，他发展了本雅明的艺术理论，并重新评价社会主义现实主义艺术。

像生活在奥匈帝国统治下却使用德语的卡夫卡一样，很多人都经常性地身处多种语言共存的环境中。在十九世纪的欧洲，这是一种常态。也就是说，一方面存在着来自德语、英语、俄语等大国通用语的无形的压制，同时也存在某种强烈的欲求，试图突破这种压制。

拙著《21世纪的世界文学导读30册》最初在杂志上连载的时候起的名字是"美国文学导读——为了活下去而写就的英语小说"。

沼野： 哦，那时用的是"美国文学"这个说法啊。

都甲： 是的。题目中包含了这样一个意思，即，作家们来到说英语的国度，为了活下去而用英语表达、用英语写作。

在日本生活的韩国人、中国人当中，也有很多人有类似的遭遇，一开口就会被人指指点点说"你这人，日语说得真不怎么样"，但如果就此闭嘴不说日语，要如何在日本活下去呢。这个世界上有很多这样遭遇的人，比如纳博科夫就曾如此，在他流亡后，若不用英语写作，作品就没人读。

沼野先生翻译的《天赋》（弗拉基米尔·纳博科夫著，沼野充义译，收入《池泽夏树　个人编辑　世界文学全集》第二辑，河出书房新社，2010年），是纳博科夫在柏林时用俄语写成的，当时的流亡者当中，只有很少的人读它，况且又都是些人品不怎么样的人。所以为了活下去，纳博科夫只有用英语写作。虽然英语不是他的母语，但也只好如此。

多声部的语言情景其实在日本也是有的

都甲：但是想一想的话，日本国内其实也是一样的情形，因为并非所有人都是在东京出生的啊。在这里，很多人都在使用着与自己的家乡话不同的语言。但这也只是因为在东京不说标准日语就没法活下去。从这个意义上来说，日本国内也是有多种语言存在的。

操着他人的语言，时时感受到由此而来的某些不适，同时又多少以自己喜好的方式错用着这些语言的意思——这个世界上有一些人，就是在这样生活着。我想好好地去靠近、了解这个人群的故事，因此想了"美国文学导读——为了活下去而写就的英语小说"这样一个名字。在这里我特别重视的一点是，活着这件事，是怎样与文学连接在一起的。还有一点是，人们在使用英语的时候，多少会按照自己的方式改变它的某些用法，而这一点在文本中是如何呈现的呢。这些导读文章，就是一边考虑以上两个问题一边写成的。

刚开始写专栏的时候，我也无意要专门做移民文学，这个企划最初只是打算读一些还没有翻译成日文的英文小说，遇到了好的作品就写出来介绍给日本的读者。但在阅读的过程中，我发觉了文学的种种有趣的地方。这些作品各有特色，有的作品是母语非英语的作者用很勉强的英语写的；有的作品是用捷克语或西班牙语写完后又翻译成英语的，像朱诺·迪亚斯，他那部小说则是西班牙语和英语混在一起的。这些形态各异的文本读起来越来越有趣，渐渐地这一类作品就增加了。

但这个持续进行的过程里，其实我自己也不是很清楚自己究竟在做什么。到了要结集成书的时候，编辑说就以"世界文学"这个思路来起书名吧。我说："等等，不是么回事吧。"那时，担任该书编辑的是新潮社的佐佐木先生，现在想来他这样做是很了不起的，他举出了如下理由，给我解释为什么要取名"世界文学"。

他说，在该书介绍的作家中，有一部分是不属于我们以前所理解的那个美国文学的框架的。日本的美国文学，有它独特的接受容纳历史和传统，也就是说，我们从教科书中学到的，首先是清教徒文学，后来是霍桑①，再是梅尔维尔②，他们的作品所描写的，是那些有着美国文化背景、母语为英语、在美国土生土长的美国人的生活，这才是传统的美国文学。

而该书所介绍的作品中，有一些并非如此。它们的作者们从自己的国家出走，流亡到其他国家，往返于各种不同的地区，用英语之外的其他语言创作。这样一来，给该书取名为"美国文学"，就名不副实了。——听了他的话后，我觉得也蛮有道理，最后定名为《21世纪的世界文学导读30册》。也是考虑到，世界文学这个词的用法中原本就有越境文学、多语种文学的意思。

市面上常见的"世界文学全集"类的书籍，多是像奥运会的运动员代表一样，一般出现的都是各国有名的作家。但这本书呢，题目虽然用了"世界文学"的字眼，但立意与此完全不同，

---

① 纳撒尼尔·霍桑（Nathaniel Hawthorne，1804—1864），美国心理分析小说开创者，被誉为19世纪美国最伟大的浪漫主义小说家，著有《红字》等。
② 赫尔曼·梅尔维尔（Herman Melville，1819—1891），19世纪美国最伟大的小说家、散文家和诗人之一，代表作有《白鲸》等。

所以我想，可能有读者已经发现了，这本书跟自己印象中的"世界文学"不太一样。

实际上，对那些只会说一种语言的人，我时常感到自己是有愤怒的，觉得他们对这世界上的一些事太欠缺了解和理解。这是什么意思呢。说起来，上周我有一个机会在京都的立命馆大学谈朱诺·迪亚斯，迪亚斯出生在多米尼加共和国，说西班牙语，后来移民到美国，在英语和西班牙语的环境中长大。这样一来，就像这个世界上有很多人只会说英语一样，拉迪诺人只会说西班牙语，迪亚斯的父母也是如此，他们不懂英语。所以有时候，这些会讲英语的孩子们即便做些什么事情，父母也是不太了解的。当然了，毕竟是为人父母，他们也会去想象孩子们的心情，但说起来，从小在美国长大、而父母又不懂英文，这是一件让人伤感的事情。但他本人也只能说。"这有什么好伤感的。别太瞧不起人。"他们就在这样一种"不被理解"的困境中生活着。

那天的会上发言的还有一位讲演者，是一位手语译者。他的双亲都是聋人，所以他从小就是在家里用手语与父母沟通，在外边则像普通人一样说话。一边是聋人父母，一边是外部的日语环境，他处于两者之间，为这两个世界做翻译是没有问题的。但他也说，并不是每次都能百分之百地心意相通，自己是在多语言、多文化的环境中成长起来的，无论与哪一边对话，都常常觉得自己的表达没有被对方很好地理解。怎么说呢，这与我在文学中体验到的是一回事。从根本上来说。

为什么这么说呢。很多人觉得，这个世界上存在着一个日本文学，除此之外，还存在另一个世界文学。但其实并非如此，刚才说过的那种感觉才是重要的，就是说，（即便是在日本国内）当一个出生于其他地区的人说东京话时，他也常常会感到不能很好地表达自己。这世上有的人就是这样生活着的，他没法用语言把自己想说的话清楚地表达给对方，这种不太舒服的感觉会一直跟随着他；再比如，聋人也有类似的这种感觉。就拿日本来说，在浜松地区就住着很多日裔巴西人，他们在生活中就很强烈地感到，无论是说日语还是说葡萄牙语，效果都差强人意，都不能很好地传达出自己的意思。为什么会这样呢？我认为，这是为了使单一语言这一虚构出来的幻想得以成立，语言的多样性在很大程度上被深深压抑了。因此，出版《21世纪的世界文学导读30册》这本书的目的，是希望它可以成为一个契机，以资消除人们与日本文学、与世界文学之间的对立。

沼野先生刚才所说的世界文学的三个有趣之处，我也非常赞同。如果你问一个人，戴姆拉什的书哪个地方最有趣，如果他回答说"他在书里提到了翻译的好处"的，这一定是个讨厌外语的人。喜欢外语的人会想，"鬼才去读翻译呢"。

但是戴姆拉什既非前者，也非后者。他主张："不用去管其他，用自己能看得懂的语言，尽情地遍读世界各国的书籍并享受它吧。每天都从中得到乐趣，即便脑袋里塞得满满的一团糟，也没什么问题呀。"这一点我真是非常欣赏，但其实，他的书我有很多地方都不懂。为何呢？因为他的书里甚至会有苏美尔语怎样怎样的内容。书中所用语言非常多样，意义也很深奥。

沼野：甚至还出现了南美地区的方言。

都甲：这种事，也就是戴姆拉什能做到，我是不行的。但我觉得他说得很有道理。只是，作为教师在面对学生时，我还是会力劝他们去学外语。

沼野：特别是英语，确实会这样做的吧。会叫学生尽量多接触英文原著，不要读什么译本。

都甲：以前听沼野先生这样说过。我也是自从学了英语以后，这十年很少有机会读日语的东西了。甚至现在也是如此，读点儿日语的书就总有一种罪恶感，觉得自己是在偷懒。所以，听了戴姆拉什关于世界文学三个有趣之处的说法，感到自己读日文书的这个行为也被肯定了，很是安慰。

沼野：人的一生时间是有限的，这就很麻烦。

我经常对自己的学生说，（当你犹豫的时候）想破了脑袋也没有什么用处，就去同时做那两件相反的事情吧。

比如，去更努力地学外语。"更努力"当然有花费更多时间的意思，但我想说的是多学几门外语。不是一门，是两门。能学三门的话就更好了。总之是要他们学更多的外语。

同时，也会叫他们多读翻译作品。多学外语和多读翻译作品，这两件事虽然是矛盾的，但不这么做，是绝对没办法体会到世界文学的乐趣的。

都甲：说到有关世界文学的论著，沼野先生就有一本名著，题为《通向 W 文学的世纪——跨境的日语文学》（沼野充义著，五柳书院出版，2001 年）。书中提到的作品都是日本文学，但身为作者沼野先生却一再强调，这就是世界文学。这带给了我很大的冲击。但继续读下去时——虽然这样说有些厚脸皮——就觉得书中的观点跟我的想法其实是颇为相似的。

沼野：都甲先生在《21 世纪的世界文学导读 30 册》一书中所做的工作，从连载的时候起，我就认为，毫无疑问，这是一个外国文学研究者能做的最棒的事。

以前有个阶段我也是开口必谈理论，但根本上来说，如果不大量阅读那些生动鲜活的作品，搞外国文学研究也就没什么意思了。但是，其实只有很少的人在做这样的事。看到都甲先生在杂志上的连载文章时我就想，有能力做这个工作的人，如若能再多那么两三个就好了。

只是，当杂志连载的内容编辑成书时，我还是感到把这些作品作为世界文学呈现给大众，是一件很冒险的事。虽然书名用了世界文学这么大的词，（但由于书中介绍的作品均以英语写成）似乎是在说，即便是戴姆拉什，在遇到那些用自己不懂的语言写成的文学作品时，他读的也是英语译本呀，所以，只要读英文译本就能了解世界文学的全貌了。对此一定会有人批评说，这不正是英语霸权主义的体现吗？对这样的批评应该持怎样的态度呢？可以说，这些作品使用的语言虽然是英语，但一开始就没有局限在美国这个地域性空间之内，是跨境文学；也可以回应说，我们应该关注在同一部作品中使用了多种语言的这一混交性特点。虽然世界文学还包括其他更多种语言的作品，但"这也是世界文学的一种形态啊，所以也可以说这是世界文学呀"。

以前，我也写过类似的一本书，叫作《发往乌托邦的信——来自世界文学的20个声音》（沼野充义著，河出书房新社，1997年）。书的内容来自我刊载于《文艺》杂志上的文章。当时，这是一个非常奢侈的企划，先给全世界20位现代作家写信，邀请他们写一篇原创的随笔，翻译成日文后，由我来为他们的文章写解说。当时邀请的作家有史坦尼斯劳·莱姆、亚历山大·索科洛夫等，大部分来自俄罗斯和东欧。当然也有人提出，给这样的内容冠之以"世界文学"的名号是不合适的，最后大家觉得，俄罗斯和东欧也是世界的一部分，用上"世界"二字也是可以的吧，就在题目里用了"世界文学"的说法。呃，这本书卖得不好，没什么人读，所以也没人来挑毛病，但万一这本书畅销了，我想，肯定就会有人来批评说，这里面只有俄罗斯和东欧的作家，怎么可以自称"世界文学"呢？

所谓"世界文学"的问题，并不仅仅是语言的问题

都甲： 对此，当时我想了两个应对措施。一个是，因为预想到可能会有读者质疑说为什么把这些作品称为世界文学，所以，给书加了一个英文标题 *"Towards a Planetary Reading of 30 Books in the 21st Century"*，意思是"以行星般的视角对21世纪出版的30本书进行阅读"。通过这个英文标题我想表达的是，让我们通过此书来讨论一种超越了单个的语言之上的、对世界文学的视角。比如，不再认为自己眼前的世界就是唯一正确的、对自己所处的空间之外的那些遥远的世界也保有关心；比如，认识到彼处与此处的不同，并出于这种不同才更尊重对方。由此我想表达的是，在看待"世界文学"时，首先需要的是这样一种精神上的灵活性，用文学性的语言来表达就是，"行星般的视角"。

此外，对于刚才您谈到的英语霸权主义的问题，我觉得您说得很对。有一点不希望大家误会的是，我觉得，做美国文学研究的人当中，没有一个人是想要进一步扩大英语霸权主义的影响的。反而是大家都在思考，如何以各种方式抑制英语霸权主义的扩张。

为什么这么说呢。如果有人说，只要懂了英语，就懂了世界——你听了是会感到很不舒服的。这种不舒服的感觉很重要。听到这句话，这世界上没有一个人会感到舒服。这些年我看到，一个人能够在多大程度上接触到商业、政治、经济等支配这个世界的各种社会资源，与他在多大程度上掌握了英语是成正比的，这是非常不公平的。日本还好一些，只要你能用日语写作，就可维持生计。但是，那些生活在没有出版和流通渠道的更小的国家的人，其处境如何呢。比如，我在书中提到的亚历山大·荷蒙①，他是波斯尼亚人，所以如果他是用波斯尼亚语写作，就没多少人能看懂他的东西。对他来说，能利用的途径只有英语，就只能在这个前提下去考虑自己该怎么办。

---

① 亚历山大·荷蒙（Aleksandar Hemon），波斯尼亚裔美国作家，代表作有《拉扎卢斯计划》等。

霍米·巴巴①曾在自己的理论中说过这样一个例子：当年为了加强对印度的统治，英国人曾挑选了一些聪明的印度小孩并施以教育，以期他们长大后成为英国绅士。结果呢，这些孩子身上日益展现出浓厚的英国绅士范儿，最后竟然超过了英国人自己，即使天气炎热也身着西服外套，操着一口纯正的英式英语。这样一来，每当英国人看到他们，就会产生一种自卑感与优越感交织在一起的复杂感觉，非常不舒服。最后，就变成了在英国人眼中这些家伙才是最惹人厌的。也就是说，由于印度的精英们学习了英式文化，靠近了英国人的做派，反而变成了英国人的威胁，而结果也是如此，正是这些人的力量最终使得印度走向独立。

我想说的意思与此类似。用英语写作，同时也与英语战斗。表面上做出美国人的样子，同时也要成为美国人最讨厌的那一类人。我觉得，那些非英语母语的作家们原本就已经在这样做了。模仿与抵抗，是同时进行的。不仅是他们，甚至是世界上所有的人，其实都面临这样一种局面，都在思考自己可以持怎样的态度来面对英语的霸权。所以，非英语母语的作家们是如何与英语对峙的呢，或者说，他们又是怎样曲解使用英语的呢？比如朱诺·迪亚斯，他是把英语和西班牙语混合在一起来进行破坏的。而在这破坏之中他又是如何战斗的呢？对这一点进行观察，对我们日本人来说，并非是隔岸观火、与己无关的事。对于那些正在世界各地发生着的、人们与英语霸权战斗的情形一一进行仔细的观

---

① 霍米·巴巴（Homi Bhabha, 1949— ），出生于印度孟买，当代著名后殖民理论家，代表作有《文化的定位》等。

察——这一工作的意义，正如前述所说。

沼野：都甲先生谈到了很多语言方面的问题，这里面的状况是相当复杂的，仅就英语和西班牙语而言，它们也都已经不是单一标准的英语、单一标准的西班牙语了，所以，单一标准的英语中混杂了单一标准的西班牙语，这种情况在现实中是基本不可能发生的。

我不太了解朱诺·迪亚斯的西班牙语说得怎么样，至少多米尼加的西班牙语不是标准的西班牙语。语法也不一样，单词和发音也有差别。《奥斯卡·瓦奥短暂而奇妙的一生》正文中出现的西班牙语，就是带有迪亚斯自己的方言风格的西班牙语。

都甲：是的。而且多米尼加共和国曾被美国占领过，所以也有的地区在使用多米尼加式的英语。比如，当时在此地驻军的美国军人们也会去参加舞会，但是他们不会跳本地的拉丁舞，也不跟来跳舞的女人搭讪，参加舞会时也只是像花瓶一样站在那里。于是有人就说："你们这些家伙，来参加舞会，却不跳舞，也不搭理女人。简直是傻子一样。"于是，从"party goer（参加舞会的人）"这个英语词，演变出了一个多米尼加风格的西班牙语，"parigüayo"，意为在女孩子面前犹豫不决迟迟不表明自己态度的人。身体肥胖、性格又内向的主人公奥斯卡·瓦奥就被称为"parigüayo"，被女孩子甩了好几次。

就这样，语言的发展过程也掺杂了政治和历史的因素，不断变化着。英语翻译成西班牙语，西班牙语又翻译成英语，这个过程循环往复，某些误译也一再发生，于是，一个不为通常的英语读者所了解的世界就越发地成长、壮大起来。我是这样感觉的。

沼野：说到西班牙语，不得不提到拉美文学的代表性人物——马里奥·巴尔加斯·略萨①，他在作品中所用的西班牙语也是拉丁美洲风格的西班牙语，从西班牙人的角度来说，是带有一些地方性色彩的。有在西班牙本国使用的西班牙语，有略萨的西班牙语，还有迪亚斯的西班牙语，就这样，各种不同水平的差异，在一门语言中是连续存在的。

比如，刚才我们说到的卡夫卡，在他身上也可以观察到类似的情形。虽然他曾经住在布拉格，但没有人说他的文学是捷克文学。卡夫卡是用德语写作的，他居住的布拉格当时属于奥匈帝国的德语文化圈。但由于地处偏僻，当地通用的德语也是有很微妙的地方性色彩，以至于有一次卡夫卡到奥地利疗养时，有一位德国军人听了他的口音就问他说："你不是德国人吧。你是从哪里来的？"也就是说，卡夫卡所说的德语与正宗的德语是有很大差异的。卡夫卡就操着这样的一口德语生活着，周围有许多母语是捷克语的同胞，因为他是犹太人，虽然卡夫卡并不懂意第绪语②，但他仍然感受到了自身的文化背景中有来源于意第绪语的

---

① 马里奥·巴尔加斯·略萨（Mario Vargas Llosa, 1936— ），秘鲁与西班牙现代作家、诗人，曾获西班牙塞万提斯奖、诺贝尔文学奖，代表作有《绿房子》《酒吧长谈》等。
② 一种日耳曼语，通常由希伯来字母书写，主要由德国的阿肯纳西犹太人使用。

部分。

所以，就语言来说，情况是非常复杂的。由于卡夫卡是用德语写作，所以之前很多时候他的作品都被归为德国文学，我一直觉得这样做是不妥当的。一直为广大读者所喜爱的他的作品《变形记》，其文库本的解说直接就说卡夫卡是"捷克斯洛伐克作家"。这可真是让人大跌眼镜。我觉得还是不要这样写为好。因为卡夫卡写《变形记》的时候，都还没有捷克斯洛伐克这个国家呢。

都甲： 现在也没有。

沼野： 社会主义制度解体后，捷克与斯洛伐克两个国家分开了。所以说，在这种情况下说某个作家是哪国人，这种说法真是很死板，不符合文学界的实际情况。

都甲： "世界文学全集"这类出版物的功罪，很值得讨论啊。明治以后，日本在建立大学的学科制度时，一边冷眼旁观文学界的这种情形，一边又按国家把文学分类为"英国文学""德国文学"或者"法国文学"等等，对于一些自己不太了解的，则使用了诸如"东欧文学"等暧昧的称呼。手法很是粗暴，而这样建立起来的文学体制也缺乏统一性。如果为这个体制所拘束，就难免会错过文学自身的有趣之处。

就如美国作家乔治·桑德斯①所说，二十世纪八十年代他曾经模仿雷蒙德·卡佛②，想要用尽量少而简洁的笔触来描写那种类似极简主义者令人称赞的日常生活，但后来他感觉自己写不了这些。有一天也不知道为何，他就突然想写一些与此风格不同的东西，于是就读了俄国作家果戈理③、伊萨克·巴别尔④的作品，觉得这一类内容的话自己也能写，然后就写了。

作家们就是这样，为了能够创作出自己的作品，不管是俄罗斯文学还是日本文学，只要是对自己有用的，就会去学习，而这种学习常常是跨越了国境的。但学者们一直到现在还只是按国别对文学进行分类，也不读什么俄罗斯经典作品。太可惜了。（学者们在借鉴其他国家作品时）哪怕有一些理解上的错误也没关系，即使有一些小错误，也还是能写出好作品的。

洛杉矶是墨西哥的第二大城市？

沼野： 接下来稍微聊一点有关时局的话题啊。日本文化厅之前有一个日本文学翻译普及奖励项目，最近因为大家熟知的"财政

---

① 乔治·桑德斯（George Saunders，1958— ），美国小说家，凭借《林肯在中阴界》获2017年布克奖。
② 雷蒙德·卡佛（Raymond Carver，1938—1988），美国20世纪下半叶最重要的小说家和小说界"简约主义"大师，代表作有《请你安静一点好不好》等。
③ 古莱·瓦西里耶维奇·果戈理·亚诺夫斯基（Николáй Васúльевич Гоголь-Яновский，1809—1852），俄国批判主义作家，代表作有《死魂灵》等。
④ 伊萨克·巴别尔（Isaac Babel，1894—1940），苏联犹太族裔作家，代表作有短篇小说集《骑兵军》等。

支出审查（事業仕分け）"① 而被废除了。听说这件事后我就想，文学作品的翻译这件事，且不管是否属于应该由政府出资奖励的范畴，在一个国家，文学作品的翻译就应该非常兴盛才对。拿美国来说，它以如此强大的实力输出自己的文化到世界各国，从英语书籍的绝对数量及其影响力来看，与其他国家相比美国也是占压倒性优势的，但就是这样的一个国家，其出版物中翻译过来的外国作品所占的比例也是非常低的，大概只有百分之二多一点。而在一些翻译工作做得非常好的国家，如韩国或者土耳其，有时候翻译书能占到所有出版物的百分之三十。日本的话，这一数字大约是百分之七。

因此，即便有如此多的英语出版物遍布世界各国，对于将其他国家的书籍翻译成英语，美国的态度也并不积极。根据专家的调查，美国的很多普通读者想法也很简单，就认为翻译书的品质不好，而用英语写成的作品水平才是高的。听说甚至还有人觉得村上春树的书原本是用英语写的。对待翻译书的态度，美国人跟日本人是正相反啊。美国出版的翻译书上，译者的名字是不会写在显眼的地方的。

都甲： 是的。

---

① "事業仕分け"是日本民主党上台后的经济政策之一，由行政刷新部牵头，请专家学者及社会各界人士来做"仕分け人（审查人）"，以公开辩论的方式，决定一些政府事业工程项目的去留。为的是削减一些事业工程的无用开支，把省下来的钱用于实现各种社会保障政策。

沼野：不光英语圈的国家如此，世界上很多国家都是这样，特别是在现代文学领域，译者的名字几乎从不会以较大的字号出现在书籍的封面上。很多时候根本找不到译者的名字在哪儿。

都甲：现在我们说的这些事，对于一直在日本国内生活的人来说，应该是很费解的吧。其原因在于，日本是一个边缘国家。"边缘"的意思是，对中国，或者说对美国、英国、法国来说，日本处在边缘地区。确实，身处边缘之国是让人难过的，但也正因如此，才可以博采众长，尽情吸收他国的文化，崇拜他国的文化，迅速成长起来。这样说起来，也不是什么坏事啊。一直到了最近，我才意识到这一点。

沼野：你刚才说的这些，内田树①先生也在文章里表达过类似的话，说，短处反过来看，其实就是长处。

都甲：我很喜欢莲宝重彦写的《反=日语论》（筑摩文库，2009年），就如他所说，除了日本以外，在这个世界上很少有哪个国家可以一起读到野坂昭如②与罗兰·巴特。这也是事实啊。

就美国的翻译书而言，它们是真的质量很差吗，其实也不是，也有很多译者是认认真真很多年一直从事翻译工作的，但就

---

① 内田树（うちだみき，1950— ），日本学者、评论家，著有《日本边境论》《当心村上春树》等。
② 野坂昭如（のさかあきゆき，1930—2015），日本作家、剧作家，代表作有《黄色大师》《萤火虫之墓》等。

有一点，大家都不想在翻译这件事上花钱。此外，出版社也是，常常就把原作的内容给改了。你要问村上春树的日文版与英文版有什么不同，首先作品的长度就不同。

沼野：这个他本人应该也是同意的吧。

都甲：即使作者本人同意，也不该这么操作吧。只能说，这是作为世界中心帝国的美国特有的傲慢。

此外，有关怎样的翻译是好的翻译这个问题——当然这与翻译理论也是相关的——那种在译文中留下了多种语言的痕迹的翻译，反而会被很多人吹捧。在日本就有这样一种倾向，比如对安东南·阿尔托①、莫里斯·布朗肖②等人的书，哪怕是丝毫也看不懂其中的意思，人们还是趋之若鹜，以为自己读了什么很了不起的东西。

沼野：这可真不好说。

都甲：在英语文化圈的国家，尤其是美国，如果译文翻译得晦涩难解，出版商常常会很生气地说这根本就不是英语，翻译得太差了，必须推倒重新翻译。在美国的出版界，译文所使用的英语表

---

① 安东南·阿尔托（Antonin Artaud，1896—1948），法国剧作家、诗人，代表作有《戏剧及其重影》等。
② 莫里斯·布朗肖（Maurice Blanchot，1907—2003），法国作家，代表作有《文学空间》《死刑判决》等。

达必须得符合英语的习惯，这一倾向还是挺明显的。也正因如此，朱诺·迪亚斯获普利策奖的作品的意义才重大——这一作品虽是以英语写成的，但里面混杂了百分之几的西班牙语，而对这些西班牙语并没有附上任何的英语翻译。对他的这一作品，有评价说读者读了会感到焦躁不安，但这种评价反而才是重要的。

沼野：是的，我觉得这部作品得到了它应有的评价。在今日的美国，现实生活中西班牙语的存在感确实已经到了这个程度了。

听了都甲先生说的这些，我想起了水村美苗①女士的作品《私小说：从左到右》（新潮社，1995年，筑摩文库出版社）。这也是一部令人惊讶的双语小说，其中日语占八成，此外是大概一成到两成的英语，而英语部分也并没有附上日语的译文，英语不太内行的人根本读不懂。看到这部作品，就仿佛听到作者在说，你们连这点英语都不懂怎么行呢。虽说一直以来日本都大力开展英语教育，但看不懂这本书的人应该不少。

对朱诺·迪亚斯作品中的西班牙语，美国人的感觉是怎样的呢？把这个小说拿给美国的一般读者看的话，他们会觉得里面的西班牙语跟自己平时接触到的西班牙语是一样的吗？——这个问题是这样的，美国人当然也有不懂的地方，但说起来，这点西班牙语平时也还是经常会听到的。

---

① 水村美苗（みずむらみなえ，1951— ），日本作家、文学评论家。

都甲：比如吉增刚造①的诗，读着读着，就会突然出现一些韩语、朝鲜语的内容。朱诺·迪亚斯的小说跟这种情况是相似的。虽说也不是很明白什么意思，但这些词的发音，应该是在哪儿听到过的。

在这里请允许我折回来继续谈刚才的话题，即，在日本，"世界文学"作为一个一般性的概念是如何被理解的。很多日本人可能会认为，西班牙语、俄语、法语等等各种外语都是平等的，和谐相处的，但实际上并非如此。就如沼野先生刚才所说，在日本，若一个人会说英语，就会被认为他的价值要远远高于一个只会说日语的人；而在美国，如果你会说法语，别人就会说"哇，太厉害了"，但如果你只会说西班牙语而不懂英语，就只好去英语学校把英语学好了再出来。所以说，现实世界中，语言总是与它的社会价值联系在一起的。

我以前住在洛杉矶，那里大约有百分之六十的人说西班牙语。如果到了洛杉矶东部地区，那么你听到的几乎全是西班牙语，有时会看到房子的墙壁上大大地写着"我们不是少数族群"。甚至有这样的说法，说墨西哥最大的城市是墨西哥城，第二大城市则是洛杉矶。这个说法虽有点夸张，但回想一下就会发现，洛杉矶这个城市，一直到十九世纪都是墨西哥领土。那现在情况如何呢？公交车司机说西班牙语，修路工人说西班牙语，在市政厅清扫的人也说西班牙语——从事体力劳动的人都是说西班

---

① 吉增刚造（よしますごうぞう，1939—　），日本当代诗人，主要作品有《出发》《黄金诗篇》等。

牙语的。

这有点像在大日本帝国时期（1889—1945），从朝鲜半岛或中国来日本的那些劳工被迫去矿山工作一样。所以说在洛杉矶每天都可以听到西班牙语。比如你乘坐电车或者公交车时会看到，英语的站名下面一定会标有西班牙语。在西班牙境内，站牌则变成了上边是西班牙语，下边是英语。

现在，占美国人口百分之十六的西班牙母语人群，正在把美国变成一个不讲英语只讲西班牙语也不妨碍生活的国家。人口的增加率也高，每年都有大量移民涌入，照这个样子下去的话，再过几十年，说西班牙语的人口会超过半数以上。这样一来，美国就会变成一个以西班牙语为公用语言的国家哦。

沼野：夹杂着西班牙语的英语，甚至都有了一个专门的词呢，"spangish"。依兰·斯塔文斯还出了一本这个名字的书。

我写的第一本书，名字叫《屋顶上的双语者》（白水社，1988年），在那本书里我就说过，曾经有一段时间，日本很多英语补习学校的广告也热衷于用双语这个词，当然他们在用这个词的时候，脑子里想的是"英语和日语的双语"，也就是说，如果会两国语言就好了。对日本人来说，能讲"双语"，是一个让人憧憬的目标，人们对这一点毫不掩饰。到现在也是这样啊。但是在美国，如果你说我会说英语和西班牙语两种语言，或者在俄罗斯，如果你说我会讲哈萨克语和俄语两种语言，反而会被人认为是英语不好，或者俄语不好的移民或者少数民族。在美国或者俄罗斯这样的地方，双语本身是一种"污名化"（被社会强加的一种烙印),不仅不会得到尊重,反而会被蔑视。

都甲: 我记得这本书里面有个细节,沼野先生说自己有一次被人以为是少数民族出身。

沼野: 是吗。因为其实我俄语说得还算可以,很多人都不知道我是日本人,还以为我来自苏联的中亚地区……这其中的情形还是有点复杂的。如果他们知道这个人是日本人,又会说俄语,他们就会对他很好,多少有些俄语说得不好的地方,也会很大方地带着奉承的成分说:"你俄语说得不错啊。"但如果知道这个人是从其他地区来这里的双语者,他们的态度就变得毫不留情,对方说俄语的时候出一点错,就会被嘲笑。在日本,对那些在日朝鲜人韩国人①以及从中国来的人来说,类似的事情也在发生着。所以说,会说双语就可以被人们高看一眼,这是一个幻想,现实远远不是这样的。在多种语言并存的这一现实状况下,语言也分为三六九等,掌握那些高级别的语言,你会得越多就会获得越多的尊敬,但如果掌握那些低级别的语言,你会得再多也不会被人高看。

从中体验文学之美、了解"世界文学"为何物
—— 都甲幸治和沼野充义各自推荐的 10 本书

沼野: 刚才的话题偏到了语言方面,所以在这里再回到文学上。

---

① 1910 年日韩合并后或自愿或被迫来到日本,并在二战结束后继续留在日本的朝鲜半岛人。

今天的对谈还有一项工作是向听众朋友荐书,请大家一边参考手边的书单"值得推荐的10本书",一边来听听都甲先生为那些今后想认真开始英美文学阅读之旅的读者提出怎样的建议。

都甲: 说起这份书单的由来,其实是我在早稻田大学教书时,其中有一门主要是面向大学三年级和四年级学生的课,叫作《现代英美文学的英语阅读课》,今天大家手中的书单,就是从这门课提到的书里又挑选了一些特别有趣的。

沼野: 还是美国人的作品多啊。

都甲: 其实我也想过把英国的乔治·威尔斯①等人放进去的,但是,按照自己的喜好——把书列出来时,就变成了现在这样了,全是美国人的作品。

沼野: 在英美文学方面我是个外行,在都甲先生面前拿出自己的书单实在是班门弄斧,不过我一眼就看到,咱俩的书单里都提到了理查德·布劳提根②的作品。布劳提根这个人,在文学史上一点都不算什么重要人物吧。

---

① 赫伯特·乔治·威尔斯(Herbert George Wells,1866—1946),英国著名小说家、社会学家,代表作有《时间机器》《星际战争》等。
② 理查德·布劳提根(Richard Brautigan,1935—1984),美国诗人、小说家,被誉为"第一位后现代主义小说家",代表作有《在美国钓鳟鱼》等。

都甲： 怎么说呢。日本文学界对他的评价似乎还蛮高的，但在美国就不太一样，有段时间市面上都看不到他的书。他的作品在嬉皮士的时代流行过一段时间，后来就几乎完全被遗忘了。不过最近又再版了。

沼野： 原来如此。那这个话题就暂告一段落，现在请介绍一下您推荐的10本书。

都甲： 我对文学有一个基本的看法，就是说，不要把文学看作是什么特别了不起的东西，说文学可以提高我们的人格修养，成为我们思考这个世界的契机，等等，我希望大家不要这样来看待文学。我常常觉得文学很可怜，对于跟我年龄差不多的人来说，到了读书的年龄时，这个世界已有了电子游戏、动漫，也有了电脑，已经是一个没必要看文学书的时代了。现在的学生也是如此。可能会有人说，既然这样，那么文学类书籍也可以加油呀，跟电视啊网络啊等其他的媒体形式一起并肩前进就是了。但问题在于，文学和英语都是学校教授的科目呀。令人遗憾的是，什么事情一旦成为学校的科目，要在学校学习，往往就会被孩子们讨厌。原因不一而足，比如遇到令人生厌的老师，又比如拿不到高分就会被骂，等等。

　　文学原本就不招人待见，英语就更讨人厌，两者加在一起而成的英语文学，就陷入了更加不利的境地。因此可以这么说，既然你接触的是这么冷门的东西，那就好好享受吧，不用把它放在一个什么让人尊敬的位置上，尽情享受其中的乐趣其实是最好的。

因此，我首先推荐的是埃德加·爱伦·坡《莫尔格街凶杀案》。作者爱伦·坡是 19 世纪的人，但用词那么夸张的作家此后绝无仅有。比如巨大的房子突然一下子坍塌掉，已经被杀死的黑猫又从墙里钻出来。

沼野： 文风很恐怖。

都甲： 像爱伦·坡这样，操着古旧的文风又用语极为夸张的作品，以前是从来没有过的。这一点是真的很不错呢。

梭罗的《瓦尔登湖》，这本书是否算文学很难说，但它的确曾给我的内心带来很大的震撼。比如，如果有人说宗教方面、思想方面你应该这样或那样，或者过清贫的生活才是好的，等等。一般大家都会随意回应说："是呢，你说得有道理。"但极少有人真的去践行这些。但梭罗真的去行动了。（他在乡村）建了小房子，真正在那里过日子，实践了这些道理。这一点真是了不起。

杰克·伦敦的《野性的呼唤》，实在是一本有趣的书。一般来说，狗的感受人类怎么会明白呢。但在该书中，作者对狗与狗之间的短兵相接是这样描写的："带着一种一旦有机可乘就下手夺走对方食物的决心，展开了这场战斗。"作为读者来说，一方面会觉得"哎，假的吧"，同时也会觉得这写法真是有趣极了。

弗·司各特·菲茨杰拉德《了不起的盖茨比》也很不错。有很多人喜欢它，也有很多人讨厌它，村上春树翻译的《了不起的盖茨比》真的很棒。简单地说就是，书中透出的那种乡愁的气息很有味道。村上春树的小说可能也是一样的。在我看来，《挪威的森林》所描述的那个时代，并不是一个多么快乐的时代。但是，主人公长大后再回想从前，就会觉得那时候的日子真好。菲茨杰拉德的作品也有这个特点，乡愁这种东西虽然是一位不速之客，很难缠，但读了菲茨杰拉德的作品后你就会觉得，它对人类来说是一种很重要的情感。这就是菲茨杰拉德作品的高明之处。

塞林格的《麦田里的守望者》，我高中的时候读了野崎孝翻译的译本，一下子就迷上了它，记得自己还模仿霍尔顿的样子，想起来真是难为情。但回头想时，就还是觉得这部作品实在是棒啊。当时翻译版本和原版我都读了，那种感受跟今天对谈的主旨多少是有些背离的——就是说，日文的翻译虽也很好，但还是比不上英文原文啊。

沼野：是说"翻译是水货"这种感觉吗？野崎孝译本与村上春树译本两者相较，你更喜欢哪个呢？

都甲：我喜欢野崎孝的版本。他的用词有些奇怪，对吧，人物说话的方式有点像电影《蓝色山脉》的风格，就像这种，"你呀，真是有点坏呢"。对这一点我真是喜欢得无以复加。

沼野：这两个版本白水社都保留了，说明新旧两个译本都有其价值所在。我觉得这一点很有见识。

都甲：是的。我觉得翻译是可以有各种不同版本的。随着时代的发展，语言也在发生变化，每种译本都做到那个时代的最好就可以了。《麦田里的守望者》还有其他译本，最早的大约叫《危险的年龄》——这个题目听上去就很吸引人啊。

沼野：而且作者的名字翻译成了"塞林伽"。

都甲：像个德国人的名字。

接下来是布劳提根。他写的《在西瓜糖里》，对我来说是一部很特别的作品。看上去内容很简单，拿起来却读不懂。一直觉得自己读不懂、读不懂，一晃就二十年过去了。就这种感觉。虽然读不懂，但还是会隐约觉得它非常精彩，但又不止于精彩，还有一种恐怖的成分在里面。布劳提根确实很特别。

沼野：听说，翻译家岸本佐知子的大学毕业论文写的就是布劳提根。因为我也是喜欢布劳提根，听说这件事后对岸本女士就多了几分亲近感。

都甲：藤本和子女士的译本让我知道了翻译还可以这样做啊。很受益。这个译本真的很精彩，当然译者本人也很出色。

托妮·莫里森《最蓝的眼睛》也很棒。我觉得这本书追求的并不仅仅是政治正确，它讲述了一个女孩子为"美"所苦的故事。主人公是一个黑人女孩,但她憧憬的是像秀兰·邓波儿①那样的碧眼金发的美丽白人女孩,于是就苦恼于为什么我的皮肤是黑色的,最终为此所困,变成了一个疯子。这种事情对现代的日本人来说,特别是对于女性来说,也并非毫无关系。因为现在很多人都在努力追求"美",或者去矫正牙齿,或者是觉得自己的脸越像鼻梁高挺的白种人越好看,每天从早到晚,人们都能深切感受到自己紧紧地为"美"所控制。该书写的就是处在这种境况中的人的故事,它让我们看到,当日常生活中有太多的痛苦和歧视时,一个人会变得怎样。这是一本非常精彩的书。

约翰·马克斯韦尔·库切《迈克尔·K 的生活和时代》,在现代所有的出版物中,我坚信它是一本可以进入前三的书。这本书写的是什么呢?它讲述了一个不被周围的人当人看的人如何生存的故事。主人公用手推车载着他生病的母亲,为了从混乱中的开普敦逃向内陆的农场,他们一路上躲避着被猎杀的危险在南非这个国家一路游荡。书里详尽描述了主人公如何像动物一样被对待、身心遭受极大摧残的过程。南非在历史上曾经是一个实行种族隔离制度的国家,这样的故事当然也可以从政治的角度去写。但作者没有走政治这条线,而是关注了个人体验的层面——当一个人不被当人对待时,他会变得怎样呢——在这部作品中,作者对此进行了毫不留情的披露。生活在这个时代的日本,很多人都会觉得这种事跟自己没关系,日子过得很安心,但是,即便是生

---

① 秀兰·邓波儿(Shirley Temple,1928—2014),电影演员,美国著名童星,曾获奥斯卡金像奖。

活在这个时代,我们也会有不被当人看的时候呀。比如战争爆发,特别是核武器被使用时,我们也难以避免这样的遭遇。所以,这种事情是随处都可能发生的。只要我们活在现代这个时代,就无法完全避免。该小说就极其详尽地描写了这一点,即,一个人不被当作人,这其实是一种随处可见的普普通通的事情。

接下来是玛格丽特·阿特伍德《使女的故事》。其实这本书已经绝版了,市面上不好买到,所以把一本已经绝版的书介绍给各位,我多少是有些过意不去的,但这的确是本好书。它讲了一个怎样的故事呢?事情发生在离我们所处的时代并不久远的未来,有一位牧师和他的妻子,两人之间没有孩子,有一天,有一位年轻的侍女作为生育机器被派到了他们家里,那么,在这样一个由三个人组成的反乌托邦的时空中,被当作生育机器的年轻女孩又是如何存在的呢?这本书忠实地描写了这样一个主题,即,对女人来说,作为一个女性活着是一件多么困难的事。

石黑一雄《长日留痕》说的是一个想法很是偏颇的老管家,他对待自己的工作就像是信奉武士道精神的武士一样严谨,一丝不苟。他侍奉的主人貌似是一个从事法西斯活动的不靠谱的家伙,但对这位管家来说,要为主人尽忠的想法丝毫没有任何改变。虽是这样说,但也可能他内心已经动摇、而只是自己在对自己撒谎而已,书中对这个部分的描写较为暧昧。这部作品虽说是英国文学,但有的地方也透出了几分日本文学的风格。

沼野:小说中的管家,听起来像是一个不太聪明的日本武士,作者这样写,是受了日本的影响吗?这个形象并非是英国本土就有的，是吗？

都甲：也有人说，管家的人设是英国本土文化中原本就有的形象，但我认为可能是作者受了日本影响的缘故。在读这本书的过程中我就经常感觉到，把故事的发生地设定为日本，把小说的舞台放在英国反而更能淋漓尽致地展现日本文化的特点。石黑先生的作品，实在是非常有味道啊。

沼野：非常感谢。都甲先生对每一本书都做了非常精彩的介绍，让人忍不住一睹为快啊。

不好意思啊，在这里话题再折回去一下，刚才我们谈到，在美国，在将其他国家的文学作品翻译成英语时，甚至会改掉其一部分的内容。其中，日本的文学作品是如何被改写的呢，文学史上的名著、青山南写的《那些被翻译成英语的日本小说》（集英社，1996年）就对此做了详细的描述，书中还列举了山田咏美、椎名诚等人作品的英译本的例子。

椎名诚的作品，对个人生活中的琐碎小事也絮絮叨叨地写个不停，而这种有趣的不断重复正是他的特点。但在美国出版英译本时，出版社说这种闲聊一样的文章是不会有人看的，把呈现他这种独特味道的文字全部删减掉了，从某种意义上来说，原本"闲聊一样"的作品，被改编成了非常简洁、非常棒的文字。山田咏美的遭遇更甚，出版商把她的两三部作品合在一起改编成了一部作品。当然了，一般来说，即便每天都在发生着这种事情，但也不会有谁无聊到把原文和英译本一一对照来看看是如何删减的，巧就巧在青山南先生每个月都会在文艺杂志《昂》上读他们作品的连载，才察觉到这一点。青山先生那本书实在是太有趣了，除此之外，再也没有哪本书对其中实情做如此详细的披露了。

刚才我说，美国的普通读者一般都认为翻译作品的质量不高，但这并非指的是译者的水平有问题，而是说，美国的读者一般有这样一个倾向，他们觉得，如果一部作品，比如说一部印度的作品，如果它不是一开始就用英语写成的，那就说明这不是什么好作品。并非是翻译好坏的问题，而是说，他们认为用其他国家的语言写成的作品，相比用英语写成的作品质量要差一些。竟然有这种想法，这真是让人震惊啊。

都甲：是的。不过呢，接下来我说的这些可能大家不爱听，但其实日本也有类似的情形——比如，日本的漫画爱好者们是不会读外国的漫画作品的。因为他们一心觉得，日本的漫画才是世界上最好的漫画，所以没必要去读什么美国和欧洲的漫画。我以前开过一门美国漫画的阅读课，每次总有那么两三个学生觉得"看美国漫画有什么意义"，就不来上课了。虽然这一点让人遗憾，但人性如此，人们确实是很容易这样来看问题的。

沼野：在日本的理科类书籍的出版上，英语文化圈的书占大多数，这一点是很强的。对那些用日语写成的科学论文，出版社会要求将其翻译成英文。美国的学者们则认为，用日语写成的论文本身就质量较差。这很令人遗憾，但理科的世界就是这样的。

接下来，就由我为大家来推荐 10 本书。我列的书单里北美的书比较多，同时也有几本其他国家的作品。首先是来自英国的一部经典作品，它不是特别有名气，叫作《特利斯川·商第的生平和意见》。这是一部元小说①类型的作品，从写法上来看，它有一个漫长的开头，让读者觉得等来等去故事怎么还不开始呢。我觉得英国在这方面是很了不起的，十八世纪就出现了这种元小说色彩很浓的作品。

此外，我比较喜欢读科幻小说，书单中也列出了威尔斯、海因莱因等人的作品作为点缀。布劳提根的《爱的方向》，英文原版的书名是 *The Abortion：An History Romance 1966*。"abortion"是堕胎的意思，而日译本的书名则彻底离开了这个意象，很有意思，不知道这是译者的主意，还是编辑想出来的名字，看起来颇为大胆呢。但仔细想一下，把"堕胎"看作是"爱的方向"，真是很具讽刺意味啊，当然从逻辑上来看倒也没错。这是一部我个人很喜欢的作品。

再就是约瑟夫·布罗茨基《小于一》②。这本书的日译本还没有出版，很抱歉，这其中有我的责任。这是一本散文集，作者是一位流亡到美国的苏联诗人，大部分内容是英语写成的，另有一部分是俄语。

---

① 元小说（metafiction），是有关小说的小说，是关注小说的虚构身份及其创作过程的小说。传统小说往往关心的是人物、事件，是作品所叙述的内容；而元小说则更关心作者本人是怎样写这部小说的，小说中往往喜欢声明作者是在虚构作品，喜欢告诉读者作者是在用什么手法虚构作品，更喜欢交代作者创作小说的一切相关过程。
② 中译本已于 2014 年由浙江文艺出版社出版。

作为补充,书单里我还加上了今天的会谈一开始都甲先生就提到的、内村鉴三用英语写的自传性文章。是否可以称其为文学作品也很难说,但想让大家知道还有这样一种类型的作品存在,就列在其中了。日译本的书名叫作《余は如何にして基督信徒となりし乎(余如何成为基督信徒乎)》,有点拗口啊,可能很多日本人连书名都看不懂,但英文原版叫作 *How Became A Christian*,看了这个书名可能大家就会觉得,什么呀,这么简单的英文啊,连初中生也能看得懂。内村鉴三的英语水平是很高的,但毕竟是日本人写的英语文章,内容并不深奥,所以相对于日译本,英文原版更好读,浅显易懂。译者铃木俊朗是内村先生忠实的弟子,他在翻译时,尽量贴近内村用日语写文章时的风格,而书名则是按照老师的意思定的。刚才也说过了,现在再啰唆一下就是,如果有人以生动鲜活的现代日语,就像一位正在苦恼的年轻人在诉说自己的经历一样来重新翻译,这本书一定会再次大放异彩的。以"古典新译文库"的方式来做就很不错。

都甲: 是啊。"就靠咱哥们儿几个,给它把教会建起来!""就咱们自己,怎么可能嘛!""不试试咋知道呢?!"[①] 就用这种语气来译,类似现在日本的小剧场电影那样。

沼野: 在人们的印象中,内村鉴三是基督教的传教士,身上宗教

---

① 日语原文如下:"俺たちだけで教会作ろうぜ""そんなの、できるわけねえ""やってみなきゃわかんないだろう"。年轻人的口语多用此种说法。

味儿十足。但是，虽然他生活在明治时代，却有很高的英语水平，并通读世界各国的文学，同时对世界局势也有自己的看法，视野很开阔。读他写的文学论就会发现，在他看来，日本文学太狭隘了。而他就一直在思考，为了能与世界文学比肩日本该何去何从等这样的问题。他是一个意识很超前的人啊。

哪怕有错译之处，有翻译作品可读仍然是一件幸福的事
沼野：刚才我们一直在谈，必须用外语来学习各种知识，要多读原版作品，但实际上，面对世界各国的文学名著，要读懂它们所有的原版是不可能的事情。比如荷马、但丁、歌德、巴尔扎克、狄更斯，等等，要读懂他们全部的原版作品，即便是欧美那些很有成就的知识分子也做不到。不依靠翻译的话，我们就连这个世界上有这么多的文学名著也不知道。

今年（2011年）9月初，在俄罗斯召开了一场国际翻译家大会。世界各国所有的俄罗斯文学翻译家都被邀请来参会，来自其他国家的译者有70人左右，俄罗斯国内参会的译者有200人左右，是个大型会议。当时，大会安排了一场翻译家们与俄罗斯著名作家共聚一堂互相交流的晚餐会。

晚餐会上，有一位叫作塔季扬娜·托尔斯塔娅的著名女作家做了演讲。平时她就以毒舌著称，这次也没说什么好听的话。一般人的话，面对来自世界各地的翻译家们，都会说一句"翻译是一项没有太多回报的工作，各位翻译家辛苦了！"或者其他什么类似的话，但这位塔季扬娜女士是这样说的："最近，我有机会到其他国家的大学里任教，在那里我读到了契诃夫作品的英译本，跟原作太不一样了。那些重要的细微语感都被漏掉了，我就想，这样的译文怎么能传递出契诃夫的伟大之处呢？还是不能过度依赖翻译啊。了解俄罗斯文学，还是要读俄语原著才行。"真是大跌眼镜啊，在世界各国有名的翻译家面前，她上来就说了这些话。于是，翻译家们也坐不住了，其中一位稍微上了点年纪的男翻译家怒不可遏，就逼问她道："喂，听你说得倒是头头是道啊，那么，荷马、但丁、歌德、巴尔扎克、布鲁顿、乔伊斯这些作家，你读的也都是他们的原著吗？"听到这样问，塔季扬娜女士果然也没法正面回答，只好搪塞说"我想说的并不是这个问题"。

从这些事情上也可以看出来，有一些东西必须通过翻译才能传递，也有一些东西在翻译的过程中失去了。由于翻译的介入而失去了原著最重要的某些韵味，这种事情确实会时有发生。虽然翻译家们都在为了避免这类事情的发生而不懈努力，但是，用另一种语言把原著的价值原封不动地再现出来，这也确实是一件不可能的事。但这也并不意味着，翻译是没有价值的。对此都甲先生怎么看？

都甲：我自己呢，在策划《21世纪的世界文学导读30册》这本书时，我只是单纯地去思考，在阅读外语作品的过程中自己的内心到底发生了什么。但我并不认为，翻译只能有一种形式。翻译故事的概要也是翻译，从头到尾全部翻译出来也是翻译，介绍作品背景也是翻译……渐渐地，我开始觉得翻译的概念是可以很宽泛的。翻译的方法也有多种，不同的翻译方法传递出来的信息也不同；若只是翻译书籍的内容的话，会有很多其他的东西无法传递出来，这种情况下可以附上自己的随笔。所以，塔季扬娜女士的话虽也没有错，但是，比如说读了一本俄语书后跟朋友分享说"这书真不错"，这也算是翻译啊。从这个意义上来说，人类是离不开翻译的。所以，还是不要说那种伤人心的话为好……

沼野：比如朱诺·迪亚斯的《奥斯卡·瓦奥短暂而奇妙的一生》的翻译，您给自己打多少分？

都甲：120分吧。为什么这么说呢。这本书，当然你读原著也会觉得它很有意思，但如果你对其中的一些细节不了解，那么即使看得懂西班牙语也体会不出其中的韵味。因此在最初读到这本书时，虽然我也觉得很有趣，但也只看懂了百分之六十的内容，所以一开始只是想多读懂它一些。但转念一想，如果把它翻译成日语的话，就有时间好好查阅其中的难点，又会有一点收入进账，看起来还不错哦，于是就开始翻译了。之所以我给自己打120分，并不是说我的翻译水平有多高，而是说，在翻译的过程中，我搞明白了那些原本自己不懂的地方。若按照一般的翻译标准来打分的话，40分左右吧。

沼野：不不不，您不要故意给自己打这么低的分数呀。

都甲：不不不，给40分已经算高的了。

沼野：刚才您的话中也提了一句"有一点收入进账",今天来参会的听众当中,可能也有人是想将来成为翻译家的吧。但翻译这个工作,一般来说是赚不了什么钱的,所以如果想发财的话,还是不要做的好。一个人,如果他有充分的时间用来做翻译,并且觉得这样的时间对他自己来说是充实的有意义的,那么他就是幸福的。

都甲：只靠翻译小说就可以过活的人,还真是一个都没听说过。

沼野：也就柴田元幸①先生一个人吧。他是都甲先生的老师,也是我的同事。

都甲：啊,那就是全世界就他这一个人。

沼野：不过也不一定,比如翻译了"哈利波特"系列的译者,只靠版税就可以一辈子不用干活了吧。所以说,如果你的翻译作品成了畅销书的话,按照现在的版税制度,一般来说就是卖得越多收入就越多。只是,这比中彩票的概率还要小哦。拿我自己来说,倒是每翻译一本书自己的钱包就瘪一点呢。要买资料吧,要去当地做调查吧,书出版了还得自掏腰包买一些送给朋友们吧,反正他们自己是不会买的。每出版一本书,最后的收入总是赤

---

① 柴田元幸(しばた・もとゆき,1954—),美国文学研究者、翻译家,因出色翻译保罗·奥斯特、史蒂文·米尔豪瑟等美国当代小说家的作品而知名。

字，所以我总是说"负版税"。

嗯，在世界文学全集丛书在日本还很受欢迎的那个时期，丛书的第一本经常安排托尔斯泰、陀思妥耶夫斯基的作品，所以从前那些做俄罗斯文学研究的专家们经常说，翻译这样一本书的话，就足够盖一栋房子了。现在呢，我经常威胁我的学生们说，要是只做俄罗斯文学翻译之类的活儿，你家的房子会塌掉的。如果有人说即使这样我也要做，那就确实很让人佩服了。

都甲：我也有几本译著是这种情况，或者收支相抵最后为零，或者是赤字。

不知道不为错，明明不知道却以为自己知道才是最危险的

沼野：时间快到了，来看一下听众朋友有什么问题吧。

提问者 A：做翻译的时候，有什么需要特别注意的地方吗？

都甲：不要总想着一定要翻译得特别好——如果有什么需要注意的，就是这一点吧。当你总想着一定要翻译得特别好的时候，就会搬出那些所谓的文学性的语言、看起来很有范儿的说法，不停地换来换去。所以我一直都提醒自己注意这一点。我有一个基本的想法就是，不使用那些一般人打眼看上去就觉得不错的词语。认真阅读原文，好好体会那些在自己和原文之间产生的小小火花，将其精密地再现出来。精密地再现原文的意思，同时用符合日语习惯的说法将其表达出来——能在多大程度上做到这两点，就决定了翻译的好坏。所以，我不会有那种"要干得漂亮些"的想法。

沼野：比起读者的阅读感受，您更希望自己的译文忠实于原作，是这样吗？

都甲：忠实地去理解原文的意思，并用准确的日语将其再现——这样翻译出来的东西，可能不会是那种常见的漂亮的语言。但我觉得，它一定可以成为一种有力量的日语表达。因此我认为，好的译文就是既尊重了原文意思，又使用了准确有力的日语，从理论上说这样的译文是可能的。但可以说这是一种永远难以实现的梦想，但我一直在追求这种境界。虽然也常常失败，但这失败也并不可怕。

沼野：进行翻译时秉持的是怎样的原则，这一点当然是重要的，但是，往往在翻译过程开始之前就有一个问题存在了——第一次到手的外语文本非常晦涩，怎么也理解不了——这样的事也是常有的。已经有多种译本的作品，比如像莎士比亚那样的已经有很多解说类的相关书籍出版的作品就另说了。比如像一些刚刚出版的现代文学作品，作者也不是很有名，不知道是来自哪里的什么人，况且又使用了一些闻所未闻的奇怪的表现手法，像这样的一些处在文学潮流最前端的作品，非母语的人读起来真的是难度极大的。这种情况下，文本的理解一方面是很费脑筋的让人疲惫的事，但同时也可以从中体验到解决问题的乐趣，所以说搞现代文学翻译，其危险的魅力之一就在于这种惊险又刺激的体验。由此我想起了一个很有趣的逸闻，在这里跟大家分享一下。

《蒂凡尼的早餐》（龙口太郎译，新潮文库）是杜鲁门·卡波特的一部很有名的作品（村上春树的同名译著于2008年同样由新潮文库出版）。1958年原著出版后，日文译本也随之就出版了，在当时可以说是一本很具先驱性的译著，不过村上春树的译本出来以后，龙口先生的旧译本在市面上就见不到了。

书的名字叫《蒂凡尼的早餐》，但蒂凡尼并非是一个吃早餐的地方，而是一家宝石店。但在翻译这部小说时，译者龙口先生并不了解蒂凡尼是做什么的。他当时在美国留学——就那个时期而言，能到美国留学的人是很少见的——在纽约的某一天他拿起这本书要读时，就想，蒂凡尼到底是一家做什么的店呢，真的是有早餐什么的在卖吗？于是他就去了第五大道的蒂凡尼。到了店里环顾四周，他大致也看得出来这不像是吃早餐的地方，但也不知道里面的房间是做什么的，会不会提供早餐呢。于是年轻的龙口先生下定决心，开口问店员道："不好意思，请问这里可以吃早餐吗？"这件事后来写在了翻译后记里。可以想象，那个美国人店员一定在想："这个亚洲人竟然问这里能不能吃早餐，他到底在想什么呀，真是个傻瓜。"从这个意义上来说这是一段让人感到有些屈辱的故事，但那个时代就是这样的，就是连这样的一些常识也不懂。经过了那样一个时代，到了今天，人们可能会觉得自己什么都懂，但还是有很多事情其实你并不了解。

村上的翻译很准确，是一个很好的译本。但之前的版本，是在当时那个时代就把刚出版的作品翻译出来了，也自有其勇敢和令人震撼之处的。我们应该做的不是去笑话它里面有翻译错误，而是去理解，翻译错误本身也是有其历史和背景的。这就是一个很好的例子，很值得我们思考。

都甲：您说的这些，我很是感同身受。虽说英日词典、英英词典什么的都写明了单词的意思，但有时候也并非完全准确，很多单词本身的语感并不是词典说的那样。因此词典中的很多单词，其中内含的那些微妙的语感并没有被翻译出来。有的人就只是稍微查了下词典，就以为自己懂了，我则认为，要是真以为自己懂了，你就离失败不远了。所以我自己在翻译的过程中，总是要不断地查阅资料，因为总觉得自己还没搞明白。当然翻译的进度也就常常是一拖再拖。

沼野：对您说的这些我完全认同，我也经常跟人这样说，不懂不是问题，觉得自己懂了才是危险的。如果你知道自己不懂，就会去查阅资料，也因此才能找到正确的答案；但如果你以为自己懂了，就不会再去查资料把它搞明白了。以为自己是对的，结果却并非如此——人是经常犯这种错误的，在翻译上犯这种错误就更危险了。

都甲：别的不说，就连词典都经常出错。

沼野：词典有这么不靠谱吗？英语类词典的质量还是很高的吧？

都甲：确实，日本的英语类词典还是不错的，但有一些从明治时期就流传下来的错误，一直都没有修正。

提问者 B：刚才两位谈到了日语中方言的话题，我很感兴趣。虽然我现在说话是用标准日语，但也是有自己老家的方言的，有时候会觉得，这个说标准日语的自己怪怪的，所以两位谈这个话题时，我听得很有趣。

我想请教两位，翻译那些只在某个地区使用、连词典上也没有录入的方言时，翻译家们是如何处理的呢？

都甲：在有的福克纳①作品的日译本中，黑人的英语是被翻译成了东北地区的方言。如果东北地区的人知道了，我想他们是不会喜欢这种做法的吧。

沼野：福克纳的话，他小说的主人公说的应该都是美国南部的方言吧，为什么要用日本东北地区的方言来翻译呢。

都甲：如果是年长的人，则常见以"わし（wasi）""~じゃ（jya）"②来翻译，那是日本中部地区的方言吧，为什么原著里

---

① 威廉·福克纳（William Faulkner，1897—1962），美国文学史上最具影响力作家之一，意识流文学代表人物，诺贝尔文学奖得主，代表作有《喧哗与骚动》等。
② "わし"，意为"我"，多用于老年男子自称。"じゃ"，表示判断词，相当于"是"，此处指方言中的说法。

上了点年纪的人到了日译本都会变成中部地区出身呢？或者，为什么他们总是要操着一口日本西部地区各个县方言的集合体一样的语言呢？

就现在而言，用日语方言来翻译原著中的方言的做法，的确是越来越行不通了。但究竟怎么做才好呢，也还没有出现新的解决方案。如果是我翻译，大约会用标准日语中那种略为随意的语言风格来翻译。翻译也是一种创作，如果你使用的是一些自己都不认可的语言，译文就会显得很奇怪。所以，尽量去使用那些自己有感觉的语言来翻译，我觉得这点很重要。等这方面的能力有了长进，能巧妙地区分使用各个地区的方言来进行翻译当然更好，但以我现在的能力来说，我是做不到的。

沼野：日本原本就有用方言进行文学创作的丰富传统，方言以多种手法被使用，但纵览世界其他国家，法语的文学作品创作中几乎从不使用方言，以标准俄语写成的小说也不会掺杂大量的方言。所以日本和其他国家的文学在方言的使用方面是有差异的，先请大家了解这一点。

时间也快到了，虽然意犹未尽，我们今天的对谈也就到这里结束了。感谢大家长时间的倾听。

作者篇

第四章
在太宰治与陀思妥耶夫斯基的作品中都能感受到的某种相同的气息

——绵矢莉莎与沼野充义的对谈

这里也有"世界文学"

绵矢莉莎（わたやりさ）

1984年生于京都府。早稻田大学教育学部国语国文学科毕业。京都市立紫野高等学校就读时以《install 未成年加载》获文艺奖，大学在读期间以《欠踹的背影》获芥川文学奖，上述两次获奖均刷新了该奖项的最年轻获奖者纪录。此后作为小说家持续活跃在文坛，其著作还有《梦女孩》、《不想恋爱》、《亲爱的闺蜜》（获大江健三郎奖）、《打开》、《姜的味道是热的》、《愤死》、《大地游戏》。

●绵矢莉莎荐书三册+α

①路易莎·梅·奥尔科特《小妇人》。新潮文库等。

②罗伯特·路易斯·史蒂文森《杰凯尔博士和海德妹妹》(村上博基译，光文社古典新译文库，2009年)

③吉本芭娜娜《鸫》(中央公论社，1989年，中公文库，山本周五郎奖获奖作品)

+α

菲茨杰拉德《所有悲伤的年轻人》(小川高义译，光文社古典新译文库，2008年)

●沼野充义荐书三册+α

①绵矢莉莎《欠踹的背影》(河出书房新社，2003年，第130届芥川奖获奖作品)

②安托万·德·圣-埃克苏佩里《小王子》(内藤濯译，岩波书店。光文社古典新译文库译本的译者为野崎欢)

③图尔盖涅夫《初恋》(沼野恭子译，光文社古典新译文库，2006年，及其他译本)

+α

加西亚·马尔克斯《百年孤独》(鼓直译，新潮社，2006年)

阿摩斯·图图欧拉《棕榈酒鬼》(土屋哲译，岩波文库，2012年，及其他译本)

雷特海乌《鲸群离去》(浅见升吾译，青山出版社，1998年)

什么是"以日语写成的世界文学"

沼野：这个系列的对谈，其目的之一是为年轻人推荐一些好书，所以每次会谈开始之前，都由我先来为各位听众做一个有关世界文学的小讲座。

我是专门研究俄罗斯和波兰文学的，但同时也做了一些日本文学的评论工作，从1993年开始，我在现已停刊的文艺杂志《海燕》上做了一年的"文艺时评"连载。以此为契机，此后也在《朝日新闻》《读卖新闻》《东京新闻》等各大报纸上断断续续地发表自己的文艺时评，到今天已近二十年了。"时评"这个词现在已经不怎么提了，可能在座的各位也有人不是很了解是什么意思，简单来说就是阅读每月出版的文艺杂志，并为这些杂志上最新发表的作品书写评论。

1993年写的东西，我觉得到了现在不会再有人看了，所以后来也并没有出版单行本，那些文章就放在那里。但这个世界上还真有眼光独到的编辑，承蒙他看得上，说如果把这二十年来我在这个专栏上所写的这些文章放到一起的话，读起来一定很有趣。在他的帮助下，这些文章最近结集成单行本出版了（《走向世界文学/从世界文学出发——文艺时评的灵魂1993—2001》，作品社出版，2012年）。可能大家会感到有些奇怪，明明是写日本文学的时评集子，书名却是《走向世界文学/从世界文学出发——文艺时评的灵魂1993—2001》，但其实这本书一以贯之的

第四章　在太宰治与陀思妥耶夫斯基的作品中都能感受到的某种相同的气息

立意，就是把日本文学作为世界文学的一部分来介绍给读者，因此我也觉得起这样一个书名是极为切题的。

今天我们迎来了日本年轻一辈小说家的代表、未来可期的绵矢女士，一起来了解一下背负着日本文学未来的年轻作家们当下在思考些什么，谈一谈今天的听众朋友们在阅读日本文学或者世界文学时应该持怎样的态度。绵矢女士的作品现在已经被翻译成多国语言，从这个意义上来说，其实已经不能一概而论地称她是一位只有日语作品的作家。今天也会从这个角度出发，对作为世界文学的日本文学进行一番探讨。

那么，虽然多少有些唐突，现在我想问各位听众一个问题。

古池や蛙飛び込む水の音（古池冷落一片寂，忽闻青蛙跳水声）

这是松尾芭蕉的一首很有名的俳句，那么问题来了，在这首俳句中，青蛙到底有几只呢？认为是一只的听众，能否举一下手？好，认为是两只以上的，也请大家举一下手……嗯，看起来没有人觉得是两只以上……

以前在东京大学的一场校园开放日活动上，面对现场的200多位高中生我也问了这个问题，有好几个男生回答说是"两只以上"，真是勇气可嘉呢。或许有人说这问题很傻，其实通过这个提问我想表达的是，日语在说"青蛙"的时候是不分单数复数的，所以到底是几只呢，就有必要一一来确认。那就再举一个浅显易懂的例子吧，比如说，一个人听到了房间的天花板咯吱作响,如果是日本人,他马上就会反射性地说:"啊,天花板上面有老鼠!"请大家想象一下,这时如果有一个人问他说:"你说有老鼠,那是几只老鼠呢?一只呢,还是好几只呢?"这个人会怎么回答呢?一般来说,只要他是日本人,应该都会先惊讶于居然有人问自己这样的问题,"我说这话时也没想过是几只啊,是几只有什么关系吗,有几只算几只呗。再说这老鼠是在天花板上面,我又看不见,怎么知道它有几只"。从这里可以看出,从某种意义上来说,日语这种语言使用起来真是方便呢。像刚才这种情况,在表达的时候就不需要去想是用单数还是复数。也就是说,是不用说得那么清楚的。但如果是英语,这样就行不通了。因为在使用名词的时候,你不能不区分那个是单数还是复数。你说是"a frog",还是"frogs",必须得从中选一个。所以,当把上面"古池"这首俳句译为英语时,到底是译为"a frog",还是"frogs",怎么翻译才合适,就需要译者自行去思考判断。

这是一个很简单的例子,但是当日本文学走出国门、落在那些与日语不同的文化土壤中,在那里被阅读时,就需要跨越很多像刚才所举例子那样的沟壑,才能为读者理解。

再问大家一个问题——村上春树是哪国的作家?可能很多听众会想,这还用问,当然是日本作家了。但有没有哪位听众是这样想的呢——沼野这家伙这么问,其中一定有什么特别的意图,大概说"村上春树是日本作家"的回答是有问题的。

村上春树曾在美国生活了很长时间,也在希腊住过一段日子。所以,如果以他去过的地方、在那里停留的时间为标准来看的话,就不能说他是百分之百的日本人——这种看法也是可以有

第四章　在太宰治与陀思妥耶夫斯基的作品中都能感受到的某种相同的气息　171

的吧。再者，如果以他的作品传播到了哪个国家为标准来看的话，村上作品有数量巨大的英译本在世界各地被人们阅读，此外还有很多韩语译本、俄语译本。如果把这些书在国外被阅读的数量加起来，很可能外国读者的人数会远远超过日本读者。这样一来，由于作家的存在价值在某种程度上是由其作品的受容情况所决定的，所以如果英语圈的读者占绝大多数，那么作为一个社会现象来看时，也不是不可以说村上是一位英语圈的作家。

还有一点，在其他国家，译者的存在并不太受关注，名字一般不出现在书的封面上显眼的地方。这一点美国就比较典型。译者是谁，若是不仔细找一找还真发现不了。有很多书都是这样的。所以，虽然村上作品在美国被很多人阅读，非常有人气，但可能真的有读者以为，那些作品是由一个叫"MURAKAMI"①的日裔美国人用英语写成的。即便在某个角落发现了印刷得小小的译者的名字，最终读者在阅读时也不会去在意这本书到底是谁翻译的，也不太去想谁的翻译好谁的翻译不好这一类事。因此，对英语圈的读者来说，眼前自己读的这本书是由日文原著翻译过来的，还是原本就以英语写成的，这些都不重要。对他们来说，大约知道这是一个可以为读者提供英语文本的日裔作家，这就足够了。

当说起一个作家是哪国人时，可能会有人觉得，这又不是国土的归属问题，讨论这个有什么意义呢。但是，在现在这个时代，文学也是在全世界范围内流动着的，当留意到这个事实并从

---

① 村上春树的名字中"村上"二字的日语发音。

日本与世界的关系来看日本文学时，就会发现很多此前不曾有过的新的现象正在发生着。比如有的作家你已经很难定义他是哪国人了，比如有的作家已成为一个全球性的存在，再比如有的作家正在不断地进行越境的写作。这方面其他的话题可以留待以后慢慢讨论，此时希望大家能先注意到这样一种状况的存在。

最后想再谈一谈有关"日本文学与世界文学"这一文学框架的问题。在日本，把日本文学和世界文学分开来看待的倾向仍然很明显。文学全集也是如此，世界文学全集和日本文学全集是分开的。世界文学全集类的读物现在已不怎么有人气了，作家池泽夏树主持编辑的一套全集较有新意，可以说是一次有划时代意义的新尝试，全集共三十卷，由河出书房出版。这套书有几个突出的特点，而收录了石牟礼道子的作品《苦海净土》则算其中之一。

明明是世界文学全集，却收录了日本作家的作品，这是一件特别值得称道的事。一般来说，既然是做世界文学全集，那么排除日本作家便是常理，但这套三十卷的丛书中，却把其中一卷单独留给了日本作家。但即便如此，日本这么多作家，到底选择哪一位呢——我想对于编者来说，这个问题一定曾让他们烦恼不已。是选大江健三郎，还是丸谷才一、古井由吉，又或者是池泽自己呢，围绕这个问题，编者一定曾是思虑万千，而最后，他们选择了石牟礼道子这样一位多少有些游离于一般的文学评价框架之外的作家。各位不要误会，我并非是说石牟礼道子女士的作品文学价值不高。只是，按一般常识来说，她的这部作品《苦海净土》属于一部围绕水俣病①主题的非虚构性纪实文学，而小说一般指的则是"虚构"类作品，那么文学全集也应该是虚构类作品的全集，从这个立场来看，视这部作品为日本文学的代表，把它与福克纳、纳博科夫、卡尔维诺等小说家的作品放在一起，这一做法还是极其让人惊讶的。但是，当这一结果呈现在人们面前时，大家又都觉得有道理，这样选是对的。像这样必须选一位日本作家放入世界文学全集的情况下，只能这样做，其他找谁来都不合适。如果选了哪位小说家，一定会有反驳或者批评的声音，说"要是这样的话，还是那个谁谁更合适吧"。但是石牟礼女士的作品，一方面是其他人都无法模仿的非虚构类创作，同时作品的质量又达到了一定的文学高度。在我看来，这部作品是可以与苏联作家索尔尼仁琴的巨著《古拉格群岛》比肩的。

但池泽夏树编辑的这套世界文学全集只是一个例外，当看到这样一个例外横空出世时，我反而再一次深刻地感受到，在日本的文学界，内外的区别仍然根深蒂固地存在着。在大型书店的文学类书籍区，很多情况下你会看到，首先外国文学与日本文学是分开的，继而，男性作家和女性作家是分开的。日本采用现在的这种分类方法基本上是为了使用方便，短时间内是不会有什么变化的。也因此，才有很多人坚信村上春树就是一位日本作家，并觉得这是一个不争的事实。只是，对于现在的年轻作家而言，在不远的将来他们很可能会进入世界文坛，在世界范围内被人们广

---

① 日本水俣病事件，在1956年日本水俣湾出现的、由于工业废水排放污染造成的公害病。

泛阅读，比如，当一个日本作家在法国的知名度甚至高过在日本的时候，很可能他就会被看作是法国文学的一部分，这种可能性也不是没有。有一些被人们认为是理所当然的做法，未必永远都是正确的。世界是不断变化的，日本文学与世界文学之间并非有一条永恒不变的边界线，我们需要这样一种新的认识——世界文学中包含着日本文学，日本文学是世界文学的一部分。

在我这个年纪的人们的观念中，还是有这样一个大前提的，他们总觉得日本不管在哪个方面都是落后于欧美的——当然他们可能不会这么直白地说出来，但就是觉得欧美相比日本还是有哪里不一样，是很特别的。拿职业橄榄球项目来说，人们毫无疑问地认为，这项运动的大本营在美国，日本的哪个运动员都比不过美国职业棒球大联盟。拿足球来说，以前也没有谁会觉得日本人会成为世界最好的足球运动员。但现在时代不同了，带有"J"①标志的日本球员已经有很多活跃在世界棒球界。文学也是同样的，在未来，世界文学与日本文学将迎来一个彼此融合的时代，你中有我，我中有你。

我平时喜欢看相扑比赛，观察近年来相扑界前几位的排名就会发现，日本人相扑手的人数并不多，来自其他各国的外国相扑手的人数反而更多，首先是蒙古人，其他还有保加利亚人、爱沙尼亚人、格鲁吉亚人、俄罗斯人，等等。可能会有人心怀忧虑，说相扑是日本的国技啊，这样还得了吗。我倒是很乐意看到现在这种情形呢。那么日本的文坛呢，是否也会向这个方向发展呢？

---

① 指日本棒球联盟（简称 J. League）。

芥川奖获奖作家、畅销书作家的排行榜上，前几名都是外国人——是否会出现这种情形呢？当然了，说到文学，毕竟语言的障碍还是很大的，即便有外国作家出现，人数也很难达到相扑那样的程度，但无论如何，在我们所生活的现在这个时代，这已是一个很现实的问题了。

我的解说就到此为止，大家久等了，接下来我们有请绵矢女士。

在太宰治与陀思妥耶夫斯基身上都能感受到某种相同的气息

绵矢：今天是我第一次有机会与沼野先生对谈，对此我非常期待。也感谢各位听众，在很难得的休息日抽出时间来参加今天的活动。相较世界文学，我亲近日本文学的时间更长一些，所以今天也想借这个机会向沼野先生请教有关世界文学、俄罗斯文学的一些问题，请多多指教。

沼野：刚才你说到自己的阅读多以日本文学为中心，是说没有怎么读过外国文学作品吗？

绵矢：小时候读过世界儿童文学全集，到了初中高中阶段，基本上就是以日本文学为主了，最近又开始阅读世界文学。

沼野：小时候读过的作品现在还记得一些吗？

绵矢：讲谈社出版的《青鸟文库》的书比较多。奥尔科特①的《小妇人》系列，讲主人公的成长过程的蒙哥马利②的《绿山墙的安妮》系列。那时候很喜欢读一些女孩子是主人公的小说。

沼野：日本文学中你有自己最喜欢的作家吗？

绵矢：我最喜欢的是太宰治。从高中时候起就读他的书。我后来之所以走上文学创作的道路，契机也是在太宰治。

沼野：太宰治的作品我也读了不少。不过，有那么一点觉得，太宰治跟绵矢女士你的风格不是很搭呢。

绵矢：是吗。读太宰治作品时我就想，这虽然已经是很久以前的书了，但却觉得比现代的哪个作家都要新颖。文体也是如此，时而用第一人称描写自己的感受，又有一些诙谐的笑话，很是好读。

沼野：太宰治有一部小说是以女性第一人称的口吻写的吧，对男作家的这种类型的作品，身为一位女性，绵矢女士觉得怎么样？

---

① 路易莎·梅·奥尔科特（Louisa May Alcott，1832—1888），美国作家，代表作是《小妇人》。
② 露西·莫德·蒙哥马利（Lucy Maud Montgomery，1874—1942），加拿大女作家，代表作是《绿山墙的安妮》。

绵矢：长大后再读时觉得，以女主人公自己的口吻写成的这类作品中，主人公的性格都很好啊。

沼野："性格很好"，具体来说指的是什么呢？是说，作者站在男性的立场上，把女性塑造得都很美吗？

绵矢：是的。《维庸之妻》《女生徒》等等，都有这种感觉。在这类作品中，在太宰治其他作品里常常看到的那种对人性之恶的披露退到了后面，那种有点喜欢浪漫、对自己喜欢的男人很专情的女性类型出现得比较多。

沼野：像我读太宰治的《人间失格》的时候，常常情绪低落，无心做事。那么反之，你在读这类作品时，会产生某种力量感吗？

绵矢：是的。我第一次读的时候，更多注意到的是其中那些可怕的部分，读完后就觉得很是消沉，但再读时就不一样了，无论重读几次，每次都为作品本身的精彩感到震撼不已。那么短的一部小说，开头和结尾，却可以让人觉得这部作品写尽了一个人整个的一生。实在是一部很棒的作品。

沼野：我儿子正在读高中，有段时间他读了很多太宰治的小说，我曾跟他说："不要总是读调子这么灰暗的小说。"但回过头来想一想，能找到什么积极的、正能量的作品让你可以非常自信地推荐给自己年轻的孩子去阅读吗？其实很难。陀思妥耶夫斯基的东西我是绝对不希望他看的。虽然我自己是很喜欢的啊。所以，归根结底来说，文学这个东西，是没法由父母推荐给孩子的，孩子避开父母的耳目偷偷去读才好。你说这个人是日本的大文豪，评价一直很高，或者夏目漱石的东西是很好的，那就可以安心让孩子读吗？《心》的底色多么灰暗呀，里面的主人公——"老师"最后是自杀而死的。

绵矢：是的呢。童话或者绘本暂且不提，文学类作品，可能还真不适合在学校的道德课①上阅读或者由父母读给孩子听。陀思妥耶夫斯基的作品，如果在感情丰富的年轻的时候读到，可能会受到很大的冲击吧，会怀疑人生……我读太宰治的时候其实也是这样的，读了他的书以后，我觉得自己的性格没有以前开朗了。

沼野：但是呢，一部好作品，哪怕它底色是灰暗的，作品自身的那种力量还是会给读者带来很大的支持的。

绵矢：是的。有时候看入迷了，仿佛自己也变成了小说里的主人公，会觉得自己也有过类似的想法，或者说虽然这故事有些沉重，但与自己很有共鸣。这也正是小说强大的魅力所在吧。

沼野：之所以会问这样的问题，我是想了解一下，身为一位作

---

① 日本中小学开设的一门德育课程，内容以名著阅读、手工、劳作为主。

家，你一直以来的阅读生活是怎样影响你的。但书籍给人带来的影响，有时候是难以预测的。我喜欢的俄罗斯评论家安德烈·辛亚夫斯基①曾说过，假设读者在读了陀思妥耶夫斯基的小说后内心受到很大的冲击，那么，可能有的人真的成了一名杀人犯，或一心要颠覆政权的恐怖主义分子，但是另外的人，可能就成了一位虔诚的牧师。所以说，书籍对一个人的影响因人而异，是万不可一概而论的。

绵矢：是的。哪怕是同一部作品，说到具体是哪个地方影响了自己，不同的人也会有完全不同的体验。《罪与罚》②这样的小说自然就不用说了，就连那种有关杀人事件的纪实性文章，不同的人读起来体验也是不同的，有的人是真的觉得里面杀人犯的所作所为很酷很帅气。自己的书会给读者带来怎样的影响，写书的人完全无从知晓。

沼野：就太宰治来说，他给你的文学创作具体带来了怎样的影响呢？比如文章的写法、小说的构思等等。

绵矢：啊，世界上还有这样的小说啊——是太宰治让我知道了这一点。他的作品告诉我，身边发生的那些小事、自己的心情，这

---

① 安德烈·辛亚夫斯基（Andrei Sinyavsky，1925—1997），俄罗斯作家，代表作有《审判开始》等。
② 陀思妥耶夫斯基代表作之一，描写了一名穷大学生受无政府主义思想毒害，犯下凶杀案的过程。

些都是可以写的。有的小说创作过程是这样的，作家设计了小说的框架和登场人物，然后由这些人物来推动情节的发展，起承转合都很分明。但太宰治的小说并非这种风格，他就只是记录自己的内心。在太宰治之后我又读了陀思妥耶夫斯基作品，在他身上我也感觉到了相似的气息。太宰治作品带给我的这些启发，与其说它是一种来自外部的影响，不如说它们构成了类似于我的写作基础一样的东西。

沼野：你刚才说自己从太宰治开始读了大量的日本文学，那么国外的作家中有没有人让你觉得也一样有趣的？

绵矢：就最近来说，还是陀思妥耶夫斯基吧。不久前我读了《群魔》的新译本，还有《卡拉马佐夫兄弟》，而且《罪与罚》竟然有一种出乎意料的明亮、乐观之感，非常有趣。

沼野：是吗？《罪与罚》的结局是开放式的，小说在一种"接下来事情会如何呢"的未知中结束了，事情此后的发展是灰暗还是明亮，是悲观还是乐观，难以预知啊。

绵矢：是的。但是看他的其他作品，比如《白痴》整个色调都很灰暗，我一边读一边就会想，可能这里边所有人最后都得死吧。但《罪与罚》就不太一样，作者给其中的主人公、负面人物拉斯柯尔尼科夫留了一条救赎之路，他最后活了下来，还在监狱与索尼娅会面了——这个结局真是让人意外。在《群魔》里边,有些人分明要比拉斯柯尔尼科夫好,作者却安排他们死了。我之所以会觉得《罪与罚》有一丝明亮之感,可能跟我阅读这几本小说的顺序有关吧,但总的来说《罪与罚》还是挺让我意外的。

沼野:是这样啊,原来如此。《罪与罚》的主要人物有两个,一个是杀死了高利贷老太婆的青年拉斯柯尔尼科夫,一个是在精神上给他很多支撑的索尼娅,这是一个"圣洁的娼妇"形象。这两个人在过去都曾经有过几乎是毁灭了自己一生的可怕经历,所以可以说他们都是死过一次的人了。后来他们彼此支持,在西伯利亚开始了探寻自己精神上的新生的旅程——《罪与罚》就这样结尾的。最后,故事讲述了拉斯柯尔尼科夫的一个梦,梦中一种叫作施毛虫的虫子在全世界蔓延、泛滥,人类毫无抵抗之力,大批大批死去——这种情节又会让人感到一些世界末日论的味道。

绵矢:那是我非常喜欢的一个情节,《罪与罚》里面描写了很多梦啊幻想的场景,比如有一个梦是在一个类似于自己杀了人的公寓一样的地方,很多陌生人盯着他看。一般情况下,一个人做了坏事的话,内心的罪恶感会使他做噩梦的,但这部小说的主人公几乎是一个没有能力感受到任何罪恶感的人,所以他就会产生一些身体感觉,比如烦躁不安、发高烧、恶寒,等等,以此来呈现他内心的不安。我是这样觉得的。这一点,与《群魔》中的斯塔夫罗金有共通之处。主人公是一个有着现代意识的冷酷无情的坏蛋，但这也正是这个人物形象的魅力所在。

沼野：你很喜欢斯塔夫罗金？

绵矢：是的。他很擅长煽动人心，但自己的内心却是一片荒凉，空空如也——这类人物形象很吸引我。小说里还有一个极具象征性的说法，当鬼进入到猪的身体，猪瞬间就从悬崖上跌落……

沼野：《群魔》中描绘了各种自杀、他杀，其中有相当多的有关死亡的情节。这部小说取材于当时真实发生过的左派人士的暴力杀人案①，所以它还有一个侧面是表达了对这样一个社会事件的讽刺。因此，在不同的心境下，有时候读起来也觉得很是滑稽有趣。虽然故事的内容本身是很沉重的，但同时作者也会使用一些不按常理出牌的好玩的手法。比如说风凉话揶揄某个现实中存在的人，或者让一些奇特的人出现在故事里，等等。对了，绵矢女士你感觉如何呢，有没有在陀思妥耶夫斯基身上感受到某种幽默、好玩的部分？

绵矢：作品中点缀的各种幽默、讽刺的部分，可能我还没有理解。相较来说，给我留下深刻印象的是那些对令人心惊肉跳的可怖氛围的描写，比如一个将要被暗杀的人，身体紧贴着墙壁躲在

---

① 指1869年发生于莫斯科的涅恰耶夫案。信奉无政府主义的涅恰耶夫在1869年的彼得堡学潮中，组织"人民惩治会"，并率成员杀害组织中不服从于他的伊万诺夫。这案件遭到马克思与恩格斯的愤怒谴责。

漆黑的屋子里……读完后，小说中的每个画面都很清晰地印在我的脑海中，只是，对其中幽默的部分就没什么印象呢。可能我不小心略过去了吧。

沼野：说它幽默，其实也是那种比较会让人感到阴森可怖的幽默。俄罗斯文艺评论家米哈伊尔·巴赫金①提出过一个"狂欢理论"。简单来说，"狂欢"的意思指的是在节日庆典中颠覆常规生活的秩序，比如在节日活动中王子扮成乞丐去乞讨，等等。巴赫金认为，欧洲从前就有这样的文学传统，来描述现实的日常生活秩序被颠覆的、类似于狂欢节的那种状态。陀思妥耶夫斯基的作品就遗留了这种狂欢节式的文学传统，其中一些情节的设置，就像是为常识所束缚的安稳的日常生活被翻了个个儿。陀氏作品中的这一侧面还是很鲜明的。

既然是狂欢，那么一定伴随着大笑。而人们之所以会发笑，也是因为此前常规的价值观被颠覆了。只是，巴赫金在提到陀思妥耶夫斯基的时候也说："他的作品中有一种来自远处的狂欢的回声。"所以在这个意义上来说，可能确实没有多少人读了陀思妥耶夫斯基的作品会觉得好笑吧。

之所以会谈这个话题，是因为最近我感觉绵矢女士的作品发生了很大的变化。以前的作品多是围绕年轻人那些较为单调的日常生活展开细腻的描写，好笑、幽默的那一面比较少。但是读你

---

① 米哈伊尔·巴赫金（Mikhail Bakhtin，1895—1975），俄国现代文学理论与文学批评重要理论家。

最近的作品就发现,你慢慢积蓄了一种力量,以辛辣锋利的语言对人性进行深入挖掘,而且并不仅仅是单纯的深刻,而是以一种很有趣、很好笑的方式将这些部分表达出来了。比如《亲爱的闺蜜》等作品,我从中看到了很多讽刺、好笑的部分。绵矢女士自己在创作的时候究竟是怎样的状态呢,是写的时候就想把读者逗笑吗,还是说其实只是很认真地表达、最后到了读者眼中才有了这种效果呢?我不是作者本人,无从推测这一点。那么你是怎么认为的呢,深刻的内容与搞笑的表达方式,你如何看待两者的关系呢?

绵矢:我觉得是这样的——当内容沉重得过了头,一不小心就变成搞笑的了。我的恋爱小说都有这种感觉,越是一根筋地执着单恋一个人,就越像是一场独角戏。所以,虽然我并无意要使读者发笑,但一不小心就发现,主人公又在搞事情了,那个样子不由得人不发笑。所以说,其实我是很认真在写的,只是等我回过神来时,故事已变得很好笑了。

沼野:可能正是这种无心插柳,反而帮助你把人性描写得有趣而精彩。

人物有了自己的意志,小说写到一半书名就确定了

沼野:此前,绵矢女士曾经与在光文社古典新译文库系列中重新翻译了托尔斯泰《安娜·卡列尼娜》的望月哲男先生有过一场对谈。你读了《安娜·卡列尼娜》后感想如何?

第四章　在太宰治与陀思妥耶夫斯基的作品中都能感受到的某种相同的气息

绵矢：很精彩的一部小说。我觉得自己从中受到了很大的影响。好像被植入了某种很强烈的恐惧，比如说，不顾周围人的感受就跟情人私奔的话，最后会像安娜一样落得卧轨自杀的结局。

沼野：受到很大的影响，是说道德层面上的影响吗？

绵矢：是的。道德层面的。

沼野：你觉得托尔斯泰是在以安排安娜自杀的方式来惩罚她吗？

绵矢：同为女人我会觉得，作者是在以这样的方式强烈地表达自己的意见，就是说，作者之所以要给安娜安排这样一个死法，都是因为她依仗自己的美貌恃宠而骄，不珍惜自己的丈夫和孩子。

沼野：嗯，记得你之前说过，不是很喜欢那个与安娜私奔的沃伦斯基。

绵矢：是的。我觉得这种人好可怕。哪怕周围的情形已经大变，他也不会像安娜那样有什么情绪上的波动，只是说一句，"呀，真是要命啊"，也不做什么事来应对。在我看来，这种人确实很强大，但很不好相处。

沼野：小说中安娜受到了惩罚，生命以那样一个悲惨的结局告终，在某种意义上来说她的命运是一场悲剧，但是在这同时，作者也把她塑造成了一个非常有人格魅力的人物——你有没有这样觉得呢？

绵矢：是的。

沼野：小说中所设定的安娜的年龄，你觉得她多大呢？

绵矢：在我的印象里，是二十五六岁吧。

沼野：大概是三十多岁。

在我这个年龄段的人来看，小说中的安娜当时才三十多岁的年纪，这么年轻，是很让人意外的。我周围有很多三十多岁的人，比如我带的那些博士研究生，有的人一直没找到大学的教职，变成了失业博士，还有的人在社会上工作了很多年以后再回来读研究生——这些人都是三十好几了。一直到前一阵子，我还负责了一位七十多岁女性的博士论文指导工作。所以说，到了现在这个年纪，在我眼中三十多岁的人就像是还未成年的孩子。我第一次读《安娜·卡列尼娜》是在高中的时候，那时还没有机会谈过恋爱，也没碰过女孩的手，就是个孩子，所以，对结婚、出轨这些事情很难有什么具体的想象。所以在那时的我看来，《安娜·卡列尼娜》是一个发生在遥远国度的成年人的故事，成熟女性的故事。但是，后来自己年纪也大了，到了比主人公年长很多的年龄，再回过头来读这本书时，就有了完全不同的感受。

啊,原来这是一个三十多岁的女人的故事啊——最近常常有这种切身感慨。绵矢女士呢,你会把这本小说当作一个与自己同龄的女性的故事来读,是吗?

绵矢: 是的。

沼野: 这样的话,就还是会把它跟自己的经历联系起来吗?

绵矢: 安娜为人母亦为人妻,所以虽然我们年龄相近,但她所处的立场与我还是很不同的。但是,就女性的生存状态而言,那个时代与现在并无太大的区别。跟沃伦斯基私奔这种事,到了现在这个时代也仍然会受到周围许多人的强烈谴责。当然这是一个俄罗斯贵族阶层的故事,这个我是了解的,但是具体到身为一个女性如何去生活这一点上,读小说的时候就还是会难免联系到自己。

沼野: 只看小说梗概的话,这看起来的确像一个惩戒性的故事,说出轨的女性没有好下场。不过这故事还附有一句箴言,在卷首印有"申冤在我,我必报应"这样一句《圣经·新约全书》里的话。①《圣经》里这句话的本意我们且不说,绵矢女士你觉得作者是出于怎样的意图引用了这句话呢?

当然,"申冤在我,我必报应"里的"我",在《圣经》中

---

① "申冤在我,我必报应"一句,出自《圣经·新约全书》。

指的是上帝。意思是，对那些做了坏事的人，上帝将会惩罚他们。但这句话也可以理解为，普通的平凡人没有审判另外一个人的权利。现在日本也会有一些诸如是否应该判某个罪犯死刑的讨论，若按这句话的意思，就是说，即便在这种情形下，由一个人来判另一个人死罪也是不对的，因为这个审判应该留给上帝来做。所以，如果把这句话理解为"应该把审判的权利交给上帝，人是不可以审判人的"，那么，托尔斯泰之所以在卷首附上这句话，是不是也可以理解为他在以此表达这样一个意思，即，作为一个作家，我没有权利去评判安娜的所作所为是好还是坏。

安娜这个人物，回看托尔斯泰的创作过程你就会发现，一开始作者是把她作为一个坏女人来写的。对了，安娜的丈夫——高级官僚卡列宁这个男人，在你眼中是怎样的？没觉得他是个坏男人吗？

绵矢： 没觉得呢，我很喜欢这个人。他平时沉默寡言，不苟言笑，但是当预料之外的事情来临，也就是安娜出轨的事情被发觉后，他内心虽然也动摇困惑，但仍然强作镇静，在心里暗暗希望着可以尽自己的努力来找回与安娜从前的生活。虽然他不擅长直接表达自己的情感，但让我意外的是，这个人还是挺不错的。

沼野： 哦，你是这种感觉啊！太有趣了。你看待这个人物的视角，可能与一般人不太一样啊。

绵矢： 可能吧。除了与安娜的感情问题，他还要照顾好孩子的生活，感觉蛮惹人怜爱的。

沼野：啊，你很同情卡列宁。

绵矢：是的呢。小说中这个人像是生病了的样子，脸色不太好，婚姻生活中又一再被背叛。

沼野：但是你有没有觉得，在托尔斯泰的笔下，他是一个循规蹈矩、浑身都是官僚气息、缺少人情味的讨厌家伙？

绵矢：是的。对这样一个男人，若安娜心里有不满和怨言，她说出来就是了，但她的方式是什么都不说，只是在心里恨着这个人，然后冷不丁地就跟一个年轻男人私奔了。这样一来，卡列宁的内心当然会起波澜啊，会去想，这是为什么，究竟是怎么回事。就是在读到这个部分的时候，我喜欢上了卡列宁。如果安娜曾经每天不停地抱怨过而最后离他而去，这样还可以理解，但她却是一句话也没说就走了。想一想那个时刻卡列宁的感受、孩子们的感受，我就会觉得安娜这样做真是太残酷了。

沼野：在他们夫妻二人之间，并没有过真正的沟通——这个问题确实是有的。读《安娜·卡列尼娜》时，很多读者会在情感上更偏向于安娜，会觉得"肯定是卡列宁不好"。但实际上，在托尔斯泰构思自己的创作计划时，安娜这个人物被设计成了一个坏女人，她出轨并跟情人私奔。而这样一个坏女人，最后落得一个悲惨的下场也是她罪有应得。也就是说，托尔斯泰最初曾有过这样一个创作意图，即，他要写一部意在惩戒的小说，让大家知道，一个做了坏事的坏女人命运将如何。与此相对，对卡列宁，原本托尔斯泰是打算按一个普通人的样子去刻画的。但是，在他执笔创作的过程中，事情发生了变化，安娜虽然还是个坏女人，但渐渐变得越来越有魅力，有点像作家迷上了自己创作出来的那个女性的故事。所以读者的意见也就改变了风向，觉得小说里面的坏人当然就是安娜冷淡的丈夫卡列宁。

像托尔斯泰、陀思妥耶夫斯基这样的大家，他们的创作笔记、草稿等很多资料都被很好地保存下来了。阅读这些笔记和草稿时你会发现，从一开始的创作计划到最终稿的完成，中间发生了很多的变化。

《群魔》中的斯塔夫罗金也是如此，最开始的时候陀思妥耶夫斯基也没打算把他写成那样一个谜一样强大的存在。但是在创作过程中，人物自己变得越来越丰满，最终超越了作家的意图而自己动了起来。绵矢女士你是怎样的，有没有这样的体验呢？小说中的人物超越了你最初的创作意图而有了自己的意志。

绵矢：有的。我小说中的人物会分成两类，我喜欢的人和不喜欢的人——当然了，与托尔斯泰创作了斯塔夫罗金这一形象相比，我小说中的这类操作在规模上要小很多，但确实也有类似的体验，比如，当某个人物生动起来以后，就会想让他一次又一次出场，哪怕这个人并非主角，也会让他承担推动故事情节整体发展的作用。也就是说，身为创作者，我自己对这些人物的情感也会有深浅。

沼野：原先并无此打算，但写着写着，他就变成了这个样子。——类似于这种体验，你能举一个自己作品的具体例子吗？

绵矢：在创作《打开》①（新潮社，2011年出版）的时候，一开始我并没打算把主人公写成这样一个狂暴的女子。但写着写着，她的行动逐渐升级，越来越失去理智，变成了一个比我之前设想的还要鲁莽得多的、想到了什么就立刻行动做事而缺乏思考的人。

沼野：哦。《打开》探索了人性中某些危险的东西，是一部非常刺激的作品。

换个话题啊。作为一个评论家向你提这样的问题可能有些失礼，但我还是想了解一下，你是如何给自己的作品起名字的呢？因为我觉得，你给自己的小说起名字的方式其实是很特别的。《打开》《不想恋爱》（文艺春秋出版社，2010年出版），拿这两部作品来说，这两个名字可能确实抓住了小说最核心的部分，但并非很合该作品整体想表达的主题。《打开》给人的感觉尤其如此，甚至让我感到很意外，为什么这样的故事要起这样的一个名字呢。所以想听一听你是如何给自己的书起名字的，是一开始就

---

① 女高中生木村爱对同班同学西村田绪心生爱意，在得知田绪有正在交往的女朋友美雨时，刻意接近美雨。渐渐地，木村爱开始放下心中成见与嫉妒心。

先把书名定下来了呢,还是在写完了之后又起的书名呢?

绵矢:我是在写的过程中就会把名字确定下来。

沼野:在创作的过程中,有那样一个瞬间让你觉得除了"打开"这个词别无其他选择——是这种感觉吗?

绵矢:对。

沼野:芥川奖获奖作品《欠踹的背影》(河出书房新社,2003年出版,河出文库),书名也很好,这也是在写作的过程中确定下来的吗?

绵矢:是的,写作的过程中定下来的。

沼野:后来有一部小说叫作《欠踹的田中》(田中启文著,早川文库JA,2004年),这个你知道吗?

绵矢:知道的。

沼野:这个书名是对你那部《欠踹的背影》的戏仿。话说绵矢女士这些作品的名字,虽然它们并不拘泥于小说的内容,但却有一种深入人心的力量呢。

"芥末的气味猛地钻进了鼻子里来"这一日语表述的困难之处

沼野：有关绵矢女士的小说，过会儿我们再继续深入讨论，现在先回到世界文学的话题上。刚才聊了你是怎样阅读世界文学的，你提到了陀思妥耶夫斯基、托尔斯泰等俄罗斯小说。那么，在阅读世界文学和日本文学时，有什么态度上的不同吗？

绵矢：读这两类作品时，我能感受到某种视野上的不同。读世界文学，会感到自己的眼界更开阔了，或者说，因为很多作品都是出场人物也多，故事涉及的范围也扩展到了日本之外的世界其他国家，所以会觉得自己身处的环境更广阔了。日本文学则带给我一种空间被浓缩之感。

沼野：在小说创作这一个具体的点上，作为一名写作者，你有没有觉得自己受到了外国文学的影响呢？按常识来说，由于国家不同、语言不同、风俗习惯也不同，一般认为日本作家可能不太容易受到外国文学的影响，那么你是怎样的呢，比如说读了陀思妥耶夫斯基、托尔斯泰等人的作品后，作为一名写作者，你发现自己身上有什么变化吗？

绵矢：就陀思妥耶夫斯基来说，他以一种不由分说的方式，让我充分见识到了，一个人的文字表达究竟有多大的可能性。我自己的内心是有很多东西堵塞在那里的，表达不出来，所以读了他的作品我其实受到挺大冲击的，一个人仅靠文字的力量，竟然可以建构起如此庞大的一个世界。

再有就是纳博科夫，读他的短篇小说集时，书中那些鲜明的比喻给我留下了强烈的印象。外国人想出来的这些比喻，竟然让我一个日本人也能切身体会到其中的妙处，所以那时一点儿都没觉得自己此刻正在读的是一部世界文学作品。那种感觉就像，我眼中所见的并非森林，而是他呈现出来的一枚一枚的树叶。

比如说，书里用到了"惹人怜爱的抽动"这个词，意思是"抽动障碍症让人怜爱"。我读了后就觉得，这样说的话也确实是啊，认真的人紧张起来不就经常那个样子嘛，那种感觉确实惹人怜爱呢——就非常佩服他的这种表达。此外，在描写那种家里有怀孕了的年轻准妈妈时的家庭氛围时，他用了"神秘的内心骚动"这个说法，我就觉得，能用"神秘的内心骚动"这种词来描述一个孩子就要出生的家庭，真是太厉害了。

沼野：纳博科夫可以写规模宏大的作品，同时也是一位周到细致、工于文章的作家。与陀思妥耶夫斯基相比，他的文字要缜密得多了。虽同为俄罗斯作家，但两人的风格迥异，在比喻等修辞方面，纳博科夫的写法确实非常独特而凝练。

我读绵矢女士的作品有一个感觉，当然在写有关芥川奖获奖作品《欠踹的背影》的时评时我也说过了，就是，从小说的一开始，你就使用了非常凝练、让人印象深刻的文字表达。比如，文章的开头就说"孤独在鸣叫着"，其他还有"朋友这个词，就像芥末的气味猛地钻进了鼻子里来""那种感觉就像喝放了没洗干净的蛤蜊的味噌汤时吃到了有沙子的蛤蜊肉，咯嘣一下子，一股强烈的不对劲的感觉瞬间涌了上来"等此类的说法，在小说中随处可见，给我留下了深刻的印象。这些都是很自然地就从笔下流淌出来的吗？

绵矢：我很喜欢去写像类似于不对劲的感觉啊、不快感啊等等的感受。"蛤蜊……"那个句子就是其中之一。

沼野：从日语的角度来看，人们对这一类的比喻有怎样的评价，我们暂且先放一放，如果换一个视角，比如在一个做外国文学研究的人看来，这种写法其实是暗含一个困难的，就是说，把它们翻译成外语后，可能外国人还是会看不懂。比如"蛤蜊味噌汤……"是这样，"像芥末的气味猛地钻进了鼻子里来"也是这样。当然，现在寿司已经成为一种世界性的食物了，所以对"像芥末的气味猛地钻进了鼻子里来"这种说法，可能人们多少有些知道是怎么回事了。

从某种意义上来说，这其实是一个带有普遍性的问题，也就是说，由于日本文学中存在着某些只有日语中才会有的独特表达，那么，它在超越语言的边界时就不得不直面这样的问题。现在《欠踹的背影》被翻译成了几国语言呢？作为小说作者，你有没有对自己作品的译文进行过检查，又或者，有没有译者联系你问过你问题呢？

绵矢：一次也没有过。

沼野：是吗。其实有的译者会一次又一次联系作者，提很多问题。这不仅仅是因为原文难以理解，而是有时候，按原样把句子直译过来也无法传递作者想表达的意思。

比如说有这样一个例子，我在写川上弘美女士《老师的书包》的书评时，可能我的视角多少有些奇怪啊，看到这个题目时我的第一反应就是，"呀，这可怎么办"。什么怎么办呢。"センセイの鞄（老师的书包）"这个题目中的"老师"的日语没有使用一般常用的汉字"先生"，而是特意使用了表音的片假名"センセイ"，其中就蕴含了某些很微妙的意义，而这个是很难翻译出来的。① 既不是汉字，也不是平假名，而是片假名"センセイ"。这种操作，来自某种基于日语固有表达方式的日本式思维，所以根本就没法翻译。类似的情况在翻译的过程中经常会遇到，译者们每天都会面对着这种难题绞尽脑汁、苦思冥想。现在日本的文学作品被翻译成各种文字，广泛流传到了其他各个国家，被那里的人们阅读着，而其实在这一状况的背后，也有这样一些内情呢。

绵矢莉莎的读者群体

沼野：我们继续今天的对谈。接下来的时间我想请绵矢女士多谈一谈。大家知道绵矢女士是一位以日语进行创作的作家，但她也有很多作品被介绍到海外，有很多翻译版本。所以也想听一听你到国外参加活动时的印象、与译者的交流、看到自己的作品在国

---

① 《センセイの鞄》，中文意为《老师的书包》。"老师"的日语表达一般情况下是汉字"先生"，该书的题目中并没有使用汉字，使用了表音的片假名"センセイ"。

外被广泛阅读时的感触,等等。

绵矢:就亚洲国家来说,有的读者会写信告诉我他们的感想。当然数量也不是很多啊,曾经有中国的读者用日语写信给我,说"我也是一个躲在家不去上学的人,我读过你的小说《install 未成年人加载》(河出书房新社,2001 年出版,河出文库,文艺奖获奖作品)……"

上次我去法国的时候,几乎没有机会去了解读者们对我的小说有怎样的感想,但是有一天我在书店看到自己的书像苹果一样一本本卖出去,我非常惊讶,心想,法国这个国家果然是文化之都啊。那天我坐在书店里,样子看起来像在跟人们说,正在排队的各位读者朋友,你们买书的话我会赠送亲笔签名哦——那些来书店的人,比如上点年纪的老爷爷老奶奶,还有年轻人,就会过来买书。那种感觉就像是,虽然还不了解你书里写的是什么内容,但还是先买下来读一读再说吧。

沼野:在法国,书还是挺贵的。

绵矢:是的。当然,比苹果是贵多了。换位想一下的话,如果一个自己不太了解的法国作家来了日本,我去听了他的演讲,或者参加了有关他作品的研讨会,但即便在演讲或研讨会现场看到他的书卖得很好,我会随手就掏钱买书吗?而这些法国人呢,对一个自己并不了解的外国人写的书,也不加多想就买回来看,想到这里,我真是非常佩服他们这样一种开放的态度。

沼野：在日本现代文学的翻译和介绍这一点上，在全世界范围内，法国也是做得最好最全面的。今年（2012年）3月，在巴黎举行的国际文学大会"图书展览会（Salon du Livre Jeunes）"上，日本是被邀请的国家之一，当时有很多的日本作家赴会，绵矢女士作为重要客人之一还参加了其中的研讨会环节。对那时的一些交流，你有没有印象特别深刻的？

绵矢：那次会上，与一位叫作阿尼艾斯·吉阿尔鲁的女士围绕日本的恋物癖的话题做了交谈。日本有那么多作家，她特意找了我，非常感谢她。对谈大概持续了一个小时，阿尼艾斯·吉阿尔鲁女士从日本的文学作品中找了各种各样的有关恋物癖的例子来讨论，非常有意思。有一些很难聊的话题她也敞开来讨论，我就对她的话题做一下回应，整场会谈基本就是以这样一个形式进行的，也挺有趣的。

沼野：她是一位研究日本文学的专家吗？

绵矢：她写过一本书，叫《爱的日本史》（丹村纯子译，河出书房新社出版，2010年）。

沼野：她有这样的背景啊。那么，在日本的恋物癖这一领域，可能她比你还要了解呢。

绵矢：是的。为了了解日本人与性的问题，她读了很多相关的神话故事，还研究了日本的公共澡堂。我从她那里了解了很多只有外国人才会有的不可思议的独特视角。

沼野：跟这样的人聊天，对你来说是否也是一次很新鲜有趣的体验？

绵矢：是的。她会非常认真向我提问。对谈是通过同声传译进行的，那时候突然意识到，由于国家不同带来的语言方面的障碍，竟以这样一种意想不到的方式解决了。

沼野：除此之外，还有一场研讨会是其他日本女性作家也都参加了的，对吧？

绵矢：是的。有角田光代①、江国香织②，还有我，我们三个人。先是法国主持人的采访，他提问，我们回答。后来则是回答听众提出的问题。

沼野：大家的问题都是什么内容呢？有没有那种以前在日本没有被人问过的问题？还是说他们都并不太了解日本，问题都很

---

① 角田光代（かくだみつよ，1967— ），日本小说家、翻译家，2005年荣获直木奖，与吉本芭娜娜、江国香织同被誉为当今日本文坛三大重要女作家。
② 江国香织（えくにかおり，1964— ），日本小说家，代表作有《草之丞的故事》等。

简单?

绵矢：问题大多是"你喜欢法国文学的哪部作品呀"这一类的。还有就是，因为那时正值"3·11"大地震结束后不久，法国的人们很关注核能发电站的核泄漏问题，所以很多提问都离开了研讨会的主题，集中在了地震和海啸灾害上。

沼野：我读过一篇有关这次研讨会的报道，里面提到说，在法国很少会把女性作家单独聚集起来开座谈会，或者说，把女性作为一个类别单独分组这种事情本身就很少见，所以对这次会议的做法，法国人表示不是很认同。你怎么看这一点?

绵矢：可能是吧。不过，在会上设置一个女性作家的讨论组，应该是法国方面的安排。

沼野：如果是那种特别的、有女权主题的女性集会，倒是可以理解的，但若仅仅以男女性别为标准来进行分类，那么这做法就很值得商榷啊。日本每到新年电视上就会上演红白歌会，按男女分类是常见的做法，但在法国的话，一般来说是不会这么做的。他们信奉这样一个原则——无关年龄，无关性别，好的作品就是好的作品。

　　对了，在日本文坛还有这样一件事，比如说以《ab 珊瑚》(《ab 珊瑚》收录文章，文艺春秋出版社，2013 年) 获得了今年 (2012 年) 早稻田文学新人奖的黑田夏子女士，她的年龄是 75

岁（2013 年，黑田夏子以同一部作品获得了第 148 届芥川文学奖。以 75 岁 9 个月的年龄获奖，是迄今为止芥川奖历史上的最高龄作家）。早稻田文学奖的组织方在宣传时，就把年龄当作了一个卖点。而之所以采取这种做法，是因为以如此高龄斩获文学新人奖是很少见的，所以反而可以凭借这一点来吸引读者眼球。我们也常常按老习惯把绵矢女士称为"年轻作家"，对此你会感到不舒服吗？

绵矢：按照社会上的一般标准来说，我其实已经不能算年轻了，但对于被人们称为"年轻作家"这一点，我是完全不会介意的。只是，在恋爱小说的写作上，确实可以观察到一种与年龄有关的现象，即，四十岁的作家写的多是三十岁、四十岁左右的人在结婚之后的男女情感，年纪再大一点的作家，写的也多是与他那个年纪相近的人的情感。

我自己写的多是十几岁、二十几岁的人的恋爱，所以也很难用年龄这个标准一概而论，但有时写作或者阅读的时候，确实还是会选择那些与自己的实际年龄相近的主题或作品。当一个读者想与小说中所描写的恋爱故事有所共鸣的时候，最好的做法是去读那些与自己年龄相近的作家的作品。

沼野：毋庸置疑，作家创作的人物形象肯定多是与他自身的年龄相近的，随着作家年龄的增加，他作品中的人物和主人公的年龄也会增加。绵矢女士最初的作品是有关高中生的，现在的作品写的则多是与自己当下的年龄相近的人们的故事——可以这样说吗?

绵矢：最近的一部小说（《打开》）的主人公在年龄上又倒退回去了，是高中生。

沼野：原来如此。再过一段时间，会写年纪更大一点的人的故事吗？

绵矢：我觉得自己的注意力现在已经转到那个方向去了。写中学生恋爱的小说可能确实是令人愉快的，但有的时候总会有一些别的感觉冒出来，比如说，不自觉地就会更关注那些快三十岁的人们的恋情，会想，可能自己更擅长写那个年纪的人的故事。虽然可能只是一些脑海中的噪音，但这样一些感觉确实会浮现出来。

沼野：有关这方面的人物创作，我想请教一下绵矢女士，就是说，你会在多大程度上投注自己的影子到作品的人物上呢？创作过程中，你对作品中的人物会有感情投入吗？还是说，作品与你自己的生活是相隔甚远的。

绵矢：刚开始写的时候，故事里的人物与我自己的距离还是挺远的，但写着写着就与其合二为一了。那种感觉就像自己也曾有过那样的经历一样。

沼野：这样一来的话，还是会把自己的一部分投射到作品中去的吧?

绵矢:是的。虽然不是很想承认,但确实,在我的作品中能看到我自己的影子。比如说一个恋爱的故事,最后以失恋结尾时,我就会有一种跟主人公一样的心情,"哎,又被人甩了"。有的作家是这样的,他写的整个故事都与自己无关,都是创作出来的,我写作时,那种感觉就像自己变成了角色扮演游戏(RPG)① 的主人公,也活在故事里。

沼野:经过这样的过程写就的那些作品,如今正在为大众所阅读,也被翻译成各种语言介绍到其他国家。书里所讲述的,是绵矢女士你和你周围的那片小世界的故事,里面出现的人物也不能算多,与陀思妥耶夫斯基呀托尔斯泰等的小说相比,这些作品的主题规模上要小一些。但这些作品还是走出了日本,被送到了世界各国的读者手中,他们阅读着它,感受着它——当我想到这种情景是在跨越了语言和文化的障碍之后才得以实现的,就会觉得这是一件很了不起的事。

绵矢:怎么说呢。译本是有很多,但是否真的有很多人在读它们呢……不过,在韩国和中国,确实有很多跟我年龄相仿的人会读我的作品。

---

① 角色扮演游戏(Role-Playing Game),指在游戏中,玩家负责扮演这个角色在一个写实虚拟的世界中活动。

我的小说并没有很大的框架，是由一篇一篇的小文章构成的，这一点是否能够很好地传递给读者，需要我跟译者去沟通商量来共同完成，并非我自己能决定的。所以，大家对我的文章和小说感觉如何，我是有兴趣想了解一下的，但不知道从哪儿做起。

沼野：从村上春树的小说开始，日本文学开始进入世界各国读者的视野，但在这其中，极受欢迎、阅读量极大的作品其实只是很少的一部分。在这一点上，我觉得东亚和欧美两个地区在阅读需求上还是有很大不同的。东亚各国与日本在生活方式上相近，所以人们较容易理解日本作家在小说中所描写的生活，对于小说中的人物也容易产生代入感。因此，你的韩国、中国读者们，或许跟你在年龄上也是相近的。

绵矢：是的。有一次我去韩国，也参加了一次类似于今天的对谈这样的活动，聊了很多。当天来的听众，与我年龄相近的人占多数。在日本呢，年龄比我大一点点的人会多一些，但那次在韩国，来的基本上都是大学生。

沼野：绵矢女士的作品在日本都有怎样的读者群体，我还是不太了解——从年龄上来看的话，是各个年龄层都有吗？

绵矢：我的日本读者里面，"我懂那种感觉，是这样的"，有这种感想的女性相对来说比较多。经常有一些年纪稍微比我大一点的读者会跟我这样说。

沼野：你的书有好几册已经被翻译成法语了，英文译本有吗？

绵矢：还没有英译本。反倒是法语译本先出了，确实让人惊讶。我也希望能出英译本，但跟法语相比，貌似障碍比较多啊。

绵矢风格的小说创作方法

沼野：绵矢女士很年轻就在文坛上崭露头角，读高中时就获得了文艺奖，去年（2011 年）秋天，文艺奖组织方以"出道 10 周年纪念"为题出版了绵矢女士的特辑。这么年轻就在文艺杂志上出了自己的特辑，这本身就是一件非常了不起的事。只是，你年纪轻轻的时候就斩获文学人奖，后来又在专业作家的道路上攀登至今，从某种意义上来说，这个过程看起来也像一个幸运女孩的成功故事。回顾这十年来的历程，你自己是如何看待这一点的呢？我想，过程里也会经历一些因为年轻才会有的痛苦吧。

绵矢：可能，在开始的时候我并没有意识到写作是这样一件需要持续不断、全神贯注地投入精力来做的事情。

沼野：你在高中时期并没有在创作方面体验到什么痛苦，很顺利地就把小说写出来了，或者说是有一股自然而然的力量推动着你写出来了——是这样的吗？

绵矢：是的。通过写作，一些在内心积攒已久的东西得以抒发，对那时的我来说这就足够了。但两三年后就不是这样了，之前对自己内在世界的挖掘这一过程带来的一些痛苦，慢慢显现出来。到了现在，我感到这些东西似乎沉淀下来了，就堆积在我内心深处的某个地方。

沼野：你在高中时期出道，那时候有没有想过今后要以写作为生呢？

绵矢：完全没有。当时只想着说，眼下这本终于写完了。

沼野：在获得芥川奖后你经历过一个没有作品发表的潜伏期。就是在那段时间里，慢慢地找不到那种流畅的感觉了吗？

绵矢：也不是这样，其实就是什么也做不了了，只能在原地踏步。用爬楼梯来打比方的话，我那时的状态就像是停在了一个台阶上。写啊写，写了很多，都不能尽如人意。在那段日子里，不要说设计一个故事的架构了，就连一篇文章的架构都想不出来。

沼野：写是有在写的，但转身就又被自己否定掉了——是这种感觉吗？

绵矢：有很多种情形吧。有的是开始写了，字数也越来越多了，以为就这样能写到最后了，但后来故事又结束不了。只凭感觉去写一个故事，就很难自圆其说；反过来，努力去把框架设计好了再写，这样写出来的故事又枯燥而无聊，读来味同嚼蜡。

沼野：那时你还在早稻田大学读书，除了写小说之外，你的大学生活是怎样度过的呢？有很努力地去学习吗？

绵矢：那时是熬夜写小说，天亮了就去学校上课，经常睡眠不足。相对来说，不在学校的那些时间对我更重要一些。

沼野：我个人觉得，大学这个地方，或者说上大学的这个时期，正是一段可以充电学习、积累经验的好时期，从各种意义上来说，都是对创作有利的。

绵矢：我觉得，不光是大学生活如此，大学毕业之后、学生时代结束以后的经历，对写作都很有帮助。

沼野：有很多人也是年纪轻轻就凭借自己的才能得到了社会认可，走上专业道路，但一般来说他们也会因此受到一些不利的影响，就是他没有机会过普通人的生活了。比如从大江健三郎身上就能看到这一方面，年轻人的话，像平野启一郎，也是没有在一般社会上的公司里工作的经历。

绵矢女士你是什么情况呢？之所以问这个问题，是因为它有关一个作家的创作题材从何处而来。

绵矢：在这个事情上，以前我也曾烦恼过一段时间。那时，感觉自己的生活与工作之间完全没有了界限，这边做得开心了，就顾及不到那边。生活里有了烦恼就写不出东西来，而写不出东西来，又会让自己的生活更加灰暗。工作和生活两方面连接得太过紧密了，所以才会觉得烦恼。但如果太纠结这些，工作也就没法做了。所以最后就变成了按自己喜欢的样子来，想怎么过日子就怎么过。

沼野：最后反而就接受了这个现实，不挣扎了。

绵矢：是的。经常有人对我说，就把这件事当作是创作的资料，你不妨去尝试一下呢。但是，为了有利于今后的创作而做的事情，一般都不会太好玩。

沼野：是的。我自己也是如此，有时候读书是为了写书评，那时候就感觉不到这本书原本的有趣之处、读书这件事原本的有趣之处了。

绵矢：在那种情况下，无论做什么事，都会把写作当作一个借口。比如心里想，我会把它写在小说里的，就去玩吧。但是，一旦这样把写作和生活中的所有事情连在一起，真的常常是哪一边都会被腐蚀掉。现在觉得，人生是自己的，就好好去生活吧。

沼野：听了你刚才说的，我想起了你的作品《梦女孩》（河出书房新社，2007年，河出文库）。里面写的是一个美少女，作为明星过着"虚构的生活"。"写作时，你会在多大程度把自己的生活投影到作品中呢？"可能这是一个不礼貌的问题，但确实有时候会想，小说里那个少女的身上可能有绵矢女士自己的影子吧。这种理解是错误的吗？

绵矢：经常有人会这样说。但从我自己的角度来说，我自认为那部小说与我的个人生活是切割得最清楚的。主人公和我之间职业不同，年龄也不同。但是，听大家说得多了，我慢慢开始有这样的感觉，就是说，虽然写的时候我以为是把这个故事与自己的生活分开了的，但不知不觉中自己体验过的那些鲜活的伤痕也反映在小说中了，所以那些感觉敏锐的读者才会这样说的吧。

沼野：最近你陆陆续续发表了几部中篇小说，如《前任勿扰》《亲爱的闺蜜》（均收录于《亲爱的闺蜜》中）等，如果让你从中选一部自己最中意的作品，你会选哪个呢？当然有一种回答是，最好的作品永远是接下来的那一部。

绵矢：写的过程中最开心的，是《亲爱的闺蜜》。

沼野：那部作品虽然看起来像一部幽默小说，但亚美的男朋友是个很奇怪的人啊，总是一副很霸道的样子命令亚美做这做那，为什么亚美会喜欢上这样一个男人，真是很不可思议。看到他那种头脑简单的蠢笨样子，总是忍不住想笑。这个人物，是为了讽刺这种类型的人而事先设定好的吗，还是说在写的过程中，小说自己变成了那个样子？

绵矢：我身边并没有那种类型的人，我是在杂志上读到了，又对相关的用语做了一点点调查而写出来的。穿着玩街舞的那种衣服，个子小小的，骨瘦如柴，却故意做出一副大人物的样子。我原本是想把这个人物当配角来写的，但在创作的过程中，他在我脑海中的形象一点点丰满起来了。但在我这里他真的只是一个配角，所以听到有人跟我说这个人物写得很好时，会有种不可思议的感觉。

沼野：心情很复杂，是吗？

绵矢：是的。高兴还是很高兴的，但实在是有不少人跟我说这个人物写得好，我不禁会想："真的有那么好吗?!"

沼野：这样说来，作品的内容中心其实还是亚美和坂木等女性之间的关系是吗？坂木是个美人，但亚美比她更漂亮，这两个人是好朋友，但又有互相竞争的地方。从某个方面来看，坂木似乎还被另一种欲望推动着，就是说，她想要拥有亚美。

绵矢：就是这种感觉，她原本以为自己是一个冷静的观察者，但回过神来才发现，不知何时自己已经被对方的魅力所俘虏了。

沼野：还有一些没有作为单行本出版的你的短篇作品，我觉得也非常新颖而有趣，之前也在自己写的时评中提及了。比如《人生游戏》（刊载于 2012 年 8 月《群像》）就很有意思，有没有打算把它们合起来出一本短篇集呢？

绵矢：打算明年（2013 年）春天把这些小说做成一本题为《愤死》的合集（该书已于 2013 年 3 月由河出书房新社出版）。

沼野：《厕所告解室》也是一部很特别的作品，我觉得它并不单单是一个有关几对年轻男女的恋爱故事，里面还有其他的一些异质性元素。那些东西，还是体现出了绵矢女士你自己原本就有的一些喜好的吧。

绵矢：我喜欢读那种会让人感到毛骨悚然的故事，像恐怖小说之类的。确实我想在一部短篇小说里把这个部分写一下。

沼野：恐怖故事的元素，在你以前的作品中没怎么出现过吧。

绵矢：是的。篇幅长的故事我也想不出什么，那种短的，比如少女时期的一些奇怪的记忆等等这一类的，我想写一写。现在呢，呃，我对神的存在很感兴趣，想写一部短篇，在其中加入神的元素。

沼野：我们再回到作品名字的话题上。你作品的名字都起得有一

点微妙，有时候我甚至会觉得，你是故意给作品取一个有一点点偏离故事主题的名字。比如《勝手にふるえてろ》①《かわいそうだね?》② 等。《かわいそうだね?》里面的问号也是如此。不过刚才你也说了，作品的名字是在创作过程中慢慢确定下来的。

绵矢：或者说，我是凭语感来选一个自己喜欢的词作为书名的。我看重的与其说是这个名字是否适合作品主题，不如说是看它作为一个题目是否足够抓人。

沼野：我读了你最近的作品《ひらいて》③，非常有意思啊。这个题目是怎么定下来的呢？如果是为了提示之后情节的发展，那么"打开"这个词的确是很合适的，但就作品的内容来说，我觉得未必很切题呢。

绵矢：确实，这并不是一个能反映出小说整体内容的题目。之所以定这个名字，是按我自己的喜好来的。对平假名的"ひらいて"这几个字体，我有一种特别的情感。小说内容挺复杂的，写了很多人的感受和经历，就希望题目能用"ひらいて"，简单一点。

沼野：这样说的话，之前你在《文艺》杂志上有一册特辑，上

---

① 中文书名《不想恋爱》，2014 年，广西师范大学出版社，袁斌译。
② 中文书名《亲爱的闺蜜》，2014 年，中信出版集团，胡菡译。
③ 书名意思的中文直译为"打开"，该书还未有中文版本。

面刊载的《愤死》，也有一种此前你的中篇小说中没有过的味道，是一篇很棒的作品。怎么说呢，故事里会有一些激烈的东西时不时地、间歇性地出现。

绵矢：（写的时候）我的脑海中会有一些影像浮现出来。不光是恋爱，那种类似于瞬间的激情一样的东西我都喜欢，我想写那种因为执着于瞬间的激情而不惜赌上自己生命的故事。

沼野：你写过的这一类作品，收集整理起来足可编辑成书了。你应该快一点把它出版了。如果能作为一本短篇集出版，那一定很有影响力。如果只是作为短篇小说刊登在文艺杂志上，那么，这些作品还没怎么被人读到就离开人们的视线了。

如何描写那些激烈的情感

沼野：还剩下一点时间，绵矢女士，你还有什么话要跟在场的朋友们说吗？

绵矢：我有一个问题。读俄罗斯文学的时候，比如纳博科夫或者多斯特等的作品，我会感到里面有一股热情在升腾，有一些非常兴奋的情感充满其中。您觉得这些是从何而来的呢？

沼野：陀思妥耶夫斯基确实会给人一种这样的印象，以前就有人这么说他。不光是日本，世界上其他国家也有人这么说。比如有人说陀思妥耶夫斯基写东西的时候就像是染了热病一样，或者说他写作时对文章结构、缜密的逻辑等等统统都不管，只是一味地被热情驱赶着下笔。陀思妥耶夫斯基的小说有强大的能量，其中涌动着一些强烈的人类情感，读者在阅读时，会感到自己也被卷入其中了。我想，对这一点感到不适应的日本人一定是有的，欧洲人也会有。比如米兰·昆德拉这样有教养的欧洲人，他就说陀思妥耶夫斯基的小说里涌动着的那些可怕的人类情感，就像卷着旋涡的黑暗，毫无道理可言，让人心生厌恶。你问其中的热情从何而来，怎么说呢，如果把它归为俄罗斯人的国民性格，是太简单了一点，但是……

我想，绵矢女士内心也会有一些激烈的情感吧。怎样把这些激烈的情感在作品中呈现出来，每个国家，或者说每位作家都有自己独特的表达方式。就俄罗斯而言，这种文学呈现在 19 世纪的小说中达到了某个顶点。总之就是不断地甩出各种句子，如大河奔流江水滔滔，使用这样的句子来进行创作就可以了。因此在陀思妥耶夫斯基作品里登场的人物会不停地说话，一个人的台词甚至于长达两三页。在现在的日本，如果这样写小说的话，编辑们马上就会用红笔标出来要求修改。但是我想，在某些时代、某些国家，小说这样写曾是被允许的。

绵矢：那是一种在现代的日本社会中很少见到的、毫不吝惜的热情，我感到很震撼。在普通平常的对话里，一个人可以如此热情洋溢、滔滔不绝。虽然我对这种场景并不熟悉，但感觉到了一种只有小说才能呈现的动人的力量。

沼野：日本有一种倾向是，会对作品的语言进行打磨，有时候巧妙的删减反而会成就一种高明的表达。简明扼要的文章才是好文章——持这种看法的作家很多，出版社的编辑们也是这种类型的人居多。

但也会出现这种情况，就是，对简洁的追求抑制了表达。这样一来，作为文学来说，整部作品就变得无趣而枯燥。但若因此大家就一窝蜂去模仿陀思妥耶夫斯基，就能写出好作品吗？好像也不能一概而论。作为一个研究俄罗斯文学的人，如果有什么是我可以说的，那就是，我希望作家们对自己心存一种了解，这种自我了解使你在面对类似"这个世界上已经有陀思妥耶夫斯基、托尔斯泰这样的伟大作家了，我还要写小说吗"这样的问题时，仍可知道自己写作的意义。哪怕最终你选择的是一种（与陀思妥耶夫斯基）完全不同的创作风格，那也没关系。我期待绵矢女士有一天能够写出这样的好作品——这部作品是如此之好，以至于如果陀思妥耶夫斯基仍然在世，你可以把这部作品拿给他看，问他"这是我写的，你觉得如何"，并博得他的赞许。

绵矢：这真是一个极高的衡量标准啊，但又很让我向往，想一想就会很开心呢。谢谢您，我会努力的。

沼野：好的，接下来是会场的听众朋友们提问的时间了。首先，研究美国文学的专家都甲幸治先生今天也来了，请谈一谈您的意见和感想。

（都甲幸治在会场的掌声中从最前排的座位上站起来）

都甲：绵矢女士的作品我大概读了有三部。但问题太多了恐怕会让在场的朋友们对我心生厌恶，因此就长话短说，只问大概一个半问题吧。

您的小说中有很多暗恋的故事，绵矢女士您是喜欢暗恋吗？

绵矢：不喜欢。这还用说嘛，放到现实中的话，当然两情相悦最好了。在我自己的感觉里，暗恋是一件不得已的事情。可以的话，我也想拥有那种两个人彼此相爱的恋情。

都甲：您对关西方言是如何看待的呢，可否请谈一谈。

《前任勿扰》是一本很有冲击力的小说。在小说的高潮部分有这样一个场景，眼看主人公就要被逼到极点，从而将那些一直忍耐并积攒下来的情绪一口气倾倒出来，突然他听到了一个微弱的声音（用关西方言）在说："你要怎样，要怎样……"主人公一开始以为这是哪里的一个老男人发出的声音呢，但马上他就意识到，这是来自自己内心的声音。当他意识到这一点时，那个声音也一点点越发清晰："你要怎样，要怎样，你到底要我怎样呢！"最后他自己也真的怒吼出了这一句"你到底要我怎样呢！"从而情绪爆发。

这个情节非常精彩，因此我想听一听绵矢女士是如何看待关西方言的，它是一个需要压抑的对象吗，还是说实际上自己也很想说关西方言？

绵矢： 当我从压抑的情绪中放松下来，或者当自己内心的声音出来的时候，家乡话、也就是关西话就会脱口而出。一般来说，平时即使我人在关西，说的也是标准口语，但是发怒生气、骂人的时候，关西话就会冒出来了。内在真实的自己出来的时候，从小就说惯了的关西话就会出来——这无论在现实中还是在小说里，都是一样的。

都甲： 今后，您是否有可能走织田作之助的路线呢？①

绵矢： 其实我个人很喜欢标准日语，对标准日语有偏爱之心，可能的话，我会在自己的创作中把标准日语放在一个重要的位置。

沼野： 提到关西方言，现代作家川上未映子②女士、町田康③先生等作家的创作基础中就有大阪方言的成分。川上女士初期的实验性作品基本上都是关西方言，从《天堂》（讲谈社，2009年，获紫式部文学奖）开始，她的创作进入了全篇都是标准语的长篇小说时期。绵矢女士是否有这方面的选择，或者说计划上的考

---

① 织田作之助（おださくのすけ，1913—1947），小说家，日本战后文学无赖派代表人物之一，作品多描写日本大阪的平民生活。这里指用关西地区的方言创作。
② 川上未映子（かわかみみえこ，1976— ），日本大阪府歌手、作家，凭借《乳与卵》获芥川奖。
③ 町田康（まちだこう，1962— ），出生于日本大阪的歌手、作家，凭借《断断续续》获芥川奖。

虑呢?

绵矢:没有什么计划。有一些东西要出来的话,最终它自然就会出来的,或者说一下子就出来了。

沼野:接下来把提问的时间交给会场的听众们。

提问者 A:我喜欢把自己读过的书都收藏起来,绵矢女士您喜欢收藏自己读过的书吗?

绵矢:我有在收藏。一个是因为扔了会有罪恶感,另一个原因是觉得,虽然现在不读了,但将来有一天也许工作上会用到呢。只是我家里,还有老家已经到处都堆满了书,哪天该整理一下了。

提问者 A:刚才听您说很喜欢太宰治,太宰治没拿到的芥川文学奖您拿到了,对此有过什么感受吗?

绵矢:我的感受是这样的——明明自己跟太宰治实力有别,却拿到了芥川奖,真是抱歉啊。虽然这样说有点奇怪,但心情的确很复杂。太宰治曾经在某篇文章里说过他真的很想拿到芥川奖,而且无论从哪方面考虑他都比我优秀,我拿到了,他却没有拿到,对此我会感到有一点不可思议。

提问者 B:有很多女作家说自己的创作受到了《安妮的日记》

的影响,您读过这本书吗?

绵矢: 是的,我读过。不过不是完整版,是儿童文库本。(读了这本书后)我开始对犹太人的历史感兴趣。要说这本书是否影响了我的小说创作,我自己不太有这种感觉,但此后我对战争类的书有了兴趣。

提问者 B: 请谈一谈这本书中让您感兴趣的地方。

绵矢: 比如说其中淡淡的恋情,此外,书里有一个场景是安妮偷偷地把食物藏起来。——虽然知道她当时的处境极为艰难,但读到这样的情节我还是会感到特别兴奋。可能是因为偷偷做的缘故吧。书里这几处地方给当时还是小孩子的我留下了特别深刻的印象。

提问者 C: 手边的资料上有绵矢女士推荐的三本书,我希望您能就此谈一谈。此外,不是欧洲,不是俄罗斯,也不是日本,而是在亚洲文学方面,有什么让您比较在意的地方吗?同样的问题也想请沼野先生回答一下。

绵矢: 首先是《小妇人》。从中可以了解美国人的生活。从故事的规模上来说,它属于家庭故事,而且出场的人物都是女孩。但是你能从中特别清晰地感受到一种生活的气息。身在日本,足不出户就可以品味美国中流家庭的氛围,我喜欢它这一点。

然后是《杰凯尔博士和海德妹妹》，这部作品写的是主人公吃了药物变成双重人格的故事。我觉得，即便是没有药物的帮助，世界上也会有这种人存在。我想有很多人在读这本书之前就曾经听说过"像杰凯尔和海德一样"这个说法，这本书描写的就是同一个人内在的两面性。我忍不住会想，那些犯下杀人罪行的人，在他们身上所发生的是否就是这样一些过程呢？这部小说的写法充满神秘气息，又是围绕人的心理展开的，我很喜欢它这一点。

《鸫》，主人公是一个喜欢搞恶作剧、把周围的人都闹翻天的美少女，但故事本身的基调是很善良的。若是一个人从小就读吉本芭娜娜的书，她就会成长得非常乐观，就是说，跟陀思妥耶夫斯基不同，读她的书会让人觉得这个世界是充满善意的。中学生读了，会觉得周围的世界都明亮起来。挺好的，适合他们看。

此外还有一本，不过不是亚洲文学，而是属于美国文学了，叫作《所有悲伤的年轻人》，是菲茨杰拉德的一本短篇小说集，书中透出的情感非常丰富、天真，一看就是男人写的小说。非常有意思，也推荐给大家。

沼野：好的，接下来说一下我推荐的那三册书。首先是绵矢女士的《欠踹的背影》，为了向对谈嘉宾表达我的敬意，三册里边我放了一本绵矢女士的作品。这个推荐书单是针对十几岁的年轻人选出来的，可能不适合今天在座的各位。具体来说，《欠踹的背影》是绵矢女士在很年轻的时候写的一本杰作，从中可原汁原味地感受到作者那种未经世俗浸染的纯粹又清新的感性有多好。

但是，对于年龄稍长一点的读者，我推荐《前任勿扰》和《亲爱的闺蜜》。这两部小说在绵矢女士近期的作品中也属杰作。

《小王子》（圣·埃克苏佩里）有岩波书店的内藤濯译本、集英社文库的池泽夏树译本等多个译本，野崎欢译本忠实地再现了原文题目的意思，译为《小小的王子》。这是一本古典名作，其实并非是儿童读物。从文学的方面来说，因为有多个译本，比如书中有一名句，"真正重要的东西，眼睛是看不见的，要用心去看"，对比一下每个译本分别是怎样翻译这一句的，就会切实感受到，翻译这件事情非常丰富而有趣，是不能用一个标准去要求的。

第三本是俄罗斯小说《初恋》，写的是年轻人的恋爱故事。这本书有一种赤裸裸的真实，对青少年读者我不是很推荐。小说很好地呈现了恋爱中的那种支配与被支配、充满了施受虐色彩的男女之间的关系。

再加上亚洲、非洲的话，就有更多可推荐的了，其实我对魔幻现实主义文学是很感兴趣的，比如马尔克斯的《百年孤独》，非洲小说有阿摩斯·图图欧拉的《棕榈酒鬼》，这两本都很推荐。后者写的是非洲的神话世界。

此外，接下来我说的这本书可能不太有人知道，生活在西伯利亚的少数民族、楚科奇作家雷特海乌的《鲸群离去》。这真的是一本非常棒的具有神话色彩的故事，说的是曾经有一个时代，人类的祖先是鲸鱼，但是人类对鲸鱼做了很糟糕的事情，鲸鱼离开了，此后人类就陷入了不幸。它描述了一个神话般的世界，是非常棒的故事。

好的,接下来继续请在场的听众朋友提问。

提问者 D:您有过这样的时候吗,就是,心里有个声音说"我必须得把这些写下来",然后就跟随这种感觉开始创作。

绵矢:有时候在日常生活的某个瞬间,脑海中会浮现出一些自己很喜欢的词句,因为很想把这些词句倾吐出来,所以我就会想自己得写一部小说(以便有机会把这些词句说出来)。

提问者 D:今后您也会继续这样进行创作吗?收集一个个上面所说的那样瞬间的所思所想,并把它们写下来。

绵矢:是的。一件事一件事,比如说,这个地方想这样写,想描述一个这样的场景……我觉得自己就是这样把一些细小琐碎的环节一点点积累起来而写小说的。

提问者 E:与沼野先生看法不同,我觉得《ひらいて(打开)》这个题目很好呢。小说写了很复杂的人际关系,但题目又是"ひらいて(打开)",它给我的一个印象是,故事的未来是充满希望的。日本的年轻人现在处在一种无路可走的闭塞状态。因此也想请绵矢女士谈谈自己所认为的日本的希望在哪里,特别是对现在的年轻人,您有什么想说的吗?

绵矢:我在写最新的那部小说时,思考过"希望"的问题。写

《人生游戏》时，也想过一些。我觉得，多建立一些可以让你坦率说出自己内心所想、也可以让对方坦率向你说出他内心所想的那样一种关系，就会带来希望。虽然近在咫尺，彼此之间却横亘着一道高墙，虽然通过网络或邮件彼此保持着联系但却无法说出内心的真实所想，这样的话，关系就会越来越闭塞，从而无路可走。无论那是怎样的一种内心的声音，都可以跟他说出来——哪怕是一个也好，多去发现这样的朋友，可能就会走向希望吧。

提问者 E：您刚才说的这一点，与叫作"ひらいて（打开）"的这个题目，是相关的对吗？

绵矢：是的。刚才我说的那些，假如用一个简洁的词来表达的话，我觉得可能就是"ひらいて（打开）"吧。

提问者 F：我想听一听，您二位分别是如何看待彼此的。绵矢女士的创作风格是那种自然地去描写和展开故事的，而沼野先生喜爱的是超现实主义、魔幻现实主义，还有奇谈类的故事。在绵矢女士眼中，沼野先生是怎样的一个人呢？

绵矢：我读了沼野先生翻译的纳博科夫等的很多作品，这些译著的行文严谨缜密，这一点非常吸引我，我希望有一天自己也能写出像沼野先生一样凝练的文章。

《人生游戏》中我写了一个略怪异的、多少有一点科幻色彩的故事，对这样一部作品，沼野先生说他觉得这部作品不错——

因为喜欢它的人很少，所以我感到，沼野先生确实是一个喜欢看那种不可思议的奇妙故事的人啊。再有就是，沼野先生对我小说中那些让人心生恐惧的部分也给了积极的肯定，我非常开心。恋爱类的小说我就不知道是否适合沼野先生的口味了。以上就是我个人的一些所感所想。

沼野：我倒也不是不喜欢恋爱小说，只是我也到了这把年纪了（恋爱小说读得再多又能怎样呢）。因为我写时评专栏，所以不用特意去找也得读很多恋爱小说，所以有时候会心下嘟囔两句，说，可不可以也写一写恋爱以外的故事呢。

确实，我有时会做一些科幻小说的翻译，也喜欢读科幻故事、奇闻怪谈类的故事，但绝不是不喜欢读现实主义的东西哦。绵矢女士写的是发生在现代日本的故事，描述的是年轻人的生活，在技巧上来说她虽然是现实主义的，但是——包括《前任勿扰》《打开》在内，她在小说中所描述的那些事情真的会在现实中发生吗，或者说，那种情景设定真的会出现吗？不可能的。在她的小说中，有很多地方都给我这种感觉。从这个意义上来说，我觉得绵矢女士并非是一个单纯的现实主义作家。

此外，在短篇小说中，她对那些不可思议的事物的兴趣得到了充分的展现，最近这方面已经有很好的作品面世了。因此，如果绵矢女士继续在这个方向发挥自己的才能，应该也能写出很棒的作品的。对此我充满期待。

谢谢。

作者篇

第五章
以日本语,写中国心

——杨逸与沼野充义的对谈

亚洲文学的世界性

杨逸

1964年生于中国黑龙江省哈尔滨市。1987年赴日本留学，毕业于御茶水女子大学教育学部地理学专业。先后做过在日华人报社的记者、汉语教师，2007年以《小王》获日本文学界新人奖。2008年作为第一位非日语母语的外籍作家，以《浸着时光的早晨》获芥川文学奖，此后以写作为业，展开了积极的创作活动。作品有《金鱼生活》《牛锅》《好吃的中国——酸甜苦辣的大陆》《阳光幻想曲》《狮子头》《给孔子的建议——中国历史人物月旦》《杨逸读〈聊斋志异〉》《流转的魔女》等。

●**沼野充义推荐给年轻读者的中国文学 5 册+1 册**

①《唐诗选》（前野直彬注解，岩波文库等出版）

②蒲松龄《聊斋志异》（立间祥介译，岩波文库/柴田天马译，筑摩学艺文库等）

③鲁迅《故乡/阿 Q 正传》（藤井省三译，光文社古典新译文库等）

④莫言《酒国》（藤井省三译，岩波书店，1996 年）

⑤北岛《北岛诗集》（是永骏译，书肆山田，2009 年）

（番外）杨逸《浸着时光的早晨》（文春文库，2011 年）

●**杨逸推荐给年轻读者的日本文学 3 册**

①林芙美子《放浪记》（新潮文库，其他）

②深泽七郎《楢山节考》（新潮文库）

③谷崎润一郎《细雪》（中公文库，其他）

作为一种微妙的异物的日语的魅力

沼野：杨逸女士是第一位获得了芥川文学奖的用日语写作的在日华人作家。除了杨逸女士之外，像这样不以日语为母语、但以日语为创作语言的作家，最近在日本文坛得到认可的例子也多了起来，（伴随这种现象）甚至还出现了一个词，"非母语文学"。去年（2012年）在京都的国际日本文化研究中心，还由郭南燕女士牵头召开了有关非母语文学的国际会议①，其中杨逸女士是日语方面的非母语文学的代表。我认为她是一位非常棒的作家，此前也在自己的文学时评中多次提到她的作品。今天先由我以讲座的形式来谈一谈我们该如何看待这种现象，之后请杨逸女士具体来说一说。

杨逸女士是一位用日语写作的中国籍作家。最近，作为写作者活跃在日本文坛的中国人挺多的，比如用汉语和日语进行诗歌创作，并以诗集《石头的记忆》获 H 氏奖的田原。研究者、学者当中，大家比较熟悉的中国人有从事比较文学研究的张竞、刘岸伟等，他们都是在日本拿到了学位，用日语进行写作。中国人学习并掌握了日语，然后在日本从事写作，这样的先例还是蛮

---

① 此后会议论文集也出版了，郭南燕编著《作为双语的日语文学——处在多语言多文化之间》，三元社，2013年。——作者注

多的。

除了中国籍作家之外，近期也有来自其他国家的、用日语创作的作者崭露头角。比如，席琳·内泽玛以《白纸》（收录于《白纸》，文艺春秋出版社，2009年）获文学界新人奖，她是一位1979年出生的伊朗人。对她来说，日语不是母语，是后来习得的语言，杨逸女士也是来到日本后才真正开始学习日语的，两个人的起点都很晚。

有关席琳·内泽玛我再多说几句。她的小说《白纸》，故事发生的地方是两伊战争时期的伊朗。主人公是一位从德黑兰来避难，并进入当地学校学习的少女，小说描述了在那些随时可能来临的空袭威胁下提心吊胆活着的日子里发生的男孩女孩们的青涩恋情，可以说是一本青春小说吧，呈现了在某种极限状态下拼命地学习、认真地恋爱的年轻人的生活。

但是就席琳·内泽玛的情形而言，在她的这部名为《白纸》的作品中，日本或者日本人完全没有出现。也因此有人觉得不可思议，写两伊战争下的伊朗和伊拉克人的故事，会有必要特意使用日语吗？也就是说，人们有一个朴素的疑问，即对于席琳·内泽玛女士来说，用日语写小说意义原本在哪里。在这一点上，杨逸女士的情况又是怎样的呢？

杨逸女士的芥川奖获奖作品《浸着时光的早晨》（文艺春秋，2008年，文春文库），故事从一位中国的年轻人考入了某地方大学开始。对于主人公来说，能考上这所大学本身就是很不容易的事，所以他非常开心，入学后学习也非常努力。但不久中国发生了一起政治事件,这个年轻人被卷入了民主化运动当中,先后经历了被逮捕和退学,此后他来到了日本,开始了自己在异国他乡的生活。小说中,杨逸女士以她极有魅力的文笔描述了这样一位中国的年轻人的故事。

小说对这位中国的年轻人和他所经历的生活,以非常直接的笔触进行了描写,读来不由得让人感慨,是的,这就是青春啊!而在现在的日本已经很难看到这样的青春故事了。如果不避嫌地用一种带有刻板印象的说法就是,青春、爱与革命,这些元素毫不避讳地交织在一起,而这样的故事里,有着现在的日本文学正在慢慢遗忘的某种令人怀念的东西,这一点,正是这部小说的魅力所在。

上面提到的另一位用日语写作的外国作家席琳·内泽玛女士是伊朗人,从某个意义上来说她还没有完全适应用日语写作,与此不同的是,杨逸女士本身就是汉字文化圈出身,日语非常娴熟,有时甚至会让我觉得,她的日语水平在日本人之上。可能是因为汉字的发源地在中国吧,我在读一些中国人写的日语文章时经常有上面说的这种感觉。比如田园先生的诗作,我就有这样一种印象,就是说,他对于汉字的使用比日本人更加有力量。

《浸着时光的早晨》这本小说呢,我在自己的文艺时评中也写过关于它的文章,它最初刊登在《文学界》杂志的文本,与后来成书单独发行时的文本,日语表达是略有差别的。关于这一点,接下来我还会请教杨逸女士本人,就是说,刊登在《文学界》时的文本,有那么几处汉字的使用方式是不太符合日语习惯的,那些地方引起了我的注意。说"引起了我的注意",并非是不好、不对的意思,反而是说,那几处(与日语的习惯说法)有着微妙不同的汉字的使用方式,让我感到非常新鲜。但是在作为单行本出版时,这几处地方都变成了普通的司空见惯的日语,这甚至让我觉得有些遗憾。

总之,就杨逸女士而言,她是一位以汉语为母语的中国人,然后用日语进行文学创作,在她娴熟的日语中,会有那么一些地方与我们日本人平时用习惯了的说法有微妙的不同之处,而如何看待这些微妙的差别,可能就见仁见智了。在我看来,这些微妙的违和感才是最难得的,但有的人就不喜欢这一点。

通往世界文学的两条道路

沼野:有人非常看重日语的纯正性,那么在这样的人看来,外国人用日语写作时,只要与日本人写的那种规范的日语略有不同,就会从民粹主义的立场上说:"这是胡来。简直玷污了日语。"哪怕是现在,这样的人也还是有的。但我觉得这种想法是不对的。

语言是有生命的。一门语言,如果只是在一个缺乏多样性的、狭窄封闭的世界里不断地自我循环的话,不需要太长时间就会衰弱甚至衰退,继而走向灭亡。看一下日语发展的历史很容易就会明白,在漫长的过程中,日本人从其他国家输入了各种各样的文化,日语本身也不断地发展变化,而生活在这个时代的我们,就身处这一变化的潮流中并使用着这门语言。

日语在其发展过程中,首先是受到了来自汉语的巨大影响。

现代的日本人，若不使用汉字词就无法用语言表达。也就是说，没有汉语的影响，就不可能有现在的日语。近年来，由于以英语为中心的欧洲语言的涌入，许多人都在感慨片假名词语①的泛滥，当然我也在这方面做了自己的努力，尽量不过多使用片假名词语。我是这样理解这个现象的，就是说，在语言不断变化的巨大的潮流中，片假名词语的增加也成为了当下一个无法消除的重要因素，将继续改变日语现有的样子。

吸收一些异质的东西，从中获取新的力量，这个过程与其他有生命的有机体是一样的，即使是语言，（它也是有生命的）也没有什么不同。我认为，没有必要去害怕那些会给我们带来多样性的所谓异质的东西。

放眼世界来看，二十世纪以后，那种超越语言和文化的边界线，将自己的创作语言从母语变为其他语言的作家并不少见。比如弗拉基米尔·纳博科夫，他从俄罗斯逃亡到美国，以俄语和英语双语打造了一种犹如魔法一般精致的语言艺术。此外，还有塞缪尔·贝克特②、米兰·昆德拉、约瑟夫·布罗茨基③等人，都是以两国语言开展创作活动的双语作家。

然而，日语的情形又是怎样的呢？长时间以来，日语被看作是日本人专属的语言，一个外国人，无论他能说一口多么流利的

---

① 片假名，日语表音符号的一种，日语中的外来语多用片假名来书写和表达。此处指日语中外来语的大量增加。
② 塞缪尔·贝克特（Samuel Beckett, 1906—1989），爱尔兰作家，精通法语与德语，荒诞派戏剧重要代表人物，1969年获诺贝尔文学奖。
③ 约瑟夫·布罗茨基（Joseph Brodsky, 1940—1996），俄裔美国诗人、散文家，1987年获诺贝尔文学奖。

日语，也是无法用日语进行文学创作的——这样的观念根深蒂固地存在着。对这一固定观念首先进行挑战的是英雄。利比·英雄在九十年代以《听不到星条旗的房间》（讲谈社，1992年，讲谈文库）登上日本文坛，他是一位持续以日语写作的美国作家。他与我的对谈收录在日文版《东大教授世界文学讲义1》（沼野充义编著，光文社，2011年）一书中。因为名字里有"英雄"二字，不了解的人会以为他是日裔美国人，其实并非如此，这是一位以英语为母语的犹太裔美国人。

利比先生曾写过一本评论集《日语的胜利》（讲谈社，1992年），其中他说："（这世界上）出现了一个像我这样并非生于日本长于日本、却用日语来表达自己的人，这正意味着日语的胜利。"

听到"日语的胜利"这个词，我们很容易就想到日语走向国际化、在全世界普及的意思，但利比说的并不是这个。在他看来，日语包容了自己这样一个异端的存在，而这样一种可变通的灵活性，才是他所说的"日语的胜利"。当然，虽然话是这样说，但跨越一种语言的障碍其实并非易事。

我喜欢看相扑比赛。人们称相扑是日本的国技，但现在日本的相扑界，占据其核心的多是蒙古人力士，此外还有爱沙尼亚人、格鲁吉亚人、保加利亚人等其他国家的人。可能有人会对此感慨不已，但现实已经是一种再感慨也无济于事的状态了。不提白鹏①而谈论现在的日本相扑是不可能的。

在现代的日本，非日语母语而以日语进行文学创作的人，除了刚才提到的几位还有很多，以至于产生这样的疑问也没什么好奇怪的——是否会有那么一天，日本文坛也会像大相扑界一样，由非日本人作家占据主流呢？比如话剧《如果与父亲一起生活》（井上靖，1994年）的英文译者、因为与井上靖的交流而为人所知的罗杰·裴费斯，以《一见先生》入围芥川文学奖的瑞士人大卫·佐佩蒂，作为诗人、随笔作家近年来活跃在文坛的阿瑟·比纳德（诗集《左右的安全》，集英社，2007年。获山本健吉文学奖）等人（在日本文坛都有其一定的影响力）。

我所供职的东京大学于2007年开设了一个新的研究方向"现代文艺理论"，我是核心的工作人员之一，此外还有乌克兰人、波兰人、中国人、美国人等等来自各个国家的年轻留学生，他们与日本学生一起，用日语阅读吉本芭娜娜、多和田叶子、石川淳、小岛信夫等五花八门各种各样的日本作家的作品，用日语进行讨论，不停地写相关的日语论文。就是这样一种状态。

日本作家多和田叶子女士则与此相反，她从日本去了德国，用德语写作。这位多和田女士关注到了这一点，就是说，在现在的世界各国，有不少作家在用母语之外的语言写作，她将这种现象称为"exophony"。这是一个不常听到的词语，多和田女士用它来表示"走到母语之外的世界、用母语之外的语言写作"

---

① 白鹏，蒙古人，原名达瓦扎勒格尔，日本相扑选手，1985年3月11日出生，2007年获得日本相扑的最高称号横纲。2017年7月，白鹏赢得了他职业生涯中第1048场胜利，刷新了通算最多胜利纪录。2019年取得日本国籍。

(《Exophony：走向母语之外的旅程》，岩波书店，2003年，岩波现代文库）。多和田女士本身就是一位走出了母语日语的世界，在日语之外还用德语创作的作家，她在国际上享有很高的声誉，甚至超过了日本国内的评价。常听闻她在世界各地参加朗读会，在欧洲知名度也很高。

用母语之外的语言进行创作，其意义何在呢？仅就现在活跃于日本文坛的外国人作家而言，首先要说的是，他们通过自己的作品，给渐渐埋没于日常而愈加狭窄的日语表达框架带来了新的光芒，为日语的多样化做出了贡献，并使日语变为一种开放、强大而又丰富的语言。从这个意义上来说，我非常喜欢杨逸女士写的日语，有很多有趣的地方值得品味。比如有些日语表达，按照日本人的思路一般是不会那么说的，像一些有关食物的比喻啊等等，小说中这样的地方有很多。

第二点，现代的日本人囿于每天眼前的日常而逐渐忘之于脑后的一些、可以称之为宏大叙事的东西，由这些作家从日语之外的世界带回了日语中，这极有可能会给日本文学带来一种强烈的刺激。《浸着时光的早晨》写的就是一个被我们日本人逐渐遗忘的，一个年轻人生活着、恋爱着、工作着并走出故乡的故事，让我们再次感受到，啊，是的，强有力的宏大叙事，就是眼前这小说写的这样的啊。这是一本可以给读者带来很多启发的小说。

日语的世界里出现了非母语作家——通过这件事我们要讨论的不是这位作家日语的好坏等技术性问题，而应该是上面所说的这种深刻的、宏大的、本质性的问题。一提到日本文学的国际化，人们很容易就会片面地以为它指的是日本作家的作品在世各地拥有大量读者。因此从方向上来说,就会止于一个片面的印象,诸如大江健三郎获诺贝尔文学奖而享誉世界、村上春树作品受到世界各国的读者的欢迎,等等,总之就是日本作家走出日本、走向世界的意思。但其实,反方向的国际化也是可以有的。正如我今天向大家所介绍的,有一些并非以日语为母语的人,正在通过自己以日语为创作语言的写作,进一步丰富着日本文学。也就是说,有一些人从日语之外进入了日语的世界,这一方向的国际化也同时在进行着。我认为,只有当我们关注到从内到外、从外到内这两个方向的国际化正在同时进行时,才可谈论真正的国际化是什么。

好的,以上简短介绍就是今天的导入语。接下来将进入我和杨逸女士对谈的时间。

同样是汉字,却又如此不同

沼野: 杨女士您好。在日本文坛,非以日语为母语却用日语写作的作家最近越来越引人注目,您也经常被邀请与利比·英雄、席琳·内泽玛等人坐在一起对谈,或者出席一些类似的场合。对于人们给您的这样一种定位,您自己是什么感觉呢?

杨: 我喜欢跟人聊天,所以像这一类的对谈,无论对方是谁,我都很乐意出席,没有想太多。

沼野: 有没有那种总是被归于一类的感觉呢?比如说,总是在某种猎奇的视线里,(跟其他人一起)被统一地看作是以日语创作的外国人作家?

杨：也有的。但我觉得，这也是没办法的事。

沼野：今天有很多问题想请教您。首先，杨逸这个名字是您的真名吗，还是?

杨：是笔名。

沼野：来自汉字文化圈国家的人，在日本工作时——就像刚才提到的田原先生也是这样的——有一个惯常的做法是，不按中文原本的发音来称呼自己的名字，而是使用日语中的汉字的读法。我在电脑上写文章、打出杨逸女士的名字时，就是以日语的读音"you itu（すういつ）"来直接输入的，但您还是希望人们按照中文的读音"yang yi"来称呼自己，是吗?

杨：对这件事我是这样想的——我觉得日语是一种非常灵活的语言，即使某个人的名字或者读音并没有出现在字典上，但如果你想用片假名来读它，也行得通。以前我听过这样一个故事，虽不是什么笑话，（但也确实挺有意思的）——有一本书叫作《日本人的姓名》，里面提到了一个笔画最少的名字，叫作"一一"，这个名字用日语怎么读呢，姓读作"ni no ma e"，名读作"ha ji me"。① 怎么看都觉得这很搞笑吧，但日语就是这样，你希望人们用哪个发音来称呼自己，人们就会那样做的。

若按照汉字的日语读法，"杨逸"一般会读作"yo itu"②，但我不想做"一般人"啊，就把这个名字读作"yang yi"。我喜欢这个发音。我的日本朋友都很明白我的心思，没有人叫我"yo san"③，反倒是在日本的那些中国朋友，会叫我"yo san，yo san"。所以说，中国人经常只看汉字来判断一个词的日语发音，不太看汉字上标注的假名是什么。在日中国人有些可能不是很懂日语的缘故吧，在对待日语的态度上也就没那么细致用心。

沼野：日语的形成呢，从历史上来说与中国有着深远的关系，汉字就是从中国输入到日本的。但在这之后，日本人是如何使用汉字的呢？我们来看一下。其实在最初，日本人并没有考虑到如何用汉字表示自己的口语这个问题。也就是说，日本人一开始是把汉字当作表意文字来用的，并没有把它看作是一种表音符号，至于汉字怎么发音，最初也没有什么特别的想法，在日语的语境下，人们喜欢怎么读就怎么读，都没问题。但这样一来就会出现

---

① 该处的"一一"，是数字"一"的重叠。笑话中第一个"一"的读音"ni no ma e（にのまえ）"，直译是"二的前面"，并非惯常读法，有戏谑之意。第二个"一"，读"ha ji me（はじめ）"，则是日本人名中常见的读音。
② 按照日语中的汉字对应的发音，"杨逸"的读音为"yo yitu（すういつ）"。文中杨逸女士希望自己的名字不用日语读法，而是使用中文拼音的读法，"yang yi（ヤン・イー）"。
③ "yo san"此处是按照日语的发音称呼姓"杨"的人。

一个问题，就是，如果汉字的读音太过随意的话，其他人也不知道你说的是什么，就容易混乱，因此日本人才规定了汉字的一般读法。结果就是，一个汉字有多个训读的读音。

杨：但是呢，沼野先生，日语中也有一个万叶假名的时代，是用汉字来表示日语单语的发音哦。然后还有，日语有时候会把"野猪"写作"十六"，① 不懂算术的话就不会读这个字呢——这个现象也很有意思。

沼野：确实如此。像万叶假名那样使用汉字的做法，现在也还有，一些年轻人会用"夜露死苦"来表示日语中"请多关照"的读音。② 这汉字用得也真是任性呢。但是一般来说，由于汉字的笔画比较多，用来表音很不方便，于是日本人才发明了平假名和片假名。在这方面日本人还是颇为心灵手巧的。汉语中原来没有"假名"这样（表音）的部分，所以在中华人民共和国成立之后，中国人努力推动了汉字简化的工作。笔画太多的话，汉字用起来还是挺麻烦的吧。

杨：简体字的出现是有这样一个背景的，1949 年新中国成立，

---

① 日语中野猪为"いのしし（i no si si）"，万叶假名写作"四四（しし）"，即四四相乘得十六。万叶假名是汉字传入日本初期借用汉字来表示日语发音的一种表记方法。
② 此处"夜露死苦"，是日语中的四个不相干的汉字拼凑在一起，无具体含义，仅用来表音，读作"yo ro si ku（すゐしく）"，音同"请多关照"的日语发音。

由于国家文盲比例较高,很多成年人都不识字,中国为了推动成年人的教育才把汉字简化了。如果从小就开始学习的话,汉字也并不是多难记,但是成年后再识字,就不那么容易了。

沼野:中国曾经还有过一个动向,想要废除汉字,像罗马字母一样全部使用拼音文字。

杨:有一段时间,中国确实有过这样一个动向。对此很多人都持反对意见。因为,若是汉字字母化了,就没什么意思了。近现代以来中国曾经有过三次汉字改革。

沼野:哦,您是说,把汉字改得过于简单了也不是什么好事,对吗?社会主义中国成立以后,不只是大胆地引入了简体字的使用,还把书写的格式由竖写全部变成了横写。对这一点,当时人们没有反对吗?

杨:现在的情况是,中国台湾出版的书都是竖写,中国大陆的书则都是横写。从竖写变为横写,原本也是成人教育的一个环节。对我个人来说,横写的格式阅读起来更方便。现在想来,世界上所有使用字母的国家,采用的都是横写格式。

沼野:国际上来说,横写是一个标准做法。就日语而言,一直到现在,竖写的传统还是很浓厚的。日语中竖写和横写的问题挺复杂的。与中国一样,现在日本人的日常生活中,横写是占绝对优势的，比如今天在座的各位热心听众有几位是在做笔记的，我想这基本上应该都是横写。然而报纸和小说当中，竖写就是主流了。偶尔也有人会特意采取横写的格式，比如水村美苗的作品（《私小说：从左到右》），里面夹杂了西方的文字，它就是横写的。以横写格式出版的小说是非常少见的。在日本人看来，文学这种东西，一般来说就该是竖写的。

中国人在读小说时，也会觉得横写是理所当然的吗？

杨： 在中国大陆是这样的，人们觉得横写是理所当然的。从竖写的历史来看，以前是用墨和毛笔书写，横写的话会很难看，没法写，所以是竖写。

沼野： 日本虽然从中国学来了汉字，但用来表音的"假名"，却是日语中独有的。"假名"，就是"假"借的"名"字，意为并非原本的东西，是借来的。与此相对，汉字则被称作"真名"，日语读音是"mana（まな）"，意为"真"实的"名"字。因此，《古今和歌集》的序文有"假名序"和"真名序"两种，也即一种是用假名、大和民族的语言写成的，一种是汉字写成的。在那时的日本人心里，中国人是汉字的创造者，汉字才是真正的文字，他们对此非常尊敬；对于自己创造的假名，他们认为是暂时的，只是为了一时的方便才使用的。在这样复杂的历史过程中，日语中的假名和汉字分别承担了不同的功能，假名用于表音，汉字用于表意。所以就出现了这种奇怪的现象，即，同一个汉字会有几种不同的读法。

最典型的例子就是日本这个国家的名字。"日本"，这两个汉字有时读"ni hon（にほん）"，有时读"nii pon（にぽん）"，什么时候该读什么，傻傻分不清。对于国民来说，国家的名字是非常重要的（一般来说只有一种发音），但在日本却有两种读法，并且都是被公众认可的。这样的国家，我想在整个世界上也只有日本一个。在中文里，"日本"怎么说？

杨："ri ben。"就这一种读法。

沼野：但是（反过来说），在日语中，就像"日本"这个词，虽然它有两种读法，但只要汉字写对了就行，用哪种读法都没关系。所以说，日语和汉语虽然同样都在使用汉字，但在汉字的读音方面，两种语言的思路是完全不同的。

用日语写作的乐趣

沼野：接下来我们请杨逸女士谈一谈，对她来说用日语写作是一个怎样的过程。原本您刚来日本的时候，有过要用日语进行小说创作这样的野心吗？

杨：没有。我现在也没有什么野心。刚来日本的时候，我完全不懂日语。

沼野：没有提前学习一下吗？

杨： 完全没有。所以也没有那种想法说将来要用日语去工作、谋生。或者说，我原本并没有想过自己会在日本生活到现在。

沼野： 最初推动您用日语创作的契机是什么？

杨： 在开始用日语写作之前，我一直在做汉语教师。到了2005年，中日关系不好，来学中文的日本学生人数一下子少了很多，我闲下来了，当然也就赚不到钱。所以就想，正好利用这段时间写小说吧。我没有什么特长也没有其他擅长的事情，所以一开始是很烦恼的，不知道自己该干些什么，后来想，就写写小说吧。那就出现了一个问题，用什么语言写呢，是日语还是中文呢？当时我已经在日本生活了多年，而且用汉语写的话，印象中汉语文章的稿酬实在是太低了，所以就想，既然要写，不如就挑战一下自己，用日语写吧，稿酬可能会多一点。说起来就是这么一回事。

沼野： 您写的第一篇作品，就投到了"新人奖"① 那里？

杨： 是的。《小王》（文艺春秋，2008年）。

---

① "文学界新人奖"的略称，文学界新人奖是文艺春秋出版社发行的文艺杂志《文学界》公开征集的新人奖。每年征集两次作品，前一次获奖作品在6月号揭晓，后一次获奖作品在12月号发表。获奖者将被授予50万日元及纪念品。规定用纸数量为400字的原稿用纸100张，与其他纯文学系文艺杂志主办的新人文学奖项相比，篇幅短是其特征。每年6月30日、12月31日为截止日期。

沼野：您以那部小说获得了文学界新人奖。在那之前，有没有写一两部习作呢？

杨：没有，完全没写过。那真的是我的第一部小说。是2005年写的，写完后我也不知道怎么在日本投稿，于是就放了一段时间。快要忘了的时候，偶尔读到《文学界》杂志，看到了"新人奖"正在募集作品的消息。在中国几乎没有什么新人奖，一部小说投稿后是被录用还是不被录用，多是由编辑来决定。在日本的话，如果拿不到新人奖，一个新人作家的小说要在杂志上刊载是不可能的。我当时并不明白这一点。但确实是投稿了。

沼野：然后就一举斩获了新人奖吗？实在是太厉害了！

杨：是的。那种感觉就像命运突然开始向我展开了她的笑颜。

沼野：对杨女士来说，用日语写作是一项怎样的工作呢？不是母语，所以会有抵触吗？还是说相反，有一种特别的喜悦在里面？又或者，由于是在日本生活，所以已经是一件很轻松平常的事了？

杨：我从小就喜欢写东西。用汉语的话，什么都不用想，下笔就能写很多。但用日语写的时候，词语、单词的量就嫌不够了。平时见面说话，还可以通过行动、表情，或者手势等等的帮助，让对方明白自己的意思，但写作的时候，这些辅助性的手段就都用不上了，所有的内容都只能依靠文字来表达。这样一来，就得一点一点去考虑怎么写，比如说你得去思考，小说中人物的某个动作用日语该怎么表达等等。——用日语创作时，我就是处在这样一种状况之中的。反过来说，当作品完成、刊登在杂志上的时候，在那个瞬间，也是能感受到一种特别大的成就感，特别强烈的欢欣。用汉语创作的话，这一点就感受不到了。

沼野：也就是说，用非母语来创作当然是辛苦的，但也因此，有一分辛苦，就有一分喜悦。杨女士，您以前用中文写过小说吗？

杨：以前我在华文报社做过记者，当时负责报纸的六个版面，我喜欢写东西，所以不舍得把版面让给别人，全部是自己写的。

沼野：那时写的是小说吗？

杨：当时我负责六个版面。其中两个版面的内容是文学，我就写一些随笔、短篇小说，等等。

沼野：这些文章在日本没有出版吗？

杨：没有。现在应该是放在家里什么地方了。

沼野：这些没有出版过的作品，可以作为杨女士的汉语作品集出版呀，应该会很有意思的。有想过您自己把这些作品翻译成日语吗？

杨：没有。因为我不太喜欢在一件事上花两遍工夫。

沼野：有想过请别人翻译吗？

杨：我不相信其他人。

沼野：这样的话，日本的读者就没有机会读到了。我想知道那时候您写了什么内容？

杨：都是短篇，挺有趣的。年轻的时候思维很活跃。

对我来说，既无圣地也无圣人

沼野：杨女士，您一点都没有想过也来做一些翻译方面的工作吗？比如把自己的日语作品翻译成中文，或者把自己的汉语作品翻译成日语。把其他人的作品，比如鲁迅或者莫言的作品，把一些中国作家的文字翻译成日语。我觉得，在翻译方面也有很多您可以发挥才华的地方。

杨：以前我曾教过人做翻译。那时我就觉得，翻译真是世界上最费力不讨好的一件事。翻译得好了，可以得到原著作者的赞许，但若是销量不好，就会说都是翻译的问题——这种做法实在是不太合理。再就是，自己的作品呢，从前写过的东西，我是从来不会再去重读的。我这个人，性格上是很怕麻烦的，如果可以，我不想做翻译。教的话没关系，但不想自己做。

沼野：近期您写的随笔当中有几篇是关于中国古典作品的，比如有关孔子呀、《聊斋志异》等的文章（《向孔子进言》，文艺春秋，2011年；《杨逸读〈聊斋志异〉》，黑田真美子现代日语译本，明治书院，2011年）。关于《聊斋志异》的文章，从某种意义上来说也是类似于对原著进行再解读，可能跟翻译是相近的。今后你有考虑把一些有趣的中国故事以这种方式介绍给日本读者吗？

杨：真是一个好主意呢。说到中国的古典作品，相对来说，由于儒家思想的影响，中国人的价值观在很多方面是很传统的。对这些部分进行创新，同时在这个过程中传递我的价值观，是我非常乐意做的一件事情。我不喜欢那种单纯的批判，从我的性格上来说，可能更适合以这样一种讽刺的手法来略微地表达自己的攻击性。

沼野：中国的古典作品有很多，中国文学的历史也是源远流长。比如说日本人很熟悉的《唐诗选》是唐代的作品，从比《唐诗选》更早的时期开始算起，一直到以今年（2012年）诺贝尔文学奖获奖者莫言先生为代表的现代作家，中国文学足足有两千年，甚至三千年的历史。

对于一个单个的个人来说，这实在是非常悠久而漫长的历史，那么，现在的中国人在回顾历史时，会觉得这全部都是自己的文化，从而心有戚戚焉吗？还是说，在今天中国人的感受当中，这些过去的东西已经非常遥远了？比如日本也有像《源氏物语》这样写在一千年之前的文学，它所使用的日语与现代日语不同，所以读起来也不那么容易，但当你去读《源氏物语》时就会发觉，它里面所表达的一些感受，与现在的日本人仍然是相关联的。

杨：我觉得中国也是一样的。有一种看法觉得，这是我们的文化，非常值得骄傲和自豪。但我呢，相对来说，在一些事情上对这类看法是难以认同的。哪怕它是文化，但无论什么事情都是有两面性的，即便从表面上看那个文化是好的，但另一方面它也可能成为束缚。

在中国古代，从现在开始再往上数三四千年，也即春秋战国的先秦时期，产生了后世所谓的中国哲学，称"诸子百家"，那个时代有非常多的哲学家，孔子便是其中之一。就像基督教徒对待《圣经》一样，那时的中国的人毫不犹豫地将这些哲学理论视为经典教义而接受了下来。在中国，儒家或者道家的东西，一方面被看作是哲学的范畴，但在某种意义上，它们又像是《圣经》一样，被认为是不可逾越的经典。在德国等国家，《圣经》是有宗教意义的，从中衍生出了很多学术成果，哲学、心理学、心理咨询等等，这些学问都是从《圣经》中发展出来的。

沼野：古时那些最基础的文献，成为了无法被随意改变和发展的经典，在一定程度上制约了近代的思想和科学的发展——是吗？

杨：是的。我觉得，儒家思想也好，道家思想也好，都是值得尊敬的学问，但如果它们成为了进步的障碍，也就失去其意义了。

沼野：您是说，中国有着漫长的历史和文学传统，但是不要为之所束缚，如果被传统束缚了手脚，（这些好的传统）反而会起到负面的作用。

杨：是的，我是这么认为的。

沼野：具体到您自己来说，您是有这样一场越境的经历的，即离开中国、在日本生活。因此，可以不为任何文化所束缚、得以在一个自由的立场上去观察和思考。

杨：希望如此吧。对我来说，世上是没有圣人这种存在的。

沼野：用日语进行文学创作的外国人，此前多是那种类型——利比·英雄先生也是如此，就是说，他们原先就喜欢日语和日本文学，在从事与日本相关的工作的过程中，发现自己也想用日语来写作。而您则与此不同，并非是出于对日本文学的喜爱而来日本留学的，因此，虽说不想为中国的传统所束缚，但同时，也并不想为日本的传统所限制。

杨：不好意思。

沼野：但是，您身在日本，当时想要用日语写小说时，有没有参考过其他的文学作品呢？比如说，读了某个日本作家的小说后觉得这样的小说自己也能这样写。

杨：芥川龙之介的短篇小说之类的，还有宫泽贤治的作品等等，我是参考过的。但怎么说呢，宫泽贤治不是很适合我，感觉上似乎他是很紧绷的，我不喜欢。他说"不畏风雨"[①]什么的——就是"畏"了又如何呢？

沼野：那首诗可能的确会让人感到里面有一股张力的。您觉得他的童话作品怎么样？

杨：他的童话作品有这种感觉，好像拼命地要给读者带来勇气什么的。对这种类型的文学，我不是很喜欢。

沼野：您厌烦那种满篇鸡汤、教人如何生活的作品，是这样吗？

杨：是的，我厌烦这类作品。所以，对我也没有什么参考价值。

---

① 宫泽贤治的诗歌《不畏风雨》中的句子。宫泽贤治（みやざわけんじ，1896—1933），日本诗人、童话作家。

沼野：不过，我觉得也不能一概而论，说贤治就是那样一种只知灌输人生鸡汤的作家。

杨：是吗？我喜欢筒井康隆①。

沼野：原来如此。确实，可能他这个人是不写那种人生教训似的文章的。太宰治，您觉得如何呢？他的作品多是描写人性中那些无可救药的部分。

杨：我不喜欢太宰治，但也不喜欢风格过于阴郁的作家。对人性中那些肮脏和丑陋的部分，我其实是不排斥的，愿意去欣赏这些部分。一般来说，肮脏丑陋的东西是面目可憎的，但我却从中感受到无限魅力，想一边欣赏一边将其刻画出来。这样一来，整体的调调就不能太过阴郁，我是想一边享受一边写的。所以，我对太宰治写的那些肮脏和丑陋的部分是不喜欢的。

"砸锅卖铁让孩子上大学"这个说法

沼野：接下来我们开始进入日语的话题。杨女士，写日语小说时，您的第一位读者是谁呢？

杨：编辑。我啊，是不会把自己的作品给其他人看的。

---

① 筒井康隆（つついやすたか，1934— ），日本著名科幻小说家，著有《空洞人们》等。

沼野：那时，编辑会在日语方面提出一些要求吗？

杨：编辑老师读了后，有时会说"这个地方我看不懂哎"。我就去读那个他"看不懂"的地方，一边读一边心里想，"明明我写得很好懂啊！"——就有类似于这样的一些过程。虽说如此，他这样提了，当然我还是会修改的，尽量让他能看懂。

沼野：编辑指出的这些地方，是有关日语母语的人和非日语母语的人之间的那种差异吗？还是说仅仅是写法的问题？

杨：两种都有。有的地方我引用了中国古典作品，若只是一笔带过的话，不了解背景的读者就看不懂。

沼野：在今天对谈的开始我也说过，最初在《文学界》杂志上读到《浸着时光的早晨》时，我感到小说中汉字词语的使用方式给我带来一种很微妙的特别的感觉，非常独特，也有一些平时日本人不怎么用的说法，对我来说，这些地方是非常有意思的。但是，小说在作为单行本出版时，这样的地方有很多都被修改没了。您最后还是听取了出版社编辑及很多人的意见修改了自己的文章，是这样吗？

杨：我是一个中国人，所以呢，就会特别在意，自己写的东西日本人读了后到底能看懂多少。所以会一次次地问读了自己小说的人："里面有没有你觉得奇怪的地方？"如果对方提了什么意见，我立刻就会修改。

沼野：哦，这种情形下您并不会为了坚持自己而战斗，而是很痛快地就去修改了。

杨：我不是那种战斗型的人。

沼野：接下来的这个提问，我想可能会有些失礼，还请包涵。就非母语写作的作家而言，几种不同的情形我都有所了解，一般来说，刚开始写的时候词汇量较少，哪怕写得不好，也是正常的。

去年（2011年）去世的作家雅歌塔·克里斯多夫是一个用法语创作的葡萄牙人，从她的"恶童三部曲"（《恶童日记》《二人证据》《第三谎言》均由堀茂树翻译，早川书房出版）来看，第一部作品的法语就较为单薄，像作文一样拘谨而不自然。据我推测，与其说这是一种文学手法，是写作者刻意使用了不自然的法语来创作，不如说，这也体现了作家自身的法语能力有限。但是，随着每一卷作品的增加，她的小说语言也越来越丰富，这个过程与作家自身法语能力的提高，应该是同时进行的。

多田和叶子最初用德语写作时这样说过："写出美丽的日语、美丽的德语并非是我的目标。我想要做的，是将语言和语言之间的沟壑表达出来。"此后二十年过去了，她的德语跟当时相比已经好太多了，我想，她对两种语言之间的沟壑的敏感度也减弱很多了吧。

也就是说，对那些用外语创作的作家们来说，在写作的过程中他的外语会越来越好，写出来的文章也会随之发生变化。这种情况很常见。从您发表处女作到现在也过去五六年时间了，在我的印象当中您也是这样的，在很短的时间内日语水平有了极大的提高，与刚踏入文坛时相比，感觉您的文风更自由、更流畅自然了。您自己感觉如何呢，是否觉得已经习惯了用日语进行创作呢？或者说，已经有了这样一种自信，即，在日语方面已经不太需要听取日本人的意见，所有的内容都可自行判断了呢？

杨：不，我这个人是很乐意听取别人的意见的。所以呢，对自己拿不准的事情，就会一次次去问别人："这样可以吗？"然后，就经常被人笑话。

写作是我的工作，所以，干这一行，就需要有一种专业意识。原本应该是这样的。但我不太有这种专业意识，所以在我这里的情况就是，一边工作，同时也一直在学习。大致是这种感觉。写作的过程中，有时候会有另一种乐趣，比如觉得这次比上次写得好，至少好那么一点了。对我来说，这有点像在爬山，而现在正在攀登的过程中，那接下来会去到哪里呢？这又是令人期待的一件事。

沼野：但是，怎么说呢。比如，一个非日语母语作家，他的日语变好了，非常完美，可以写出像日本人一样完美的日语文章，这样反而就无趣了。我是希望您一直都保有那种能力，无论到什么时候，都可以写出那种让日本人想象不到的有趣的日语表达。例如《浸着时光的早晨》，或者其他的作品也是如此，杨女士使用的比喻和意象中,有很多以日本人的思路无法想象出来的用法,因为,中日两国彼此之间文化的背景太不同了。特别是有关动植物、食物等的方面,有很多比喻让人印象深刻。我摘录了一些,在这里给大家介绍一下。这些都出自《浸着时光的早晨》一书。比如说,"像野猪一样嚎叫""像鸡爪一样在大地上蔓延着的柳树根""东方的天空已露出鱼肚白"等,这些比喻都来自人们对于动物或植物的一些感觉,而这些感觉在现在日本的日常生活中是没有的,日本的作家是不会使用这一类比喻的。还有这个句子,"看到袁利的照片,浩远像一下子被什么击中了,转瞬间变成了一根脱了水的萝卜",这里的"脱了水的萝卜",也是个很有意思的比喻。

还有这个比喻——大约是拿了芥川文学奖之后不久,您自己也在哪一篇随笔中提及过——就是您在描写小说中的女主人公白英露的眼睛时,用了这样的句子,"她清澈的大眼睛,就像从大山深处的岩石坑里涌出的泉水,又黑又亮;那一对黑色的眸子,犹如掉落在泉水中的大大的黑葡萄"。没有说"宝石",而是以葡萄这种水果来比喻。还有,志强考上大学后,他的母亲非常欢喜,对儿子说:"放心吧。妈妈就是砸锅卖铁不吃饭也要供你上大学。"① 这个说法是杨女士独有的表达,或者说是中国人独有的表达,非常独特,对此我非常佩服。在日本还很贫穷的时代,母亲们会这样说:"妈妈哪怕是把自己的和服卖了,也要供你上大学。"

---

① 原文的日语直译应为"放心吧,妈妈哪怕将锅卖掉也要供你上大学"。

杨：这个地方啊，有一次一个日本女记者跟我说过："为什么是卖锅呢？日本人的话，是卖和服。"我想的是，锅卖掉了，就吃不上饭了，全家人都会有性命之忧。卖和服呢，妈妈把自己的和服卖掉，并不意味着全家人都会因此受苦。所以，那种被逼到走投无路的紧迫感和危机感，相对于卖和服，用卖锅来表达会更强烈一些吧。

沼野：总之，这位母亲想表达的是"无论家里经济多么困难都会让你去上学"的意思，为此用了一个最重要的物品作为象征来说明这一点，而这个象征，对日本的女性来说是"和服"，而对中国的女性或者杨女士您来说，就是"锅"。

杨：但是，一个家的女主人能有自己的和服，就说明这个家庭的经济条件还是可以的。然后呢，在日本，锅这个东西也没处卖，也不值什么钱，所以日本人习惯说"卖和服"，是不是也有这方面的原因呢。不管怎么说吧，在比较贫穷的时期，中国的家庭都是一家只有一口锅的。

沼野：这些语言的背后所反映出的各种不同的生活和意象，在中国与日本是大相径庭的，在杨女士的作品中，这些部分得以用鲜活生动的日语表达出来了，这一点非常有趣。

自己与食物、酒、文学这三者的关系之比较

沼野：《牛锅》（新潮社，2009年，新潮文库）这部作品也非常典型，小说里出现了餐厅、厨师等等，看得出来，杨女士您对食物的兴趣依旧不减啊。

杨： 对吃的东西我是很执着的。

沼野： 现下的日本，无论走到哪儿，到处都会听到人们在谈论食物的话题，电视上有很多美食类节目，作家当中也有很多人在写食物相关的随笔散文，这简直变成了一种以自己是美食家为荣的文化了。

杨女士也一直对食物有很大的兴趣，但我觉得，您的这种执着与日本人对食物的重视有着本质上的区别。这是出于怎样的原因呢？

杨： 我是从吃不饱的年代走过来的，对食物，一直都觉得不能浪费，要好好珍惜才行，所以我绝不会把食物当作垃圾扔掉。也因此，虽然我很喜欢吃，但我家的冰箱里总是空空如也。因为我不会一次买过多的东西，也不会囤很多吃的在家里。于是每天绞尽脑汁就琢磨两件事：一是去超市怎么可以买得便宜点，二是买回来的这些食物该怎么吃。

沼野： 比如用冰箱里剩的东西做点菜啊什么的，类似于这样吗？

杨：是的，看冰箱里有什么就做点什么。所以我这个人啊，说起来是很爱美食，但从来没有买过什么高级食材。什么食材我都是可以做出好吃的菜的。

沼野：从这样一种立场出发，您如何看待现在日本人对美食的追求、对食物表现出极大的兴趣这一现象呢？

杨：日本是一个物质极为丰富的国家，多少有一点浪费也是可以的。我觉得这反而才是正常的。我是不管好吃不好吃都不想浪费，全都吃下去，所以才会胖。像日本这样，做菜使用高级食材，只吃一口，说一句"哦，太好吃了"，就可以了，美食节目基本上也只会放到吃第一口结束为止。而我是那种说完了"哦，太好吃了"，还要继续吃、不全部吃完不罢休的人。这就是不同之处啊。我就成长于中国那样一个时代嘛，也是没有办法的事。

沼野：那么，一般的中国作家是如何看待食物的呢？有人写有关食物的小说或随笔吗？为什么我会这样问呢，其实不同的国家和文化，人们对于食物的态度也会有很大的不同。比如俄罗斯文学当中，特别是从十九世纪开始到苏联的末期，有这样一种潜在的、根深蒂固的看法，认为"关于食物的话题既无聊又层次低，对真正的纯文学作家来说，写关于食物的文章就是走歪门邪道"。所以，到哪里可以买到什么好吃的，哪家餐厅的什么菜好吃等等，如果写一些这样的内容，可能会有一种危险，会被批判说这是非常琐碎无聊的文字。但日本就不一样，文人雅士一直都有一种身兼美食家的传统,无论是吉田健一还是丸谷才一,很多伟大的文学家都把写美食、写酒作为一种乐趣。在这方面中国是怎样的呢?

杨:中国的作家们也会写美食。中国有一句话叫作"民以食为天",写美食的文章当然有啊。毕竟"吃饭"占据了人们日常生活的一大部分嘛。

沼野:是啊,饮酒的话题在《唐诗选》中就出现了呢。

杨:对,李白不喝酒是写不了诗的。

沼野:这就是饮酒的诗学,饮酒作诗成为了一种文化价值。日本人也多少继承了这样一个传统。但到了俄罗斯你就会发现,一个人喝太多酒就会产成酒精依赖症,下场是很悲惨的。适度饮酒并享受其中的乐趣,这在俄罗斯是不可能的。

杨:俄罗斯人啊,我觉得与其说他们在喝酒,不如说酒在喝他们。但对中国人来说,酒和诗,这两者是密不可分的。

沼野:这一点,日本人也从中国学来了。日本是有这样的传统的,比如一边观花赏月,一边饮酒;或者一边沉浸在每一个当下的感慨中,一边饮酒。这可能就是从中国传来的吧。

杨：中国的文人作诗，一般来说，少不了酒和美人相伴，所以，美酒和美人是必须有的。在中国，一直到辛亥革命为止，搞文学基本上是男人的事情。当然在那之后发生很大的变化。

读了翻译作品才会明白翻译的局限与世界文学的力量

沼野：接下来我们换一个话题，我想谈一谈如何来阅读世界文学。杨女士您来到日本时，大概刚二十岁出头的年纪吧。

杨：是的。快二十三岁的时候来的。

沼野：这样说来，您二十岁之前的青少年时期是在中国度过的了，我想了解一下那个时候您所读过的世界文学作品。哪些作家的哪些作品让您觉得有趣呢？给您留下深刻印象的外国作家都有哪些？

杨：上学的时候我读了很多外国文学作品。我父亲是教文学的，跟这个也有关系吧，家里有很多藏书，有的甚至是书店里也没有的。相较而言，我喜欢俄罗斯文学和法国文学。各自有代表性的作家呢，俄罗斯是契诃夫，法国的话是莫泊桑。就创作技巧而言，他们两位是正好相反的，契诃夫的小说写的都是普普通通的日常生活，而莫泊桑则是故事情节的设计非常简单，而结尾却出人意料，极其有趣。两者都非常有魅力。他们的作品我怎么都读不够，或者说，这些写作方法对我有很大的参考价值。

沼野：这些从中国的文学作品中是学不到的是吗？

杨：是的。

沼野：你读的契诃夫和莫泊桑的作品，都是翻译成中文的译本吗？

杨：是的。

沼野：外国文学的中文译本怎么样，读起来好懂吗？

杨：是的。尤其是对俄罗斯作品的翻译，非常棒。在那个时代，中国有很多人做俄罗斯研究，从中国派出去的留学生都是去苏联的。后来才是去研究英美文学的。我上高中的时候新出的英语小说的中译本，会出现非常多的被动句，而汉语是不太用被动句的，所以读起来感觉很不自然……会想，为什么美国人、英国人会这样说话呢？那时很不习惯。

沼野：有很重的翻译腔，是吗？

杨：是的。用日语说的话就是，"哎，这读起来也太麻烦了"，就这种感觉。

沼野：不过，现在翻译的水平应该有很大提高了吧？

杨：好很多了。现在读英文小说的中译本,应该没有那么多被动态的句子了。

沼野：原来如此啊。原来汉语里边是不经常使用被动句的啊。不过日语倒是会经常用到被动句的。

杨：日语里是有很多被动句哦。从这一点上来说,英语翻译成日语时,读起来也会感觉很自然吧。但如果把英语原封不动地译成中文,就会觉得别扭。

沼野：不管怎么说,中文是凭汉字来表意的语言,文章一翻译成中文就会变短。当然并不是说漏掉了什么内容,哪怕所有的内容都认认真真地翻译出来了,相比原文来说字数也会减少很多。原本很厚的英语书或者日语书,译成中文就是薄薄的一本了,是吧?

杨：是的。(相比中文)日语太长了,翻译成中文的话,字数大概只有原来的一半。

沼野：日语文章用的是平假名,在句子的结尾会加很多东西,极其繁复,如"难道不是并非如此吗"①。我觉得一个句子它大概

---

① 原文为"そうではないのでしょうか",日语多用双重否定委婉地表示肯定。

最后的十个假名是可以去掉的。这就是日本人喜欢的那种余音未了的感觉吧，可能体现了日本人不喜欢用断定的语气来表达的这一特点。与此相反，汉语是比较干脆利落的。

杨：是的。作为一门语言，汉语有一个特点就是简洁。所以从直译的角度来说，就有这样一个问题，忠实地把原文翻译出来到底是好还是不好呢？人们经常说翻译是一种再创作，比如，无论哪个国家都在这样说莎士比亚是个大文豪，但对此我是持怀疑态度的，就想，他的东西到底好在哪里呢？句子拖拖拉拉，冗长而饶舌，不仅如此，所用的语言也是枯燥无趣。

无论是读中文译本还是读日文译本，对莎士比亚作品中罗列的那些句子的意思，说实在的，我完全理解不了。但有一次一位英语老师对我说，有一些英式幽默，不看英语原文是体会不到的。所以说，可能那才是莎士比亚文学的精彩之处，但可惜的是，这么关键的重要的东西却在翻译过程中失去了，他的魅力也就无法传递给读者。我觉得，翻译这件事，就是会这样的吧。

沼野：您说莎士比亚的中文译本读来无趣，看来的确是在翻译过程中原作的很多精髓都丢失了。至于饶舌这一点，陀思妥耶夫斯基也很严重。陀思妥耶夫斯基的作品，也有很多中文译本吧？

杨：莎士比亚也罢，陀思妥耶夫斯基也罢，他们都有很多中文读者，但我读的时候会觉得，为什么外国人会这么啰里啰唆的呢？一说他们是世界大文豪，很多人也不过过脑子就那么相信了，然后觉得"啊,这作品实在是太棒了"。但是,怎么说呢,我是比较单纯的那种人,读了以后自己感觉怎么样,我会直接说出来。

这一点,也就是说,原作与译作会给人带来两种不同的感觉——当我读到一些中文小说的日译本时,也有类似的感觉。语言都是有各自的局限的,我觉得日语是一种非常有礼貌的语言,不太适合用来表达那种粗犷的感觉。前段时间获得诺贝尔文学奖的中国作家莫言的小说,我读的大都是中文版,他最近新出版的作品,我读的是日译本,还是觉得啊,翻译成日语后,他的那种,尤其是山东大地上所隐含的某种猛烈的、粗犷的东西就传递不出来了。读中文版本时也会觉得,啊,这个地方用山东方言说是这种感觉啊,要是换成普通话来说,就会很别扭。所以,翻译成日语后,要理解原文表达的意思,中间需要超越一层、两层、三层等等更多的障碍,(从山东方言到汉语的普通话,再到日语)这个过程里,莫言作品的语言渐渐变得有礼貌起来。有时候我就会想,莫言先生怎么可能会写得这么优雅却不接地气呢。

沼野:您刚才说的这一点是非常重要。莫言先生作品我读的是日译本,非常喜欢,他是一个很棒的作家。但刚才听您说译文与原文的差别那么大,多少有些不安了,忍不住会想——我读的那些,到底算是什么呢?

杨:作品原本的味道是出不来的,或者说,翻译不出来,只能翻译到这个程度,再多就做不到了。翻译是有局限的。

沼野：现在您作为一名作家忙于创作自己的作品，可能没有时间读其他人写的东西，之前怎么样呢，来日本后也读过其他一些国家的文学作品吗？

杨：我是阅读的时间远远多于创作的时间。我写东西不需要太长时间，但会花很多的时间去阅读。日本好的一点是，国外有了什么热点话题，马上就想到要翻译过来。这一点很棒。我是《朝日新闻》的书评委员（2012年度），所以也想尽量多读一些外国作品。

沼野：您做书评委员后，都点评过什么书？

杨：我经常给自己的大脑做大扫除，过去的事情转眼就会忘。印象中有二十几岁的意大利年轻女作家①写的小说《马可尼大街上的穆斯林离婚狂想曲》（栗原俊秀译，未知谷，2011年），这本书语言很有趣，夹杂着阿拉伯语、埃及语方言，很有意思。

沼野：您写点评文章的时候，一般读的是作品的日译本吧？当然也还在继续阅读一些中文书籍吧？比如说某天有了点时间，想顺手拿一本书来读的时候，什么书会多一些呢？

---

① 指阿富汗裔意大利作家阿玛拉·拉库斯（Amara Lakhous，1970— ），是一名男性作家。

杨：我是身边有什么就会读什么。一直到两年前，二十多年来我家一直都在订阅一种中国杂志，这两年杂志不寄过来了，就只是读那些放在身边的书。

沼野：还是中文读物读起来轻松一点，是吗？

杨：是的，特别好懂。日语的书我也会读，但是吃力啊。

沼野：下面的这些话算是半开玩笑了，以前我就经常说，相较日本人，中国人认识汉字的能力更强，所以哪怕日文书，中国人跳过假名只看其中的汉字也可以读得懂，所以，中国人读起日语书来可能比日本人还要快的……但是，近年来的日语中假名的比例越来越高，汉字少了，所以只拣汉字来读的话，是看不懂文章意思的。像森鸥外——或者不用那么久远，比如加藤周一等评论家写的文章，汉字就很多，把其中的汉字连起来读，大约也是可以看懂的。

杨：这个嘛，若是认真想读懂那本书讲的是什么，只看汉字还是很勉强的。

沼野：当然是的，我说这些话其实也是半开玩笑。实际上日语常常靠结尾处的那些平假名使整个句子的意思反转过来，不把句尾的平假名读完，其实是很容易误解的。但是，像报纸的话，只看题目的汉字，大致就能猜出来文章的内容了吧。

杨：是的。但是日本报纸上的文章题目，有时候跟内容不太一致。报社想通过这种做法来吸引读者的兴趣吧。

杨逸推荐给年轻读者的三本书

沼野：本次的连续对谈有一项固定的工作，请每一位来这里的嘉宾给年轻人推荐几本书，就像开一个小讲座一样。杨女士您推荐什么书呢？

杨：我今天给年轻人推荐的是林芙美子的《放浪记》。我是很早之前读的。这本书请大家一定读一读。

然后是《楢山节考》，这本书让我了解到了日本文化中那些出人意料的部分，是真不错。怎样把民间文化写到小说里，是个值得思考的问题，而这本书中提到的民间价值观，从今天来看完全是无法想象的。来到日本以后，包括来日本之前，我一直都觉得日本原本是一个信奉儒家思想的国家。这本小说大概是我大学的时候读到的，里面提到，老奶奶到了七十岁就会被扔到山里，这在我的国家是无法想象的，在中国，孝顺父母被看作是一个人最重要的品质，可是这本书里却说，人老了就会被扔到山里，对我来说这个冲击太大了。现在日本的年轻人可能不了解这些，这本书是很值得一读的。

再就是谷崎润一郎的《细雪》。

沼野：没想到您一上来推荐的就是日本文学啊。这一类作品在中国有翻译出版吗?①

杨：这个我还真不清楚。我读的是日文原版的。

沼野：在中国，村上春树很受欢迎啊。希望中国的读者对上面您提到的这一类文学作品也能感兴趣。

杨：对我们外国人来说，我们眼前所看到的只是现在的日本。在教科书上学到的都是遣唐使啊、米骚动②之类的事情，对"弃老"这种文化完全不了解。所以第一次读到的时候，特别震惊。从我自身的经验来说，这一类的书才应该翻译介绍出去。

沼野：杨女士的作品，已经翻译成中文出版了吗?

杨：暂时是签了翻译合同了，但翻译工作还完全没开始。

沼野：希望杨女士的小说有一天也翻译成中文，介绍给中国的年轻读者。

杨：我也希望。希望不只是中国，还有其他国家。

---

① 林芙美子的《放浪记》由复旦大学出版社于 2011 年出版，谷崎润一郎的《细雪》由九州出版社于 2017 年出版，《楢山节考》未见中译本。
② 米骚动，1918 年由于米价高涨，从富山县开始的全国性大暴动，最初以抢米形式爆发，所以在日本历史上习惯地称为"米骚动"。

沼野： 还没有译成中文以外的其他国家的语言吗？

杨：《浸着时光的早晨》① 会出意大利语版本和韩语版本。

沼野： 翻译成中文的话，您会自己做校对吗？

杨： 不想做。

沼野： 这样的话，最后到读者手中的中文译本，可能会让您感到不满意哦。

杨： 那是译者的责任。

沼野： 话是这么说，但是中国的读者是通过中译本读到您的作品的，翻译后的版本就是一切啊，如果翻译的质量不高，对作家来说也不是什么好事情呢。只是从现实的角度来说，您太忙了，没有时间去检查翻译的对错吧。

杨： 时间是有的，但我不想做校对。也不一定要做翻译啊，如果有约稿的话，我想写中文小说。翻译当然也很重要，但（如果因为翻译的质量不好而导致）自己的形象被歪曲了，（那也没关

---

① 中文繁体字版译本名为《时光浸染》，于2009年由中国台湾大地出版社出版。

系）再通过自己的努力重新修复过来就行了。

沼野：您希望有一天能用中文写小说啊。

杨：希望是希望的，就是说，有人约稿的话，写一写也是可以的。

沼野：那时您会写什么故事呢，有关在日本的生活体验吗？

杨：我还没接到约稿，所以什么都还没想。

沼野：用中文写成的作品，也有可能再翻译成日语的吧。

杨：这样的话，我会一开始就用日语写。

沼野：您写小说时，脑海中会浮现特定的读者群吗？

杨：最开始写《小王》的时候，有一种感觉是，希望编辑能读到最后。在那之后，写下一部作品的时候，就不在意这个了。

沼野：用日语创作的时候，脑海中所想的是日本的读者吧？

杨：是的。

文学需要幽默和讽刺

沼野：很快就要到结束的时间了，我也有几本书要推荐给今天在座的各位。

历史上，日本人得以亲近各种来自中国的文学作品，在这其中，我认为中国古诗的影响最为深远。因此，我特别希望年轻人也来读一读《唐诗选》。提到《唐诗选》，在日本，吉川幸次郎《新唐诗选》（岩波新书）的解说最为大众熟悉，但这原是一本诗歌选集，收录了许多唐代诗人写成的古诗，除了岩波文库出版的解说类的书籍之外，《唐诗选》本身也有很多版本可供阅读。

提到中国的古诗，李白啊杜甫啊，日本的学校也会多少教一点的。对现代中国的人们来说，古诗会让人感觉很亲近吗？

杨：是的。《唐诗选》中的诗仅限于唐代。所以，里面收录的那些诗，形式都是固定的。在中国，教科书里也会教一些古诗，但相对来说，更多的情况是小孩子在上学之前在家里要背诵这些古诗。《唐诗选》上中下三册——不过是文库本的啊——在我家都有。

沼野：唐的时代——盛唐时期是在八世纪，所以算起来距今大约也有1300年了吧。那时的汉语与现在的汉语之间有很大差别吧？

杨：有的古诗，不看译注的话确实是很难懂的，但中国的古诗有两个规律，一个是平仄，一个是押韵，所以读起来朗朗上口，很舒服。四五岁的时候读可能还不明白是什么意思，但随着年纪渐长，诗中所描绘的情景就会自然而然地浮现在脑海中，再过不久，就可以在自己写文章时引用这些诗了。而到了初中这样一个多愁善感的年纪，就有很多时候可以用古诗来表达自己的心情。

沼野：哪怕是到了现在这个时代，古诗对中国人来说，仍然被看作是自己生活的原点，或者说宝贵的财富，是这样吗？

杨：是一笔宝贵的财富，这毫无疑问。诗，是人类生活中不可或缺的东西啊。

沼野：您这句话说得真好。像我，随着年岁渐高，也越发深切地感受到这一点，人生在世，有诗读最重要了。

除了唐诗之外，中国还有很多像《三国演义》《水浒传》《金瓶梅》等等的长篇大作，希望年轻的读者们有机会也读一读这些书。不过今天呢，我只想推荐一本不同风格的作品，就是《聊斋志异》，这本书收录了中国的各种奇谈逸闻。杨女士也写过一本关于《聊斋志异》的书（《杨逸读〈聊斋志异〉》），《聊斋志异》在现代中国仍然有很多读者，是这样吗？

杨：是的。《聊斋志异》用的是文言文，但因为写的是各种奇谈逸闻，很好读。中国的怪谈类文学与日本的很是不同，鬼与人的关系只有一种，就是鬼来威胁人类。所以在这类故事中，鬼怪混迹于人群中，一起生活，他们身上也会呈现某些人性的东西。关于《聊斋志异》，我也写了一些随笔，并成书出版，在大学讲课的时候我会用到这些。为什么给大学生上课要选用它呢，因为讲比较文学的时候，这本书非常好用。中国各个民族的价值观、历史、风土人情等等的不同，在这本书中都可以读到。各种文化的不同，都在这本书里呈现了。这一类的信息可以通过这本书了解得很详细。

沼野：顺便说一下，《杨逸读〈聊斋志异〉》的内容，之前曾在《读卖新闻》上连载过。

接下来要推荐的，是二十世纪以后的近现代文学，就是鲁迅了。这个人的作品，哪怕是只一次也好，着实应该读一下。在思考现代中国的问题时，他的《阿Q正传》，无论从哪个意义上来说，都是一部可以称为出发点的作品。

此外就是刚才谈到的莫言，他的书也很值得一读。有很多作品已经翻译成了日文，但哪一本都是长篇，要读完是很辛苦的，我个人推荐《酒国》（藤井省三译，岩波书店）。这部作品以现代中国社会为故事发生的舞台，也加入了一些奇闻怪谈的色彩，充分体现了魔幻现实主义作家莫言的特点，非常有趣。在日本，这本书很久之前就绝版了的，好在莫言获了诺贝尔文学奖，最近又得以再版。

接下来，在现代诗的领域，我很喜欢一位叫北岛的诗人，他的诗翻译成日语读起来也非常有趣，我读的是一本比较薄的选集（《北岛诗集》，是永骏译，土耀美术社—世界现代诗文库出版，1988年），很遗憾，这本选集在日本已经绝版了。不过前几天我查了一下，发现同样的内容，在 2009 年由另外一家出版社出版了。中国的现代诗也是一个非常深邃的世界，而北岛是其中一位非常有实力的诗人，曾一度获得过诺贝尔文学奖的提名。

除了以上五本之外，还有杨逸女士的作品，仍然要推荐《浸着时光的早晨》。对那些还没有读过杨逸小说的朋友，我觉得从这部芥川文学奖获奖作品开始读是最好的。

从作家自身的立场来看，杨女士您会推荐读者先读自己的哪一部作品呢？

杨：《文学界》杂志上正在连载的《流转的魔女》（2013 年 1 月连载结束），将于明年（2013 年）6 月出版，敬请大家关注（《流转的魔女》，文艺春秋，2013 年）。

沼野：原来如此。作家自己推荐的话，都会选自己正在写的那一本啊。

杨：是的。

沼野：接下来，请会场的朋友们提问。

提问者 A：杨女士您好，您写的很多小说，诸如《牛锅》《小王》都很幽默。刚才的对谈中也提到了幽默、讽刺的话题，所以我想问的是，您为什么要写这样的作品呢？出于怎样的意图，要在故事中添加一些幽默和讽刺的元素呢？

杨：我觉得读书这件事——从事出版工作的人除外——一般的人，多是在工作结束下班的路上或者睡觉前读书。在这样的时间段，还要去读那些太过沉重的东西的话，是会让人心生厌烦的。所以呢，如果一部作品不能让人读后有放松之感，我觉得这样的文学是失格的。从这一点上来说，如果我是读者，并觉得阅读给自己带来了负担的话，我是很不喜欢那种状态的。所以呢，我觉得自己必须得在幽默感这方面多下一些功夫，同时也在尽量这样做。

沼野：《牛锅》中我最中意的一点是，故事里的两个人日语都不太好，他们一个是中国人，一个是韩国人，这两个人的对话虽然是磕磕绊绊的，但又能让读者感觉到，他们是真的想要把什么表达给对方。这一点刻画得特别好。我稍微介绍一下这部作品的设定啊，主人公是一个年轻女孩，她姐姐跟日本人结婚了，她来日本投奔自己的姐姐，之后在东京的一家高级牛肉火锅店打工。在这家店里，从和服的穿法到日式的礼仪规矩，她一一受到了严格的培训，就这样开始自己的打工生涯。她刚来日本不久，所见所闻都是第一次，完全陌生。从这个意义上来说，该小说从中国人的视角出发，巧妙地对中国和日本之间的跨文化交流的场景进行了非常有趣的描写，带给人很多阅读的乐趣。但这部小说的有趣之处，并不止这一点。故事中，有一位韩国留学生对这位中国女性展开了热烈的追求，他的日语也不太靠谱。就这样，在这位中国女性和那位韩国男性之间，发生了那些滑稽好笑时而又让人感动的对话，这些对话虽是磕磕绊绊不熟练，但自始至终都是用日语说的。

这一点是非常有趣的，但这本书并不是有趣一下就结束了，读完后，有一些什么是留在了心底的。能写出这种小说的人，我觉得在以前的日本作家中几乎没有过。确实是非常棒。

杨：谢谢。

沼野：结束的时间就要到了。谢谢大家。

作者篇

第六章
走到母语之外的旅行

——多和田叶子与沼野充义的对谈

在一次次的
移动中写作

多和田叶子（たわだようこ）

1960年生于东京。毕业于早稻田大学第一文学部文学科。德国汉堡大学研究生院硕士课程毕业。苏黎世大学研究生院博士课程毕业。1982年起长居德国汉堡，1987年在德国出版双语诗集，初登文坛。2005年起移居柏林，以日语和德语两种语言进行文学创作。

1991年以《失去脚踝》获群像新人文学奖，1993年以《入赘的狗女婿》获第108届芥川文学奖。1996年因其在德语界的创作活动，被巴伐利亚艺术学院授予沙米索文学奖。2005年获歌德勋章。2011年凭《雪的练习生》获野间文艺奖，以《修女与丘比特之弓》获紫式部文学奖。2013年凭《不着边际的故事》获读卖文学奖、艺术类文部科学大臣奖。出版了多部德语作品，也有多部作品被翻译成英语、法语。日语作品还有《喝雏菊茶的时候》《球形时间》《犯罪嫌疑人的夜行列车》《掉入海洋的名字》《波尔多的义兄》。

"去·边界"的现代意义

沼野： 今天的主题是"去到母语之外的旅程"。这个题目，来自一会儿即将登场的嘉宾多和田叶子女士的著作，《Exophony：走向母语之外的旅程》（岩波书店，2003年，岩波现代文库）。今天对谈的前半部分是一个导入环节，由我来做一个小讲座，大致介绍一下当今世界文学的动向。后半部分多和田叶子女士将登台，我们将一起谈一谈她最近文学创作的情况，同时以一种更具有现场感的方式来谈一谈去到母语之外的旅程或者世界文学。

"exophony"这个词听起来很是陌生，很多人可能都不知道它是什么意思。这并不是一个被广泛使用的词语，多和田女士的著作出版后，才渐渐为人所知。这个概念——就像多和田女士本人的经历正是如此一样，指的是一种"走到母语之外去写作"的状态。今天我们就来谈一谈"exophony"，或者说"越境写作"对于现在的世界文学来说意味着什么。

越境这个词，近年来人们用得多了，可能也不太在意词语本身的字面意思，但仔细考虑一下就会知道，是"越过"某个"边界"的意思。那么，这里的"边界"指的是什么呢？比如说，今天对谈的会场是东京大学，那么东京大学里面也是有各种边界的，走在路上经常会看到"非相关人员不得入内"这类的指示牌。(从国家层面来看)日本也是如此，最近围绕钓鱼岛及竹岛①问题，坊间就有诸多讨论。从某种意义上说，国家是一种正因为有了边界才得以成立的制度。

比如说，"定义"这个词，意思是界定某个事物是什么。日语中说"定义"的时候，确定的是"义"，也就是那个事物的"意思"。而"定义"在英语中的说法是"definition"，其中的"finis"是拉丁文，指的是"边界""结束"，所以在英语中，展示一个事物是什么，就是展示它的"边界"在哪里。俄语中"定义"的说法是"определение"，其中的词根"предел"也是"边界""界限"的意思，跟英语的"definition"是完全一样的，也就是说，把事物的边界确定下来，就是"定义"。

是否有一个确定的边界，对于人类来说，是一件基本的事情。虽则如此，也并不是说把边界确定下来、一直固定在那里就可以了。边界一直是流动的，也是今后供人们跨越的。

比如说，到目前为止，日本有两位作家获得了诺贝尔文学奖。如大家所知，一位是1968年获奖的川端康成，一位是1994年获奖的大江健三郎，他们二人的获奖，前后相隔了四分之一个世纪以上。

这两位的诺贝尔文学奖获奖演说的题目是什么呢，川端康成演讲的题目是《美丽的日本的我》②（《美丽的日本的我序章》，

---

① 韩国称"独岛"，是位于日本海上的日韩争议岛屿。
② 川端康成诺贝尔文学奖获奖演说的日文题目为《美しい日本の私》，一般取唐月梅先生的经典译法《我在美丽的日本》(见作家出版社2006年出版《雪国·古都》附录)。此处为对应原文考虑，取直译《美丽的日本的我》。

讲谈社现代新书，爱德华·乔治·赛登施蒂克的英译本，1969年）。这个题目，只听它的日语说法，也会让人忍不住惊呼一声"哎"，是非常有趣的。翻译成英语的话，其实它很不好翻译，在这里赛登施蒂克把它译为"Japan the Beautiful and Myself"。首先说"Japan the Beautiful"，然后把"我"加以强调，译为"Myself"，这两者之间又用"and"连接了起来。翻译之辛苦从中可窥一斑，但准确地说，这个翻译与原题目的意思之间是有一些微妙差别的。在川端的思路当中，首先有一个"美丽的日本"，"我"是它的一部分，所以，英语译文里把"Japan the Beautiful"和"Myself"并列放在一起后，"我"和"日本"之间的关系就跟原文有了微妙的不同。在川端的思考中，他想表达的是这个意思，就是说，首先有"日本"这样一片疆域，而"我"从属于其中。

此后四分之一个世纪过去了，大江健三郎的诺贝尔文学奖获奖演说题目是《暧昧的日本和我》①（《暧昧的日本和我》，岩波新书，1995年）。这也是一个非常别出心裁的题目，很显然，是以川端演讲为前提的一种戏谑和模仿。堂堂诺贝尔文学奖的获奖演讲，却用了一个有着戏仿色彩的题目，怎么说呢，可能会有人觉得大江的做法是一种恶趣味吧，不管怎样，这样做确实是非常有挑战性的。

---

① 大江健三郎诺贝尔文学奖获奖演说的日文题目为《暧昧な日本と私》，一般取许金龙先生的经典译法《我在暧昧的日本》（见光明日报出版社1995年出版《我在暧昧的日本》）。此处为对应原文考虑，取直译《暧昧的日本和我》。

"暧昧的日本和我",这个题目给人的感觉也很奇妙。究其原因在于,这句话说的是日本是一个边界暧昧的国家,从何处到何处是日本,极其不明确。大江似乎有一种自觉的意识,即,川端身上可见的那种个人与国家之间的明确的关系,似乎在自己这里是没有的,或者说已经开始坍塌了。

如前所述,从川端和大江的演讲中可以看到很多与国家相关的、从多个层面出发的不同思考,很有意思。不过,其中最大的问题还是"边界"。

比如,在"外国文学"的世界里,就存在着严密的边界。特别是在日本以《世界文学全集》为标志的文学制度中,曾有着明确的边界线。这一点,看以前出版的世界文学全集就会明白了,它们各卷的内容是如何安排的呢?第一卷是希腊或者古代中国,一般都是从古代开始的,此后,则是一边按时间顺序划分出不同的时代,一边按照国别来安排每卷的内容。对于那些不太重要的国家,多以"东欧等其他国家"的形式放到一起,对主要国家和地区则有一种按国别来划定地盘的意思。但是,现在的文学已经很难像从前那样按国家的不同来划定边界线,并把作家们一一对应地放进去了。比如卡夫卡,可以把他放在德国文学的地盘里吗?很明显是不可以的。他是一个犹太人,曾住在捷克的布拉格,他用德语写作,但您不能因此就断定他是一个德国作家。这种类型的作家,在进入二十一世纪后人数迅速增加,比以前多了很多。

此前,日本缺少一套忠实地反映现在这种状况的文学全集,一直到最近,池泽夏树先生个人编辑的全集出版(《池泽夏树

个人编辑　世界文学全集》全三十卷，河出书房新社，2011年完结）。作为文学全集来说，这一套书属于是小规模的，但是，对于思考文学和边界的关系来说，它的架构设置是非常耐人寻味的。

池泽先生在开始编辑这套文学全集时，曾提出了一套非常明确的方针，那就是，放弃从古至今按顺序排列的做法，作品的选择暂且以二十世纪出版的比较新的作品为中心，放弃那种无意义的按国别划地盘的做法。因此，不仅没有按照哪个国家放几册等的旧有做法来选书，还放入了许多很难断定"这个人属于哪个国家"的那种越境写作的作家。

如上所述，在现代的世界文学当中，似乎可以说已经出现了很多难以像从前那样轻易地就可判断"这个人的作品属于哪国文学"的作家，而他们正在成为世界文学的主流。在这种情况下我认为，像多和田女士这样的不断地进行看"走向母语之外的旅程"的作家，不单是对日本是如此，对现在的世界文学来说，也是一种具有象征意义的存在。

流亡者生存在看不见的"起点"与看不见的"终点"之间

沼野：今天我准备了几段文字，接下来将一边朗读这几段文字，一边进行今天的对话。首先是诺贝尔文学奖获得者、最近刚去世的波兰女诗人维斯瓦娃·辛波斯卡[①]的作品。原文是波兰语，今天引用的是由我翻译的日语。

---

① 维斯瓦娃·辛波斯卡（Wislawa Szymborska，1923—2012），波兰女作家、翻译家，于1996年获诺贝尔文学奖，著有《一见钟情》《呼唤雪人》等。

> 任何事情都不会发生两次
>
> 绝不会
>
> 因此
>
> 人在出生这件事上从不会有什么进步
>
> 死亡的经验也没法积累

这首诗讲述的是人的生命只有一次,(平时可能不怎么去想,但)看到这首诗,大家有没有内心猛然一惊呢?可能会有人觉得,"人在出生这件事上从不会有什么进步"这一句说的是什么很不可思议的事情,但仔细考虑下就会发现,确实如此啊。

为什么今天要在这里提到这首诗呢。因为,在人类真正面临的那些根本问题中,生与死的问题就是其中之一。换一个说法就是,起点和终点的问题。然而,无论这事情如何重要,一个人都不会有关于自己的起点,也就是出生时的记忆,而当他离开这个世界时,也无法向他人说明自己死亡的经验是如何的。也就是说,人生,或者也可以说文学,就是存在于自己所无法了解的起点和终点之间的。

因此对于文学来说,终极问题有两个,一个是"我们从何处来",关于人生的起点;一个是"向何处去",关于人生的目的和终点。而我们人类,就活在这两个不可知的问题的夹缝中间。我觉得,文学就是这样的一种存在。出生之前,还未可知。死亡之后,已不可知。我们就在"未"和"已"之间活着,游荡着。

之所以今天会说到这些,是因为我觉得"越境者"和"流亡者"，正是上述所说的人类这种暧昧的存在方式的原型。他们离开了生养自己的地方，也就是自己的起点，为了奔向一个乌托邦而移动、迁徙。但现实中乌托邦是哪里都没有的，因此他们也无法找到自己的理想。这样一来，他们就一直在起点和终点之间的夹缝里求生存，而这正是人类生存方式的某种象征。我是这样认为的。

今福龙太是我非常尊敬的一位与我同龄的文化人类学家，他说："从哪里来，到哪里去，这并不是问题。最大的问题是，我们活在哪里与哪里之间。"两个地方"之间"的位置，一般来说多是不舒服、不稳定的，而有时，正因为处在这样的一个位置，才能发现根本的问题之所在。二十世纪的欧美各国有很多的越境文学家，作为其中很有名的一个典型，在此我想给大家介绍一下弗拉基米尔·纳博科夫。

纳博科夫是一位俄罗斯作家，1899年出生于俄罗斯的一个贵族家庭。俄国十月革命后，他先后流亡到英、德、法等国家，1940年去了美国。在美国，他成为了一位可以用英语创作的世界级著名作家。他的英语创作几乎与俄语同等水平，而他的文章无论是英语的还是俄语的，都有着娴熟而高超的技巧，所以他不仅被称为语言的魔术师、语言的天才，还经常被作为二十世纪作家的流亡式生存情景的代表——在流亡生活中他不仅超越了国家的边境，也超越了语言的边境。对于纳博科夫，英语文学圈知名的评论家乔治·斯坦纳说，"由于社会的变动和战争而被从一种语言驱赶到另一种语言的著名作家，正是流亡者时代最适合的象征"，并指出纳博科夫就是其中的典型，说他"由于其自身脱领域式的性格，从深层意义上来说纳博科夫的人生是很具有现代性的，是现代性的代言人之一"。

这里的"脱领域"一词，斯坦纳原文中用的是"extraterritorial"。"extra"是一个接头词，意思是"外面的""范围之外的"，"territorial"当然是来自"territory（领域）"，所以总的来说"extraterritorial"指的是"领域或领土之外"，它原本是一个法律用语，意为"治外法权"。

把法律用语用在文艺评论上，是斯坦纳的独创，他用这样一个词来描述一位作家，是很有趣的。只是，在把这句话翻译成日语时，如译成"治外法权作家"，听起来就会像是一篇法律文章，不能很好地传达原文的意思，日语的译者遂以"脱领域"一词代之。最初提出这种译法的是英语文学研究者由良君美。现在"脱领域"这个说法已经是文学圈内人人皆知的常识了，我觉得这是一个具有独创性的、非常好的翻译。

对于这种脱领域的知识的存在方式，斯坦纳很早就洞察到并试图向外界传递这一思考，只是他的看法太华而不实，或者说太理想化了。即使人们可以从一个国家移动到另一个国家，也不可能那么简单地就从一种语言切换到另一种语言。

纳博科夫之所以可以完成这种切换，并非是因为他去了美国之后重新学习了英语，而是因为在俄罗斯生活时，从幼年起他就处在一种可以像使用俄语一样使用英语的环境中，他本身就是作为一个双语者长大的。很多情况下，即使一个人离开了他以前生活的国家，他的语言也并不是那么轻易就能改变的。斯坦纳的说法忽略了人们在语言上所面临的严峻现实。

那么，实际情况是怎样的呢？应该说，是向心力和离心力这两种相反的力量在共同发挥着作用。这里所说的离心力是指，由于受到迫害等等的原因，一个人开始厌恶他原先所生活的地方，有一股力量推着他离开那里走向外面的广阔世界。反之，向心力指的是，一个人离开故乡得以活命后，他又开始思念故乡，对失去的母语的眷恋与日俱增，或者说对故乡的思念之情愈来愈浓烈——这样一种力量。流亡者就处在这样的向心力和离心力的夹缝之间，他们活着，身体却犹如被撕裂。我想，这是他们的宿命。

日本作家对日本文学的回归等问题

沼野：塞浦路斯·诺尔维特是十九世纪的一位波兰诗人，他也经历过流亡者生涯，在提到"自己的土地"时，他是这样说的，请听：

> 只要 还在持续地行走着
> 就 只有我脚下所踏的那块土地
> 才是我的土地

这几句诗真是意味深长，说得特别好。人类往往是贪婪的，即使是自己并不需要的土地，也会大量地加以囤积，硬说这是我的领土。但诺尔维特这个人却持一种非常谦卑的态度，他说的是，自己是一个流亡者，一个处在移动中的人，不需要多么广阔的领土，只要自己还在走路、还在移动中，那么就只有自己的双脚所踏的那一小块土地才是属于自己的土地。而且那块土地并不固定，人移动，土地也会变。

反过来看，这几句话其实也是在说，无论一个人多么谦卑，如果他不觉得有一块土地是属于自己的，就活不下去。持续地移动、持续地行走，是一个重要的现代社会的现象，但无论怎样，仅靠这一点是无法活命的。要扎根何处，何处才是自己心之所依的原本的家，这也一直都是一个重大问题。

于是，不止流亡作家如此，对那些没有流亡经历的作家来说，这同样是一个重大问题。就众多日本的文学家而言，很多人都是年轻时向往外国文学，在离心力的作用下大大地扩展自己的注意力到日本以外的外部世界，而随着年岁的增加，渐渐觉得"还是日本的古典文学好啊"，开始去读《源氏物语》《万叶集》。我这样说不是在讽刺谁，从某种意义上来说，这是很自然的事情。

比如说村上春树，很多人都说他年轻时受美国文学的影响很深，但我读他近期的长篇小说发现，《海边的卡夫卡》（新潮社，2002年，新潮文库）中有《源氏物语》，《1Q84》（1—3，新潮社，2009—2010年，新潮文库）中有《平家物语》。回想二十世纪七十年代初期村上春树的样子，再看看现在他身上会发生的这些变化，真是令人难以想象。如果把这种现象解释为村上春树随着年岁渐增也开始回归日本文化，他可能会不高兴，但我觉得，事实就是如此。

因为村上春树在国外待的时间较长，可以说他具有某种身在何处并不为人所知的类似于流亡作家的气质。其实，这种倾向不仅在流亡作家身上可以看到，住在日本国内的作家也是一样的。一方面是对于回归之处的向往，一方面是想要扩展到外部世界、拓宽视野的想法，而在这两种力量之间，也是有一个边界的——正因如此，那些要超越的东西，还有要守护的东西，这两个方面都会是问题。

我自己也是如此。年轻时候，作为一个专门做外国文学研究的人，很任性地觉得才不要做什么日本文学研究，要做就做俄罗斯的，不不，还是做美国的吧。就这样过来了。后来上了点年纪，在大学教授现代文学论，接收了很多来自其他国家的留学生，这样一来，还真是不能说"日本文学很无聊"这种话了。听利比·英雄先生说《万叶集》很棒，也就拿来读读看，这一看不要紧，我再次切身体会到了，日本在丁年以前就有了真的很棒的文学。走到这一步我花了三十多年的时间，经历了陀思妥耶夫斯基和福克纳，我才终于体会到，（不光是外国文学）日本文学也要更好地去研究才行。

很多日本作家到了晚年都会表现出这样的倾向，但也有例外，虽然很少。比如我很尊敬的作家安部公房①，他就一直到最后也没想要回归日本文学。晚年时他所关心的，倒是反传统的克里奥尔文化。他的这种姿态一直持续到了晚年，非常彻底，所以我一直都很佩服。利比·英雄先生也曾受到安部公房的影响，所以说，像安部公房这样的非日本式的日本作家，给现代日本文学

---

① 安部公房（あべこうぼう，1924—1993），日本小说家、剧作家，1951年凭借《墙》获芥川文学奖。

潮流的重要部分带来了非常重大的影响——这一点是不可忘记的。

关于语言的向心力和离心力

沼野：接下来我继续引用。

首先是约瑟夫·维特林，这是一位流亡到美国的波兰作家，今天引用的部分来自他的随笔集《流亡的荣光与悲惨》（1957年）。他的作品并没有被翻译成日语，所以在日本没有什么人知道他，不过请听，他说过这样一些非常有趣的话：

> 在流亡生活中，也可以观察到一种耐人寻味的现象，我想称之为"语言的回归"。那些已经忘却、在现在的生活中也不再使用的语言，就那么自动地回归到现在的意识里。

稍微跳过一部分，接下来他是这样说的：

> 那些语言，如影子，亦如亡灵，纠缠着作家们不放。不久后，这些影子开始拥有自己的生命，成为神话。凡流亡作家，无论他是谁，都大量地储存有这样一些语言的神话。到那时，语言的独特魔术开始在作家，尤其是诗人身上发挥作用。那是一种在日常生活中完全没有或者说几乎没有任何意义的语言所拥有的不可思议的魅力。而使用这个魔术，就是我们的工作。

约瑟夫·维特林的这篇随笔使用了大量的文学修辞，可能有一点难懂，他想说的是，在流亡者的生活中，有一天母语苏醒过来，并拥有了一种独特的力量。我觉得这里说的就是语言所具备的那种向心力。过去的语言如神话一般苏醒过来，它们吸引着流亡作家，并成为他们创作的源泉。

在日本文学界也有这样的例子。以现代作家来说，水村美苗女士就是如此。她在十几岁时去了美国，在美国生活了二十几年，还在那里读了研究生课程，英语说得非常漂亮。水村女士著有一本小说，名字叫作《私小说：从左到右》，该书打破常规，使用了横写的格式。这本书的设定是，一个可看作是在美国生活的水村女士自己的分身的人，跟她的姐姐在电话中互诉衷肠。两个人都是英语和日语的双语者，所以有时候会出现以下这种情况，也就是，聊天的过程中，如果出现了那种不说英语就较难表达的话题，她们就马上切换到英语，而接下来的一段时间，她们就那么用英语沟通。该小说的文本混杂了英语和日语，是一本双语小说。

听了这部小说的设定，您一定会认为水村女士是一位走出了日本的越境作家，听起来不太像典型的日本人。而实际上，这部小说表达的是愈来愈多的对日本的思念。一个人越过边境，来到异国的土地上，在他心中愈加浓烈的却是对日本的思念，对日本近代文学的思念。

水村女士并非一位多产的作家，但此后她也写了一本非常重要的小说，即《本格小说》（新潮社，2002年，新潮文库）。小说中满是日本对迈入现代社会的强烈憧憬，书里描述的那种感觉如此强烈，我甚至觉得居住在日本国内的人并不曾有过那样的情感。原本水村女士在她小说家职业生涯的处女作是小说《明暗续》（筑摩书房，1990 年，后来的新潮文库、现在的 tikuma 文库），在这部小说的创作中，她做了一个破天荒的尝试，续写了夏目漱石的《明暗》。相较来说，我认为《本格小说》是一个向心力的典型，即，正由于作者在异国生活了很长时间，才对日本文学抱有极为强烈的向心力。

接下来，我再朗读一段文章。约瑟夫·布罗茨基的随笔《我们称之为流亡的生存状态》，原文是作为一篇演讲稿写成的。布罗茨基 1940 年出生于俄罗斯，后来流亡到美国，1987 年获诺贝尔文学奖，是二十世纪后半期世界文学的代表性诗人之一。到美国后，他开始用英语写随笔，诗歌方面他也不只是用俄语创作，有一部分诗歌是用英语写成的。他极其重视语言的离心力。

> （前文省略）为何会如此呢？因为我们称之为流亡的那种状态的另一种、第五种真相是，它会很可怕地加快一个人通往孤独、通往那种绝对性视野中去的飞翔——或者说漂流——的速度。也就是说，留给这个人的仅仅是他自己本身以及自己的语言，在这两者之间，没有谁、没有任何东西介入，他就在这样的一个状态中漂流。平时要花一生的时间才能到达的地方，流亡可以在一夜之间带他到达。（中间省略）所谓的流亡者，就像是被装进胶囊后发射到外星球的狗或者人一样，就是这样一种感觉（当然了，与人相比，还是更接近于狗。因为此后，流亡者是绝对不会被回收

的)。这个胶囊,就是流亡者的语言。而为了使上述隐喻更加完整,我必须再追加下面这句话——乘坐胶囊的人不久后就会发现,这个胶囊并不会被吸引到地球的方向,而是被吸引到了地球的另一边。

这段描述极具文学性,可能不好理解,总之他想说的是,语言具有一种离心力,会不断地飞向外部的领域,这是语言原本就有的力量。而我的看法与维特林所说的向心力是明显不同的,我认为,语言原本就具备两种力量。在存在的层面,流亡者、越境者们就暴露在这两种力量之间的空白地带,在这样一个虽则不够安定,但也充满刺激的状态下,来直面语言本身。我认为,置身于这样的情景下持续进行创作,终将会开拓出一个新的文学世界。

《不着边际的故事》①:身处被动状态反而带来了自由写作的可能
沼野: 接下来,由于多和田女士还没有到场,我想对她提出的"exophony"这个词略做说明。

多和田女士出生于东京,毕业于早稻田大学俄语系,之后去了德国,一边工作一边在当地的大学学习,同时也进行写作。她同时用德语和日语创作,在日德两个国家都获得了很高的声誉。在日本,从群像新人奖到芥川奖、谷崎润一郎奖、野间文艺奖,

---

① 该书的日文名称为《雲をつかむ話》,多和田叶子著,2012年,讲谈社出版。中国尚未有译本。

以及这次的读卖文学奖（2013年第64届）等等，可以说主要的文学大奖她几乎拿了个遍。

多和田女士的作品在语言上具有相当的实验性，从这一点来说，她的小说并非是那种被人们当作娱乐性读物来阅读的大众性作品。与村上春树等人相比，她作品的出版量大约仅为他们的几十分之一或者几百分之一。但是，一部分读者对她的作品给予了极高的评价。我想在场的各位也了解，一个作家伟大与否并非是由他作品的出版量决定的。多和田女士的厉害之处在于，与在日本一样，作为一位德语作家、诗人，她在德国也占有重要的一席之地。她去德国已经很长时间了，但至今初心未改，还是以德国为自己生活和创作的大本营。

有时她也会回来在日本演讲，但平时她的生活与日本社会是保持着一定的距离的，而持续活跃在世界文坛，多是受邀到以德国为主的欧洲各地以及美国等国家演讲，或者进行诗朗诵的表演等。可能身在日本的我们不太了解这些，但其实她各方面的成就都是非常突出的，是欧洲最有名、评价最高的为数不多的日本人之一。自从以作品《失去脚踝》（收录于《三人关系》，讲谈社，1992年）获群像新人文学奖以来，多和田女士作为作家的经历也不过才二十年左右，现在就已获得了如此之高的荣誉，实在让人惊叹。

她有一本小说叫《雪的练习生》，是本次野间文艺奖获奖作品、她的最新长篇小说《不着边际的故事》（讲谈社，2012年）的前一部作品，被称为"北极熊一家三代的传记"，写得非常有意思。我对这部作品的评价很高，小说出版时曾与多和田女士就此对谈过……

啊，多和田女士到了。

（多和田叶子从讲台一侧的入口进场。沼野招呼她登上讲台。会场内响起掌声）

多和田：（面向会场）非常抱歉，我迟到了。昨天睡的时候大约是夜里十二点半，但一觉醒来已经是下午的一点半了。应该还是时差的影响，从我的身体感觉来说，现在这个时间大约才早上的八点半。

沼野：其实昨天晚上是读卖文学奖的颁奖典礼，多和田女士为了参加这次典礼刚刚回国，作为评委之一的我昨晚也跟多和田女士一起工作了。多和田女士，首先要恭喜您获得了读卖文学奖。

本次的获奖作品是《不着边际的故事》，那就先来说说这本书讲了一个怎样的故事吧。这部作品，怎么说呢，有一种顺藤摸瓜的感觉。作品采用了联想引发联想的形式，我感到其中流淌着一种移动和联想的强烈感觉。

多和田：以前我写过一本书，叫作《犯罪嫌疑人的夜行列车》（青土社，2002年）。那时我曾想，就根据自己以前乘坐夜行列车的经历来写吧，但夜车嘛，是晚上跑的，外面黑漆漆的，什么也看不见，什么也不会发生。所以也想着说，大概什么也想不起来吧——但就这样开始写。但一旦开始之后，情况跟预想的正相反，记忆中那些空白的部分刺激了我的想象力，很多想写的东西奔涌而出。怎么说呢，有点像是顺藤摸瓜。有了这一次的体验后，在写《不着边际的故事》时，也像顺藤摸瓜一样，先是有了个想法是想写一写自己到目前为止所接触过的罪犯，继而，在写的过程中又开始思考"罪犯"是什么，后来又意识到，从根本上来说"犯罪"这个概念才是问题……就这样，暂时就先从记忆中那些自己直接接触过的人开始，原封不动地按他们的样子开始写，哦，说"原封不动"可能不完全准确，总之就开始写了。——当时的创作情况就是这样的……所以，在《群像》杂志上连载时，并不是所有的章节、一直到最后一章的内容都计划好了后才开始写的，那时我想的是，就一个接一个按脑海中出现的顺序写下去吧。所以在写的过程中我的感觉是，写完了的就没法再改了，只有继续写接下来的内容。书中穿插的那些逸闻，几乎都是现实中发生过的事情，当然这样说也不全面啊，但可以说的是，虚构的部分是保持在百分之十以下的。小说中登场的罪犯，几乎都是现实中我实际有过接触的。

沼野：虽然与众多的私小说不同，但这部小说也在相当大的程度上加入了自己真实生活的体验啊。多和田女士经常收到来自世界各地的各种机构的众多邀请，每天的日程一定非常繁忙。在这种情况下写连载小说，又不能天天伏案专心创作，我想可能很大一部分需要在移动的旅途中写作。阅读时似乎也能感受到某种创作过程中移动的感觉，小说也给人一种从一个联想到下一个联想流动的印象，而这种感觉与故事的内容又非常匹配。现实中您创作时是一种怎样的状态呢？

多和田：一般来说，当时正在写的故事内容或者故事中出现的国家，常常与自己现实中所在的国家是不同的。如果一致了，可能我反而会感觉不舒服。（写作和现实中的旅行）就像总是在同时进行着两种不同的旅程。不过在我来说，怎么说呢，只有在有人邀请的情况下我才会出去旅行，而邀请我去的那个国家里，无论它有多小，一定是至少有一个人读过我的作品，而这也是我去到那里的缘由。所以，我自己的作品以及我作为一个作家的创作活动，就是我旅行的向导。《不着边际的故事》也是如此，因为写这本书的缘故，我置身于了一个可以接触到罪犯的场景中。若一开始不写东西，就不会与那些人相遇，由于写了一些文字，从而得以与他们相遇。或者说，写作这件事情，成为了我与他们相遇的缘由。因此，自己为何会去到那个地方，自己作为一个身在国外进行创作活动的作家的履历，等等，这一类的东西都写进小说里了。

沼野：《犯罪嫌疑人的夜行列车》我也很喜欢，作品是在流动中、移动中写成的，故事展开的方式也很自由，而这次的《不着边际的故事》呢，则在这些特点的基础上又加入了一些个人的经历来推动故事情节的展开。对《不着边际的故事》我也写了自己的评论，在这里读一下其中的几行。

> 多和田叶子所著长篇《不着边际的故事》讲了一个这

样的故事。主人公与作者本人有几分相像，也住在德国，由于一位"罪犯"的突然造访，一些事情发生在了她的身上，而以此为契机，她顺藤摸瓜，不不，是顺着"云彩"摸瓜似的，她回忆起了从前各种各样的记忆，并开始讲述这些记忆，一直到现在。多和田特有的语言上的实验性，移动和摇晃的感觉，还有如云朵一般自由而流畅的叙述语言本身所透出的那种可笑与不合理，所有这些因素相得益彰，使得该小说成为多和田创作生涯中的一篇非常成功的作品。

在作者面前说自己的评论，我这是班门弄斧了，多有得罪啊，不过这就暂且不提。总之呢，放松而不紧绷，在移动的过程中不停地写下去——这就是多和田女士的风格。您几乎不会在她身上看到那种逞强自负的样子，就像在说这是我"最好的杰作"似的。反而，由于是自由自在地书写，相应地，她才得以创作出最好的作品。那么，您自己会感受到成就感吗？还是您是属于哪种类型，比如说这一部写完了，马上就开始考虑下一部作品写什么？

多和田：写《不着边际的故事》时，我也丝毫都没有那种要写一部巨著的企图，真的是处于一种被动的状态。就跟旅行一样，有人邀请，就什么也不想就出门了，我没有那种想法说自己要去什么地方搞点什么大事情。我感到，被动的状态是可以带来自由的。刚才您夸我的这部小说有很多的设计，我是很开心的，但是说设计的话，可能会让有的听众觉得，是作者有意识地设计了这些情节然后把它们写出来。但其实我创作的过程并不是这样的，这本书里面，凡是可以成为意识考虑的对象的那种小设计全都去掉了，真的是把肩膀上的力气全都放下来，放松，让自己成为无一物的意识本身，带着一种就像坐在那里冥想一样的心情——这样说好像也有点奇怪，但那种精神状态确实就像只是呆呆地坐着，看着天上的云朵飘来飘去，然后看看会有什么东西出现，出现了就捕捉住它——怎么说呢，云彩当然是捉不住的，那就写它的那种不可把握之处——就是这样的一种感觉，一直写到最后。结束的时候是很开心的，觉得这下子终于写完了，可算抓住它的尾巴了。写到中间的时候，福岛发生了核泄漏事故，这个故事也就走到了它的终点，这才好像是完成了一部作品，但如果那时什么也没有发生，可能一直到今天还在写。

沼野：小说跟人生是一样的。从某种意义上来说，如果这世界上存在一本既没有开始也没有结局的小说，想想也不错呢。

在我自己之外还有一个我的意识，有时它会看着这个我发笑

沼野：与《不着边际的故事》相比，《雪的练习生》被称为是"北极熊一家三代的传记"，故事性很强。在刚才我说的上一次对谈中，多和田女士曾经讲过这样一句让我印象深刻的话，她说："我花了二十年的时间，从狗的事情一直讲到熊的事情。"这是什么意思呢，其实多和田女士的初期代表作有一部是《入赘的狗女婿》（讲谈社，1993年，讲谈社文库），有动物的形象出现在其中的某些重要情节当中，非常有趣，后来她又写了被称

作是"北极熊一家三代的传记"的《雪的练习生》,同样也有动物出现,而这两部作品前后隔了二十年。

《雪的练习生》这部作品,不仅具有极强的故事性,书中还描写了历史洪流的变迁,作为故事的前提,还详细描述了加拿大、东德、苏联等国家的国情。在这一点上,该小说具有某种现实主义的,或者说历史小说的特点。特别是关于东德的部分,这一特征非常明显。从这个意义上来说,此前人们提及多和田女士的作品时,多是强调其语言上的实验性这一侧面,但说起来这是一部历史性画卷与语言意识层面的东西互相交错在一起的作品,它使得多和田女士在自己的小说创作方法上打开了崭新的一页。我是有一种这样的印象。与《不着边际的故事》相比,在写《雪的练习生》时,您的创作态度是不是非常不一样?

多和田:您提到了熊和云①,而抓到一只熊和捉住一片云,手的触感是非常不一样的。抓到一只熊时,手上会有一种实实在在的感觉,其实在写这部小说之前,我就很喜欢白熊克努特②,收集了各类关于它的很多信息。这个过程中,发现母熊多斯卡与东德的关系非常有趣,想着那就写一部两代白熊的传记吧,后来偶然

---

① 《不着边际的故事》,该书原文的日语名字为《雲をつかむ話》,直译是"捉住云彩的故事","雲をつかむ"是日语中的一个惯用词组,直译是"捉住云彩",意为"不着边际"。这里多和田说"熊和云",分别指的是《雪的练习生》和《不着边际的故事》两部作品。

② 2006年出生在柏林动物园的一只北极熊。由于母熊多斯卡拒绝抚养刚出生的这只小熊,因此它是靠人工喂养长大的。它的样子不仅在德国国内,而且在全世界范围内都引起了人们的喜爱和关注。2011年去世,约两年后的2013年2月,其遗骸作为标本展示于柏林自然历史博物馆。

在某个研讨会上听到有人发言说,三代传记是当今移民文学的一种模式,我就想,这个有点意思。首先是第一代的移民体验,接下来是第二代的体验,然后是作为作者的第三代是如何看待这一历史变迁的,这样分三个过程来描述移民体验。于是我又开始写多斯卡的母亲,也就是克努特的祖母的经历。但是人们对这只熊祖母一无所知,也找不到资料,所以我决定创作一个虚构的故事。关于多斯卡我查了很多资料,关于克努特,则是根据刊登在杂志和报纸上的信息写成的。刚刚就在昨天(德国时间2013年2月18日),历时两年的克努特的标本制作工作完成了,它的标本展示在了柏林自然历史博物馆。有相当多的人跑去参观,甚至有人担心会引发集团性的歇斯底里事件。

沼野:在场的各位听说过克努特的故事吗?这是一只熊,出生后熊妈妈放弃了对它的抚育,这引起了德国公众的关注,日本对此也有过很多报道。后来这只熊取名为克努特,深受人们喜爱,但最后还是死了。

多和田:在日本,克努特只是作为一只可爱的白熊而被报道的,对吧?这点在美国基本上也是一样的,但是德国的相关报道就涉及了各类政治问题。克努特的妈妈多斯卡为何会不喜欢自己的孩子呢,那是因为它在马戏团工作的过程中失去了母爱等等,类似的说法就登在报纸上,说得像那么回事似的。我呢,原本就对社会主义和马戏团这一话题感兴趣。多斯卡的一生,确实是历经了二十世纪八十年代末苏联解体以及德国的统一。此外,白熊与环境问题也有关联。若全球持续变暖，北极地区冰雪消融，那么北极熊将无法生存。因此，在德国媒体报道中克努特还曾经被当作是环境保护的象征，我隐约记得自己看过一张它跟德国的环境部长啊还是谁一起握手的照片。所以这就深刻地反映了，在这个世界上，就连一只白熊也是无法脱离历史而生存的。此外还有，动物园本身也是处在资本主义社会的竞争当中，也会跟其他公司一样需要大量的经营费用，会把动物打造成明星，售卖与克努特有关的周边产品，有时候还会出于经营方面的理由买卖动物。白熊克努特的生命，与以上各种各样的问题是紧密相关的，所以我才不得不去书写历史的话题。或者说，写白熊，就是写历史。

沼野：原来如此。《雪的练习生》确实是这样的，一方面，它直面了现实与历史的关系这一重大问题，同时从文学手法上来说它也极为有趣。多和田女士的每一部作品在语言的使用方面都具有敏锐的意识，就这部小说来说，如何用语言来表达熊的意识，又如何描写与熊接触的人们的语言和意识，这些部分都非常有趣。一般来说，对于使用了实验性创作手法的作品，读者会感到很难懂，跟不上作者的思路。但这本小说呢，一开始可能确实会有些困惑，但如果您跟上了故事的节奏，后面的内容就会让人感到惊险而刺激，读来很是过瘾。小说的字里行间都透着一股幽默劲儿。不管怎么说，站在熊的立场上来看、来表达对这个世界的观感，那它跟人类的视角总是会有所偏离的，画风会变得很奇怪，这样一来，幽默感自然而然地就生发出来。这种幽默感是您有意设计的吗？

多和田：没有，《雪的练习生》里的幽默感，不是我刻意设计的。它写的是熊的故事，同时也是一个关于移民的故事。当人们接触到另一种新的文化时，总会有各种误会产生，虽然有很多事情是笑不出来的，但也确实经常会有一些让人忍俊不禁的事发生。不光熊是如此，我自己也是一样的，比如说第一次看到烟熏三文鱼的外包装时，就感到很别扭。

沼野：有一个词叫"异化"，当我们持有另一种立场，对那些大家都认为是理所当然的事情没法持同样看法时，就会觉得有些奇妙、魔幻，同时又感到很好玩。

多和田：是的。虽说这个世界已经全球化了，但人在旅途中，还是处处都会遇到自己不懂的事情。店里，厕所里，房间里……处处都会遇到。想开窗的时候打不开，想用水的时候水管不出水，没有电开不了门锁，等等，您会遇到各种各样的事情。为了解决问题，要辛辛苦苦想各种办法，有时也会束手无策倍感无奈，时而又为此生气不已，但就我自己而言，每当这种时候，在与自己隔开一点距离的地方还有另外的一个自己在笑，也就是说，我并非只是在生气。而一般来说，我总是会被吸引到好笑的那一面。我觉得这是一种健康的移民似的感觉。

沼野：是啊，如果没有一个出口可以笑一笑，人是活不下去的。但是，如果彻底习惯了这一类事情，往往就见怪不怪，知道是怎么回事了，也就放下不管了。当一个人还能保持初心，仍然觉得这些事情有趣，他的这些经历可能就会变成文学。

我也是如此。刚去美国的时候我遇到过这样一件事。有一次我想去寄信。美国的邮筒是蓝色的，所以先就吃了一惊，脑海中我劝自己说这就是邮筒，等我要把信投进去时，邮筒盖又打不开，信投不进去。我很无奈，但又不好意思问别人"我怎么才能把信寄出去"这样一个傻问题。那时候年轻嘛，脸皮薄。后来是怎么解决的呢，我就站在邮筒旁边，样子像在等人一样，一副若无其事的表情，等着别人来这个邮筒寄信。终于来了一个人，我就悄悄地观察他投信的样子，才终于明白了，原来啊，打开这个邮筒盖不是靠推，而是要往自己这边拉的（笑）。"推不动的话就拉一拉"，这话说得有道理啊。就是这样，当我们接触到跨文化的环境时，会遇到很多这样的小波折，要是每一件事都生气的话，真就活不下去了。还是笑一笑比较好。

多和田的两种创作方式

沼野：我认为，多和田女士的小说大概来说可以分为两个系列。一种是像《犯罪嫌疑人的夜行列车》《不着边际的故事》，在一种移动的感觉中，把移动本身作为写作的主题，《旅行的裸眼》[①]（讲谈社，2004年，讲谈社文库）也是这样的。还有一种是把某种故事性的建构作为主题。您是有意识地把两种系列当作了自己创作的方向吗？

---

① 日文书名为《旅をする裸の目》。目前国内没有中文版。

多和田：在我自己这里，这两个系列是连在一起的。

白熊的故事里也并不是没有移动，历经祖孙三代，白熊家族其实经历了一个非常大的移动。当然并不是那种每天都在进行的移动，而是停留在某个地方，比如说在马戏团工作，这样的。所以，它们过的不是移动生活，而是一种定居生活，就是马戏团舞台上的生活。而所谓舞台上的生活，意味着什么呢？这又是另外一个主题。《犯罪嫌疑人的夜行列车》里，虽然移动中的主人公是一个舞者，但关于他的舞台生活我在书中丝毫没有涉及，写的只是他在移动过程中经历的事。

似乎处在移动中，但又一直停留在某处的那类作品，有《修女与丘比特之弓》（讲谈社，2010年）。小说里那个在修道院生活的解说者，并不是在本地出生的，更不是几代人都定居于此的本地人的后代，他只是出于偶然的机会来到了这个修道院暂居在这里，并观察着那些定居的人们。所以，即使停留在这里，他也是处在一个旅人的立场，或者说是舞台艺人的立场。那么，这里多写一点内容，小说的故事性就强了，而这在一定程度上也反映了我自己的生活方式。我也是时常处在移动中，有时也会在某个国家的某个大学的职位上停留一段时间。像现在生活在柏林一样，我也会在某个地方住一段时间。但并不是永远都住在那个地方，还必须再次移动。就像上面说的那样，写一个故事时，有时候我会把重点放在暂时停留在某处的这个部分，有时则会把重点放在移动的部分，可能会有这样的区别。

沼野：《修女与丘比特之弓》也是一部耐人寻味的作品。故事发生的舞台是女修道院，这是一个有着清晰边界的空间，而小说的后记中则写到其中有一个人去了美国，所以最后还是留了一个打破闭锁空间的设计，可以说，是这一设计成就了这部作品。

在这里我想问的是，最近您的小说《飞魂》作为讲谈社文艺文库出版了。这也是本很棒的书，我建议大家都来读一读。不过呢，仔细想来，我觉得这一作品的设定跟《修女与丘比特之弓》非常相像。《飞魂》里故事发生的时代和地点都是不明确的，但因为书中好多人物的名字是汉字，所以很多读者认为可能是在中国，但这其实是一个虚构的世界。故事发生在一个有老师有很多学生的类似于书院一样的地方，这一点也与《修女与丘比特之弓》中把修道院作为故事的舞台一样，两者的基本结构是相同的。还有一点也是相通的，这也是多和田女士经常采用的手法了，就是人物的名字会用一些独创性的汉字。就连《修女与丘比特之弓》也是一样，故事明明发生在德国，里面的德国人却都有一个汉字的名字——小说是这样设定的，说主人公每遇到一个德国人，都会想这个人可能是这样的名字吧，她想象的这个名字就成了小说中德国人的名字。

就像这样，这两篇小说是有一些相通之处的，但是在《修女与丘比特之弓》中，出现了一个与现实中的多和田女士很相像的人物，这一点与《飞魂》不同。所以我想问的是，在写《飞魂》时，您是否有这样一种强烈的想法，就是，撇开现实而只依靠语言来创造一个故事的世界呢？

多和田：《飞魂》写在《修女与丘比特之弓》问世的十几年前，那时我从来没想过有一天自己会有机会在某个修道院暂住一段时间，所以确实是只凭头脑中的想象写出来的。以前在重读《论语》时，我就想，孔子和他的弟子们每天总是在一起的情形是什么样子的呢。对此念念不已。暂且不论老师和弟子们是否真的住在一个地方，他们不是一家人，却总是在一起一边吃饭一边互相谈论哲学问题——我对这种生活方式很感兴趣。

于是，我就在自己的想象中虚构了一个架空的世界——当然我笔下的是一个女性的世界。写的时候我完全没有想过在这世界的某处还有一个修道院与之相似，而写完的时候，我的脑海中已经有了这样的一个地方了，所以当后来接到一个邀请问我要不要去某个修道院住一段时间的时候，我马上就答应说我去。而实际上到了修道院以后我也感到，自己从前写的小说已经提前为我准备了一个认识它的容器了。并非是有了某种体验后再将其写成小说，而是先写了小说，才可能在后来的人生中体验到那些——这个过程与通常我们所认为的很不同，但或许，可能也是有的。

有过翻译经历后才明白的事

沼野：刚刚我们以近期的小说为中心请多和田女士谈了一些有关她创作的事情。多和田女士作为一位作家从事文学创作，已经有二十多年的时间了。在她的初期随笔中写道："我不相信什么美丽的日语、美丽的德语这一类的东西。倒不如说，我会继续在这两者之间的沟壑所在之处进行一些语言上的探索。"但是在这个过程中，我觉得您自身也发生了一些变化。德语（虽然是外语，但您）说了二十多年，可能它那种外语的异质感也完全消失了。这样一来，在德语和日语之间的沟壑之处耕作的那种感觉也当然就没有了吧。

多和田： 嗯。我觉得这是随时都在变化的。比如说，当您习惯了某种语言，就会有这样一个不好的习惯，就是，会用很多没有什么实际意义，但不知道为什么就会加进来的一些没用的词。比如刚才说的"我觉得"，就正是这样一个例子。

所以就会出现一个问题，怎么样才能把这个坏习惯改掉呢？表达的时候，我尝试只是用那些有实际意义的词语，而不是任由"那个啊""呃……""对啊"等等这种没有意义的词变得越来越多。说到德语呢，由于我是外国人，所以刚开始的时候不太会有那种危险，就是说，很少在话语中插入无意义的词语。但是，随着我的德语越来越熟练，说话时无意义的词也用得越来越多。为了改掉这个毛病，我也在做各种尝试。

还有呢，最近我发现，用德语写文章的时候，类似"谁谁这样说了"这样的句子中，"说了"这个词出现得太多了，这让我觉得很是厌烦。用日语写的时候是不需要这样的，只有用德语时才会出现很多"说了""说了"，所以现在我多了一种新的烦恼，就是，德语中要避开"说"这个动词的话应该怎么办。

为什么日语就不存在这个问题呢，我仔细查了一下自己写的东西，发现日语是这样的，您不用写出来是谁说的，读者也会知道是谁说的。看句尾就明白了。但是这也带来一个问题，比如说在描写女性和男性的对话时，如果把女性说的那句话的句尾设定为女性用语，读者就会知道哪句话是女性说的，这样一来，我就会在创作时以超过现实中实际情况的频率过多地使用女性用语。我自己在实际生活中不会使用女性用语，但小说里的女性们说起来"是的呀"① 这类的话都很自然平常。

读了《女性用语与日语》（中村桃子，岩波新书，2012年）后，我就有了如下的疑问，就是，明明现实中的女性并不会那样说话，但为什么到了小说中女性就会格外多地使用那种尽显女性特点的说话方式呢？一般来说，小说中的对话看起来似乎是非常真切地描写了现实中的状况，但实际上小说家是从小说中学习语言并写作的。我觉得，把此刻在自己的周围正在发生着的对话放到小说中去，其实是一个非常难的工作。以前有一位编辑对我说："多和田女士笔下的女性，说起话来用很多女性用语啊。"当时我心下一惊。可能我就是一心想避开"说"这个词才会这样的。我是这样认为的，也在反省……

沼野：同样的事在翻译的过程里也是有的。如果做翻译的这个人是男性的话，在无意识的欲望中，可能他会想让作品中的女性使用那些女性化的词语，有时候会让她们用那种旧式的、很淑女的说话方式。比如说"哎呀，人家好讨厌的啦"② 等等，会出现这样的说法。而现实中呢，在现在这个社会，就我身边的女性而言已经没有谁是这样说话的了。也就是说，小说语言与现实中人们

---

① 原文日语是"そうよね"，女性化用语，意为"是呢""对的"。
② 日语原文为"あら、私、そんなこといやだわ"。其中的语气词"あら"、句尾的"わ"，在日语中结尾明显的女性用语，句子整体结构也非常女性化。

实际使用的语言是偏离的,小说确实是如此,如果男性和女性说话方式的差异(在句子中)能明确呈现的话,"他说了""她说了"这样的部分没有也可以。

多和田女士的作品中,有的日语小说是有意识地模糊了主语是谁,像《雪的练习生》的开头部分的写法,读者是分不出说话的主语是熊还是人的,连续几页都是如此。用德语写的话,就没法这么处理了,是吧。

多和田: 是的。现在我正在做《雪的练习生》的德语版,一开始就遇到了这样的困难,就是说,我也想跟日文版那样,小说开头的部分使用那种让读者看不出主语是人还是熊的写法,但在德语中,主语是人还是动物,所用的单词是不一样的,所以必须得确定下来主语是什么。比如说"手"的时候,人类是有"手"的,对动物就不用"手"这个词。

沼野: 如果用描述动物的"手"的词语来表达人类的手的话……

多和田: 那样的话,听起来就像在说人的坏话了。当然也能用,但除了开玩笑,或者当笑话说一句"快洗一洗您的前爪"之类的情况外,是不用那个词的。

那怎么办呢,我想了一个主意,把表示人类的"手"的"hand"和表示动物的"手"的"pfote"这两个词合起来,造了一个新词"pfotenhand",这个词用了一段时间。但是后来,在推敲的过程中我也厌倦了，想着干脆就用表示人类的手的单词"hand"算了，正在这时候，我把这事跟一个德国人说了，他说"pfotenhand"这个词非常可爱，所以我又不那么烦躁了，放松下来。所以该用哪个词，到现在我还在犹豫。

我写小说都是要来回反复读几十遍不断加以推敲的，这个过程中会经历各种不同的阶段。有的地方，在最初的阶段会觉得这个句子一定要这样写，这个句子必须得是这样的，但整体通读几遍之后就会到达第二阶段。在第二阶段，有时会在某一个时刻觉得，这个部分是不需要的，删掉也可以的。还有的地方是这样的，就是，在最初的时候觉得自己并没有什么好的想法，也写不出什么，但可能到后来就会觉得，那些太过清晰明确的想法，就算舍弃掉它们也没什么的。所以，有时最后的成文是非常简洁的。这种简洁是不断舍弃的结果，而那些舍弃掉的部分，则以一种不为人知的方式默默地造就了作品的样子。

沼野： 刚才听您说《雪的练习生》正在翻译成德语版本，那么预计是在什么时候完成呢？

多和田： 马上就要完成了。与其说是翻译，不如说我当初想的是用德语把同样的内容再写一遍，但这项工作开始后，还是遇到了很多矛盾。这些部分，我就重新参考日文版写一写或者改写一下，在这个过程中，德语的这部分内容跟原书渐渐一致起来，现在就说是翻译也没什么好惭愧的了。而在我最初的设想中，就算最后成型的德语版是一个完全不同的故事也没关系的。

沼野：这真是很有趣啊。一般来说是相反的，就是说，想把它翻译一下但不是很成功。因为，虽说是自己的作品，但翻译也并不是简简单单就能完成的。

多和田：我呢，是想进一步扩展德语本身的可能性才这样做的，所以哪怕最后的结果变成了原文的翻译——当然，这个过程是否可以算作狭义上所说的那种翻译，我并不太知道——但我觉得，一般来说，由作者自己来翻译自己的作品并不是一个太好的做法。

沼野：是的。很少听到成功的例子。

对了，刚才您说的有关句子主语的问题，是一个根本性的语言问题，理论性太强了，平时很少会去想，但如果做翻译的话，其实始终都会为这一类的事情所烦恼。主语是一个很典型的例子，除此之外还有很多细节方面的问题，说起来就没完没了。名词也是这样的，像日语中"手"或"脚"这类词只是一个名词，但在德语或英语当中，会有单数和复数的不同，前面要不要用定冠词等问题，平时我们用日语写东西时，因为是母语，所以在这方面不会考虑得那么仔细，但如果要把它翻译成德语，这类问题就得重新加以考虑，大概这个工作是必不可少的。

多和田：日语句子没有主语也没关系，所以在以第一人称为主人公的日语小说中，哪怕"我"这个主语一直不出现，也能写成一部第一人称小说①。很自然地就写出来了。但是德语句子没有主语是不成立的，所以这种日语小说在翻译成德语时，为了方便就需要频繁地使用一个相当于日语中"我"的意思的单词"ich"。然后文章里就有了大量的"我"，写出来的文章感觉上也像是过于在意"我"这个词了。但实际上，在德语中"ich"这个词并不是单独存在的。在原本就用德语写成的那些文章里，"ich"会在与其他的词语的关系中有一个自己的位置，并不会太出风头，但如果是由日语翻译过来的话，就会出现太多的"ich"。这让我烦恼不已，心里就有一个疑问说，这个不过只是意为"我"的德语词"ich"，到底是何方神圣？这妨碍了我继续写下去。这种情况怎么处理呢？有时候我会把它变成一个被动句，或者在语法上做各种调整，但能做的其实很有限。

翻译需要时间和精力

沼野：做翻译时我经常会遇到这样的问题。如果太拘泥于原文，翻译出来的文章就会很不自然。所以，能在多大程度上脱离原文，也是一个很大的问题。您作品的翻译，初期是由德国人做的，现在多是由您自己来做吗？

多和田：没有，我自己做得不多。以前我曾把自己用德语写的东西翻译成日语，但把自己写的日语小说翻译成德语，这还是第一次。这几乎是一件不可能完成的事啊。但也正因如此，我觉得似

---

① 在日语的表达中，第一人称的句子通常会省略主语"我"。

乎自己可以做到一点，就是——进一步扩展对我自己而言的德语的可能性。

沼野：《波尔多的义兄》①（讲谈社，2009年）是德语版和日语版同时写的对吗？

多和田：不，是先写了德语版的。

沼野：《旅行的裸眼》呢？

多和田：那本是两个语种同时写的。《为了变身的鸦片》（讲谈社，2001年）是德语版在前，与《波尔多的义兄》不同，是用德语写成的，而且写的时候我完全没考虑日语的问题，所以在翻译成日语时费了不少劲，可能翻得也不好懂。《波尔多的义兄》则虽然是用德语写的，但写的过程中并非一点都没有考虑日语的问题，所以在翻译成日语时就很轻松。

沼野：该作品中汉字的使用方式让我印象深刻。日语版中用了镜文字②，也就是把汉字左右反转了一下印刷出来，德语版则没有这样做，是为了照顾德国读者的阅读感受吗？

---

① 日文书名为《ボルドーの義兄》。目前国内没有中文版。
② "镜文字"，这里指的是将汉字左右反转印刷。将文字映现在镜中，即可看到原本的汉字。

多和田：这个是的。德语版中也用了汉字，汉字在小说的每个部分都会出现一下，看起来像题目一样，但德国的读者们几乎没人能看懂。那些汉字，谁看了都会知道是文字，但看起来又像图画，所以人们就会有一种想法说，这个是我"看不懂"的。在这本书里有一些东西是我看不懂的——我认为这个感觉很重要。我觉得，作品中有一部分内容是读者看不懂的，这样的书才有魅力。

沼野：但是，德语版本中的汉字并不是左右反转后的样子，也就是说没有采用镜文字的方式。

多和田：是的。不管是镜文字还是原本的汉字，对于完全看不懂汉字的人来说都是一样的。

沼野：读日语版的时候，我曾拿出了镜子，用它照着镜子读。是一种很有趣的读书体验。也很惊讶，明明原本都是自己非常熟悉的简单的汉字，但只是左右反转了一下，就变得这么难懂了。
　　现在谈的是翻译的话题，所以我想再问一个问题，比如说，您没有想过要翻译其他的德国作家的作品吗？比如说多和田版的卡夫卡，或者多和田叶子译《浮士德》等等。

多和田：以前是没有这样想过，但在大家的说服之下，接下来我会翻译卡夫卡的《变形记》。我是很喜欢做翻译的，因为翻译过程中会有各种各样的新发现，可以学习到很多东西。但是呢，一想到最后要让人家来读自己翻译的东西，就觉得过意不去。

沼野：估计人们读到的就不会是那种司空见惯的翻译了，如果由多和田女士来翻译的话。

多和田：读的人可能会消化不良、肚子痛吧。要是因为太好笑了而笑到肚子痛就好了。说心里话，我自己是想把卡夫卡搞成那种图像式的、令人难以读懂的翻译的，但这个呢，只把它当作我自己一个人的收藏品悄悄放在抽屉里就好了，而用于出版的日语译文呢，我想要达到这样的效果——当发出声音把它朗读出来的时候，旁边的人忍不住会支起耳朵一直听下去。这个我已经译完了一部分，并在去年（2012年）11月份于东京的剧场TheaterX举行的朗读会上读了它。

沼野：按一般常识来说，在一个作家的心目中他自己的作品才是最重要的，不会想把精力花费到其他事情上。而且，多和田女士一直在用日语和德语持续创作。一般人是做不到这一点的，这本来就已经很了不起了。所以，用双语写作，再把自己写的东西翻译成另一种语言，可以想象，这是特别耗费时间和精力的。除此之外，还要去翻译他人的作品——您是怎么分配自己的精力和时间的呢？

多和田：哎，翻译真的是很费时间，也耗精力，所以我可能很难持续做下去。卡夫卡的书我就翻译这一次，写自己的小说就已经够忙的了，在这之外再做翻译，我觉得自己没有那个精力。

但去年在澳大利亚，我遇到一位来自俄罗斯的流亡诗人，他说自己每天早上四点起床，先做几个小时的翻译，然后再写诗。原本用来打坐的时间，现在用来做翻译了。我听了很是羡慕，可我是那种下午一点半才会睡醒的人，要我早上四点起床是根本不可能的。

哈姆雷特之海（Hamlet No Sea）

沼野：那么，可以让我们听一听您的朗诵吗？

多和田：我给大家读一首短诗吧。在我心里，这是一首很特别的作品，前年（2011年）的10月29日我在加拿大的维多利亚，捡拾一些语言的碎片描绘了自己当时的心境。我英语并不好，但被英语圈的各个国家邀请去参加活动的时候，大家会用英语问一些有关我作品的问题，我也必须用英语去回答，这样的事情每天都在发生。这样一来，我就觉得——我只有通过英语这门语言才能与外界相连接。此外我还有这样一种感觉，就是，同样是在北美地区，越靠近太平洋沿岸，就离日语越近，德语则渐渐远去。这首诗就是在这样一种语言环境中写下来的，里面没有德语，取而代之的是我引用的莎士比亚的一点内容，其余则是日语。本来说英语的时候我是会感到有一点别扭的，但是，当把"to be or not to be"用"トべ"① 这样的日语发音读出来的时候,不知道为什么一下子就舒服了。为什么我要特意这样去做呢,因为,"一个地方特有的乡音"是连接游子与他的母语的纽带。就如一个游子,他侧耳倾听着异乡的语言,用自己的舌头发出它们的音节,而在不经意发出的乡音里,则有母语留下的身影。想念着远方的乡音,想起自己乡音所在的地方正处于危险当中,想起为孩子们吃饭发愁的母亲,不吃饭人是活不下去的,而若让孩子们吃了,又很担心——就这样为此烦恼不已的母亲。在想到这些时内心所感受到的触动,该如何将之作为一种声波上的震动、作为一种语言,传递给此刻自己周围的人呢?

(以下为多和田的诗朗诵)

Hamlet No Sea

飞吧、飞吧、鹰②、飞吧、鹰、飞吧③
应该飞吗,还是不应该飞
not be,还是,or
not to be

---

① 这两个假名的日语发音的罗马字母拼读为"to be",与英语的"to be"写法相同。——译者注
② 原文用词为"トンビ",其日语读音的罗马字母拼读为"tonbi",与英语"to be"近似。——译者注
③ 日语原文为"飛べ",是动词"飛ぶ"的命令形,意为"飞吧"。这里需要注意的是,其日语读音为"to be",与英语"to be"读音类似。——译者注

这是问题吗

您说吃吧①，我也没法吃

这才是问题、que·stion

那里写着 福岛的蘑菇

能·吃的话，我也想吃了您

快把我吃掉吧

别吃、没有、没有啊

吃吧、吃吧、question

能吃吗

这是福岛的西红柿、福岛的圆白菜、福岛的白萝卜

上面用菜店的马克笔写着

吃吧、不能吃、question

That is the question Whether 安全还是危险

虽然危险但是健康的 不 虽然安全但会致病

已经调查过了所以是安全的，用数字写成的安全，眼睛里的血管的红灯，崭新的，在意识中 in the mind 包含的苦恼，suffer 断断续续传来莎士比亚，从海的另一边，被污染的海的另一边。为什么要与大海为敌，随便就把死带到大海里，死的、不死的、死、agaist a sea of troubles. 福岛的 to die: to sleep; No more; and by a sleep to say we end 我们听不懂大海的语言，它在说就要无法呼吸了，还是在说自己仍然

---

① 日语原文为"喰え"，是动词"喰う"的命令形，意为"吃吧"，这里需要留意的是其日语读音为"ku e"，与英语中"question"的"que"读音类似。以下中文译为"吃吧"处同样。

还能为人类奉献，如果能跟大海对话，and the thousand 今后要痛苦千年直至千秋万代，natural shocks 无法再为自然奉献 shock 侧耳倾听，哪怕听到的只是语言，从波浪之间收集起来、写下来，To die, to sleep 不要睡去，吃吧、吃吧，question of、死①、死，莎士比亚。

（会场听众席传来掌声，满是惊叹。稍停一会儿后）

多和田：……这首诗呢，即使是不懂日语的人，听了这个朗诵也能隐隐约约懂一点吧，我写的时候是这样设计的。不过，与其说是听懂了，可能不如说是声音的震动传递过去了。这是为了耳朵而写就的表演性文本，所以并没有在杂志上发表过，不过最近我在好多国家都朗读了它。这种情况下，我把一个文本抛给听众，而一位又一位的听众则把自己断断续续听到的那些能理解的单词连起来，并在自己的头脑中构成一个意思。这样一来，有多少听众，就会有多少首诗，同时由于大家都坐在同一个房间里，所以也会产生一个印象，就是——大家在一起，同时感受到了某种同样的感觉。刚才这首诗，我是一边想象着这种多语种朗读的场域可能会出现的情景，一边写下来的。或者说，写作和旅行本来应该是交替进行的，但这个交替的速度太快了，这两件事就变成一个了。

---

① 日语"死"的日语读音为"si"，"莎士比亚"的日语读音为"sye ku su pi a"，这一句的日语原文读音为"si si sye ku su pi a"。

沼野：谢谢。刚才的这个文本，如果只是用眼睛追着看文字的话，是会有很多地方看不明白的。确实如此啊，不在现场听的话，就感受不到它那股动人心魄的力量和真正的魅力。许多读者都把多和田女士看作是一位小说家、诗人，仅仅是通过印刷出来的文字了解她的，但实际上，就像今天的这场朗诵一样，多和田女士的创作是非常多样的，我想，了解这一点很重要。

给学术界带来新鲜的空气

沼野：接下来是问答的时间。

首先要发言的是满谷·玛格丽特女士，她是一位日本文学的研究者、翻译家，翻译了很多现代日本文学作品，也是多和田女士的英文版译者。请多关照。

满谷：我翻译了多和田女士的《字母的伤口》（河出书房新社，1993年）一书。我是德裔美国人的第三代，所以高中的时候曾经想学习德语，但被我父亲制止了，他说德语是理科生的语言，女孩子不需要学。但是我祖母和祖父都是德国人，从他们那里听过的德语在我的心里也有只言片语留了下来，因此在翻译《字母的伤口》时，我买来了它的德语版，与日文版对照着看。这个过程中我有了这样一个体验，就是，虽然我一点都不会说德语，却仍可以将德语文本作为自己翻译的参考。留在记忆深处的仅有的那一点点德语，在那时派上了用场。

多和田：《字母的伤口》的故事情节是这样的，主人公是一个翻译家，住在加那利群岛，他要把一本德语短篇小说翻译成日语——说是短篇小说，其实也有很大一部分像是散文诗——总之是他要原封不动地按照原文的语序将其翻译成日语。所以，"翻译"出来的日语就像是把纸撕下来做成的粘贴画一样，但这个部分的英文翻译满谷女士处理得非常好。以前曾在美国请满谷女士朗诵过一次，我在下面听得非常激动。

满谷：那次是在美国的一个学会上朗诵的。翻译的时候，我想达到的效果就是要让译文读起来朗朗上口。《字母的伤口》有一种诗一样的力量，发出声音朗读一下，就能察觉到这一点。

多和田：一个句子的语序与平常的语序不同时会发生什么呢，那就需要听的人自己把意思连起来。但不管怎么连，总有什么地方意思是不通的，所以呢，就需要读者不仅去关注句子的意思，还要关注词语本身。虽然倒置是一种极为常见的修辞方法，但有时仅仅只是变换一下语序，词语也会产生新的能量。这部作品中，我不光使用了倒置的手法，有的地方几乎是像拼贴画那样零零散散的样子了。不过，如果不实际朗读一下可能还是不会明白我此刻想表达的是什么意思。《字母的伤口》也有文库本出版，书名为《文字移植》（河出文库选集，1999 年）。

沼野：接下来提问的是岩川亚里沙女士，她在东京大学研究生院读书，做的是多和田叶子女士的小说研究。

岩川：在场的各位很多都是多和田女士的读者，所以我想问一个很直接的问题。多和田女士在创作时，比如说，您想要回忆起自己以前乘坐过的夜间列车，但总是会有一些地方是回忆不起来的，那些地方就成为了记忆的漏洞。然后，您想起了那些记忆中的漏洞，并告诉自己之外的其他人——我想，多和田女士以小说创作的方式在进行着的正是这样的一种过程。在这样的情形下，您写成的文章传递出去，它们带来了新的刺激，又有人接收到这种刺激，于是，就如被这个人所召唤一样，现实中又发生了新的故事。我想，您刚才说的就是这个意思，就是说，您对现实世界所发生的事情的这样一种处理方式，凭借小说的写作而确定下来。那么，无论是《犯罪嫌疑人的夜行列车》还是《不着边际的故事》，书中所描述的是现实呢，还是随笔呢？最近我觉得这其中的区别越来越模糊，有些分不清了。我想，这情形本身又构成了一种令人舒服的状态。那么，您是如何看待语言和现实的关系的呢？或者说，当您想向读者传达写什么时，您脑海中的读者是什么样子的呢？我想听您谈一谈这方面的内容。

多和田：用日语写作的时候，不用想象特定的读者，在日语这个语言当中已经包含了大量读者的存在。我是写作的人，读者在别的什么地方——我写作时的感觉并非是这样的，而是像这样感觉，就是，我进入到日语的世界里，由此带来某些变化的发生，从而撼动日语这个语言共同体的整体。

用德语写作时，相较来说，虽然并不是哪个特定的人物，但很多时候写作的心情就像是眼前有一个说话对象，我对着这个说话对象拼命地表达着自己。虽然最近这种情形也有了很大的变化，但简单来说的话可能就是如此。

沼野：接下来要发言的是宋会雄（音）先生，他是一位来自韩国的留学生。请讲。

宋：我是沼野先生"现代文艺论演习"课的学生，以前我在韩国读到多和田女士的小说，那时就想着什么时候自己要把它译成韩语。在读您的小说的过程中我发现，这些作品不仅可以阅读文本，还可以朗诵，或者与音乐、舞蹈等形式相结合将其表演出来，这样就在整体上形成循环，并在这个过程中使小说的价值不断增加。我现在做的研究就是追溯这个循环的整体过程，非常有趣。今天的对谈里提到了翻译，我想翻译的您的第一部作品是《飞魂》，《飞魂》中有一些是有关汉字的新发现。这部小说中的某些东西给我带来了在自己的内在获得某种新发现的契机，让我感到自己可以达成一些新的创造，这让我感到很快乐，所以今后也还是想把《飞魂》翻译出来。

沼野：《飞魂》有被翻译成外语吗？

多和田：只有波兰语的译本①。确实挺不可思议的，世界上这么多国家，这本小说只被翻译成了波兰语。

很感谢宋先生的发言。经常有人说，做研究或者做学问时，需要跟研究对象保持一定的距离，否则事情是做不成的。这被看作是一种客观的态度。但是，客观的态度真的存在吗？比如科学家在研究放射性物质时，为了防止科学家身体的细胞不受侵害，本就要求科学家与研究对象之间保持一段距离。那么所谓客观，究竟是什么呢？更何况人文科学的研究中，作者和读者的关系是不可分割的，所以我想，是不是应该重新考虑所谓"距离"的意义呢？在这里我就跟大家坦白一下，刚才提问的这位小宋同学，其实去年（2012年）年末参加了 Lasenkan 剧团在柏林演出的朗诵式话剧《旅行的裸眼》，他自己是一位研究者，但也参加表演，真的是一位处于跨境状态的人呢。研究是什么呢，如果研究者参加表演，他的研究会发生怎样的变化呢——如果反过来、我作为作者来对此进行一下研究，可能也蛮有趣的。

沼野：在学术的领域内，原本是不能把现存的作家作为研究对象的。但是现在呢，我们正在打破这一边界。就多和田女士而言，有很大一部分东西仅凭文字是很难进行研究的，今后，研究者若不以各种形式参与到相关的活动中可能就行不通了。我想这也会

---

① 后来记起来，《飞魂》的波兰语译者巴鲁巴·扎连巴（Barbara Zaremba）是一位从事日本学研究的波兰学者，也是我的老朋友。哪天见了面我很想直接问他一下，为何会在多和田女士的众多作品中挑选了《飞魂》这本最难翻译的书。不过我的这一心愿到现在仍未达成。

给当下的学术界带来一股新鲜的空气。接下来把提问时间留给会场的听众朋友。

当内心处在一种无思无虑的状态时,最能专心写作

提问者 A:您的小说《不着边际的故事》当中,开篇就有这么一个比喻,"有一条长长的云彩,像白丝带一样掠过天空"。一眼看上去这是一个明喻,但读下去就慢慢会发现,丝带在小说中其实是一个有着重要作用的道具。所以我想请教您的是,丝带在这里是一个单纯的比喻呢,还是先有了丝带这样一个重要的意象,故事的展开则是由意象模拟而来呢?

多和田:写作的那个瞬间发生了什么,我不太记得了,但在这里我想说一点,就是,有人觉得比喻只是一个为了让所描写的内容变得更容易理解而用的道具,但可能有那么一些瞬间,那个比喻不再是谁的道具,它自身成为一个独立的个体,并决定了故事的走向。

在我们送给别人礼物时,其实也会有这样的一些时候,包装纸比礼物本身更重要,而用来捆绑的丝带又比包装纸更重要。本来,礼物的意义就在于赠送的这个动作,而不在于赠送了什么。小说的创作也是如此,哪是比喻的一方、哪是被比喻的一方,看起来很清楚,但实际上两者的关系当中,是有一些不可思议的部分、危险的部分的。

提问者 A:谢谢。我还有一个问题。在您的处女作《失去脚踝》

中，最初有个情节是一辆卡车碾轧了一个小婴儿后开走了，我读到那里的时候想起了卡夫卡的小说《美国》，继续读下去时又发现，小说中既没有出现表示地点的固有名词，也没有给登场人物起名字，职业等可以用来表明这个人的社会身份的词语也没有出现，所以我觉得这部作品就像是从家人的视角写成的一部"变形记"。您写这部作品的时候，在多大程度上有意识地模仿了卡夫卡呢？

多和田：写这部小说的时候我完全没想过要模仿卡夫卡，但可能他对我的影响是有的。高中的时候我开始读卡夫卡，一直到今天我对他的作品还是很感兴趣。《美国》这本小说呢，我上大学的时候就听说这是卡夫卡的败笔之作，在德国，我感觉二十世纪八十年代时人们对它的评价仍然不高。但其实我个人是很喜欢的，心里想，这样一部（评价不高的）作品我可以喜欢它吗，就这样一边内疚，一边悄悄地读。

沼野：刚才提问的这一位，其实是来自中国的留学生，名字叫作郑重。郑重同学的专业是日本近代文学，有关小岛信夫①的事，他比我还要熟悉，是一位很棒的年轻人。在今天这样一个场合，来自各个国家的人共聚一堂，一起来讨论诸多的文学问题，这正是移动和跨境这一议题在现实中的实践啊。

---

① 小岛信夫（こじまのぶお，1915—2006），日本小说家与评论家，代表作有《小铳》等。

提问者 B：我是理科出身，我想问的是，在我的印象中，多和田女士文章里的语言和意象以联想的方式彼此连接，流水一样汩汩而出。流动的过程与把流动记录下来以推动故事发展的过程，您是如何平衡这两个部分的呢？

多和田：这个问题非常有趣，以前还没有人这样问过我。您不愧是理科出身呢。

写作的过程中，会有很多想法流淌出来。对于这些一个接一个流淌而出的想法，一方面我会任其流淌，在写作时又要尽量地把注意力放在记录上，但又并不能控制流淌的过程，也不能使其停止流淌，更不是要从这流淌的内容当中抓取其中的某一部分。类似于钓鱼者的那种感觉，我这里是完全没有的。你没法只钓一条青鳉鱼。重要的可能是，水本身。大约是这么回事吧，就像是这里有两个时间，一个是水的时间，在水的时间里，流淌的东西就任其流淌，并将自己委身于流淌；还有一个是纸的时间，在纸的时间里，语言自身变成了具体的文字和音节并彼此连接——而我就在这两种时间之间，来回穿梭。

什么也不写的时候，我常常发呆，任由自己的杂念纷飞。留出这样一段时间是很重要的，但是呢，虽然那些杂念看起来颇为自由，但基本上都是以司空见惯的旧模式来来去去，其实是很无聊的。当然我也觉得，这种无聊也并非是毫无意义的，但是杂念这种东西，它只会在我周围转来转去，若只是不断重复同一个模式的话，就不会有杂念产生了。那就不是流淌，更像是用手指在摸索一条既有的沟渠。而所谓的水、纸，则提供了从这样一个自己当中解放出来的空间。

提问者 C：日本的文学当中，有一种相信"言灵"的传统，即认为语言是有一种神力的。而多和田女士的小说中，无论是日语小说还是德语小说，我都能从中感受到某种对语言的破坏。您是如何看待"言灵"，或者说语言的力量这一类的说法的呢？

多和田：对语言进行破坏，或者说，打破那些自己总是在说的、在写的语言（的惯性），我觉得是一件非常重要的事。比如说，你到了一个语言不通的地方，母语没有用了，你会短暂地陷入不安，但那时，不光你拼命新学来的语言是有意义的，你还会第一次觉察到其他一些语言的生动的样子，而这个察觉是通过对下面这些语言的发现来完成的，比如那些你说出口以后又拼命要收回来的语言，那些你收回来时已变为他者的母语，以及那些在与其他语言的关系中重新浮出水面的母语。超现实主义者们所做的，是将语言先破坏掉再重新组装——我对这样的过程非常有兴趣，但又觉得，对我来说，语言不是一个物体。并不是在实验室里用于实验的研究对象。我感到语言里有一种一直活着，但又像亡灵一样的东西。具体说到"言灵"这个词，我觉得它自身是有一种让人无法忽视的力量，但怎么说呢，因为我接受的是"右翼"的教育，所以在我来说，这个词散发着一种"可疑"的气息，以前我不曾使用过这个词，可能的话，可以的话，今后也是能不用就不用。

以前，从某个意义上来说，我对于自己出生在日本这件事是感到很自卑的。因为（日本这么闭塞），在我小的时候甚至都没有听到过日语以外的语言。第一次遇到那种必须跟不懂日语的人说话的窘境，大概是上了高中以后的事。在早稻田上大学的时候，有一些课程老师是德国人、俄罗斯人还有英国人。但那只是课堂，而且他们其实都能讲很流利的日语，只因为是上课的缘故才特意不说日语的。所以，当我走出日语圈的时候所经历的那种冲击，也是蛮剧烈的，但那时就想，我要把这种冲击化为一种力量，在这种力量的支持下，把语言当成一种新鲜的事物，一再去重新发现它。如果是在欧洲那种开放的大都市长大的话，人们在小的时候就能听到各种各样的语言——这真令人羡慕——就不会（像我这样）长大后才要承受多语言情景的冲击。但冲击也是力量的源泉，要心怀感恩地接受它才行。

然后呢，这跟刚才所谓文化冲击的话题也是相关的，就是说，使一种语言得以成为语言的，还是那些无法言说的部分。比如说德国，完全没有经历过第二次世界大战的那一代人，和经历过的那一代人之间，记忆并不是通过信息，而是通过空白传递的。曾经为纳粹做过事或者说自己曾作为士兵杀害过邻国公民的那些为人父母的人们，不会把这些事告诉自己的孩子。没有听父母讲过什么，但孩子们还是以某种方式继承了父母的记忆，有时甚至会出现心理问题。为什么会这样呢，一些研究表明——没有讲述，就是一种讲述。日本不也是同样吗，比如说，在家里父母有时会聊起二战的话题，诸如某位亲戚被征兵后到了亚洲某个国家，战争结束后回国了啊，带着旗子去车站送别了啊，笨笨的又可爱的战友的故事啊，疟疾的故事啊，军装破了的故事啊，等等。但还有一部分是没有说的。此外，像今天这个时代，我们在电视上看到、在报纸上读到很多有关核泄漏事故的报道，会觉得自己接收到了很多的信息。但是，在我们的心上投下阴影的，是没有言说的那些部分。而且，到底什么没有被言说呢，什么被漏掉了呢，自己也没那么简单就发现。怎么说呢，我呢，就是想看一看那个漏洞是什么形状的。

沼野：刚才谈到了很多耐人寻味的内容。一个是没有被言说、漏洞的话题，一个是壁垒的话题。我们活在这个世界上，但有些时候并没有把他国的存在当作自己生活的前提，所以在去到外面的世界时会受到很大的冲击。文学在某些方面其实也有这样的问题，从这个意义上来说，多和田女士多年来一直在做的事情，就像是在墙上钻了一个孔洞，又继续对这个孔洞展开了自己的探索。无论从其中的哪一个意义来说，我都觉得多和田女士是一位占有重要地位的文学家。今后也期待您有更多的大作出版，谢谢。

写在最后
——还是要拥护文学

1

前作日文版《东大教授世界文学讲义1》出版后，转眼间一年半的时间过去了。这期间，"3·11"大地震以后的日本文学的状况并没有发生太大的变化，虽然这在某种程度上亦是预料之中的事，但是，整个社会不仅如雪崩一般迅速地要将这里曾发生过"那样惨烈的大事件"这一事实遗忘，看上去甚至要转向某个危险的方向。日本的和平宪法①在整个人类史上也是前无古人的，但现在修改宪法的动向已经越发明显，日本不仅仍然无法与周边国家的人们友好相处，看上去，现在的外交关系甚至要愈加

---

① 现行《日本国宪法》于1947年5月3日颁布实施，因第九条规定"日本永远放弃以国权发动战争、武力威胁或行使武力作为解决国际争端的手段"而被称为和平宪法。

恶化。且不说哪一方的历史认识才是正确的，如果真的想有一个好的关系，应该也是可以做得到的，但为何就出现了目前这种情形呢？

2011年3月的东日本大地震、海啸以及核泄漏事故——它们带来的灾难是如何之悲惨，到今天已经不必再说，现在想来，比已经发生过的灾难更为可怕的是，在一种不了了之的氛围中，我们正在渐渐失去对地球环境和未来的幸福严肃认真地进行思考的好时机。我当初曾暗暗期待，"那样惨烈的大事件"发生之后人们就不会跟以前一样了，但现在这一期待已完美落空。置身于这样一个时代，今后应该怎么办呢？——设若有人这样来问（虽然我并非什么了不起的大人物，但现实中也确实偶尔会有报社、出版社的朋友来问我这样的问题），说实话，我自己也有一种"还能怎么办呢"的无力感萦绕心头，挥之不去。就我个人而言，从事俄罗斯文学作品的翻译和文艺评论等工作比较早，大概二十五岁前后就开始了。此后很长的时间内，凡刊载了鄙人文章的杂志，观其作者介绍一栏，几乎我都是最年轻的那个；后赴美留学时被召回，于三十一岁的年纪在日本的大学担任专职讲师，当时在三百多人的教授会成员中，我也是最年轻的。

然而，光阴荏苒，时光飞逝（俄语的说法是，"很多的水流淌而去"），转眼间几十年过去了，我也只是徒增了体重和无用的知识，智慧和德行却并未随着年龄的增加而略长（发量倒是急剧减少了。我常说，即便老朽如我，年轻时也曾是长发飘飘的网球社团成员，但我研究团队中的女性们并不以为然），回过神来才发现，自己现在的这个年纪，在一般的场合基本上已置身于年长者那一类了,参加个什么聚会,干杯时都要我来祝酒。然而,即便到了现在这个年纪,我所能照顾的也只是自己和自己周围的小世界,就连跟学生的关系、跟同事们的关系等等日常的人际关系也协调不好;家里的事更是如此,犬子每日只知道敲鼓玩打击乐,不好好去学校上课,一边担心着他,转眼又会为今天晚饭的咖喱做得非常美味而自得其乐——就这样一天天过着日子,我哪有资格去侃侃而谈什么日本社会整体的问题、地球环境的问题呢。用康迪德的话来说就是,一个人首先应该考虑的是好好耕种他自己的田园。① 自己的一亩三分地都管不好的人,哪有资格说别人呢。

这就是我这样一个快到花甲之年的人此时的真实心境。但同时,脑海中的某个地方还有另外一个声音在说——稍等下,这样真的可以吗?这个声音,与其说它是善意的鼓励,毋宁说更像是一种不怀好意的批评,如同在说:"你这个家伙,这么多年还在一成不变地搞什么文学研究,在这个时代已经没人需要文学了,这种没用的学问,你做它又有何意义呢?"如果是在以前还年轻的时候,我会毫不在意地坦承这一点,"我做的学问是没有什么用,可是做没用的学问又有什么不好的呢?"但到了现在这个年纪,情况有所不同了,我感觉到似乎在自己的心底深处还存有一种力量,忍不住想猛地还击它一下——你要这样说的话,那我接受这个挑战便是,一起来看看文学到底有没有用啊。嗯,人活

---

① 《康迪德》是法国作家伏尔泰的作品,通常被译为《老实人》(1759 年)。小说主人公历尽艰难苦恨,最后明白的道理是:"必须耕种我们的园子。"(Il faut cultiver notre jardin.)

着，就该什么年纪做什么事，到了现在这个年纪，我不说谁来说呢？已经不是那种需要客气的时候了，时间不多了。

2

前作出版后，我周围也有大大小小的各种事情发生，这期间我自己亲手组织的一场最大的活动（说"最大"，当然也只是就我自己的标准而言的"最大"），是2013年3月举行的国际会议《全球化时代的世界文学和日本文学——寻找新的卡农》（于东京大学召开，东京大学现代文艺论研究室主办，日本学术振兴会赞助）。这场会议是我和研究室的同行们齐心协力，花费了很大的精力共同筹备的，幸而最后有来自十几个国家的一百多位研究者参会，并就以下多个主题进行了公开座谈讨论，如"世界文学与日本文学——超越二元对立""在东京讨论世界文学一事的意义何在""地域与愿景""跨境与混成""翻译与创作""来自欧洲的另一种声音——通向俄罗斯中东欧文学'心灵地图'的解构之路"，来自各个国家、持不同立场的学者和文学家们共聚一堂进行了讨论。虽然最后也并没有得出什么清晰明确的有益的结论，但是这么多的人来到这里，虽然他们有着各自不同的问题意识及研究课题，却通过文学连接在了一起，这一点本身就有极其重要的意义。至少对我自己而言，能够感觉到大家通过文学紧密相连这一点就足够了，我就是被这样一种小小的非常个人化的愿望推动着来做这件事的。在此，特把我当时的开幕式致辞翻译成日语收录在这里，这篇文章很好地体现了我的上述心情（原文为英语）。

亲爱的朋友们，同事们，各位早上好。

本次会议，与其说它创造了一个东西方的人们相遇的空间，不如说它所要尝试的是搭建起一个广场，在这里，多种多样的不同的东方和不同的西方互相交汇，多种多样的不同的北方和不同的南方彼此共振。我们讨论何为世界文学，但并非想就此问题达成什么一致的结论。我们所期待的，是通过这场会议让各种不同的声音在人们心中激荡，而它将会暗示给我们某种在未来隐约可见的不那么清晰的文学形式。或许我们可以称之为"另一种世界文学"。

这世界上有那么几个词，我一直不太懂它们的意思，想着哪一天要好好查一下但又总是错过，但还是会惦记着，又不时地想起，而每次想起来都还是会觉得很不可思议。其中一个是卡夫卡的这句，"在和你世界的战斗时，去支持世界那一方"——日语的译文是有一点点奇怪哦（话说这个日语译文真的不是错译吗？）。

自己和世界的战斗这一构图，总是让人想起布拉格城市中那些被隔离的孤零零的犹太人，那种景象甚至到了滑稽的地步。① 但想想看，当一个人迎战整个世界时，无论何时他都是孤独的。文学也是如此。我们真的曾认真考虑过世界文学到底有多么庞大，在它面前我们又是多么渺小吗？哪怕仅

---

① 在中世纪犹太人在欧洲属于少数种族，由于受种族歧视而比较贫困。很多欧洲城市设立了犹太区，犹太人只允许在此区域内居住。布拉格也有单独的犹太区。

仅是一个国家的文学，一个人花费他的一生也是难以穷尽的，当面对所有的世界文学时，一个单个的人又能做什么呢？归根结底，读书是一个人的事，即便有的情况下是很多人分别承担了不同的部分来共同完成很多书籍的阅读，这样的过程也很难称之为真正的读书。无论是多么亲密的恋人、朋友，在读书这件事上都无法代替你。

确实，世界文学的数量之巨大、涉及面之广阔，足以让人头晕目眩。更何况，它就像不断膨胀的宇宙一样，数量还会不停地继续增加。就在此刻这个瞬间，世界上就有以成百上千种语言写成的难以计数的书籍面世，即使其中的大部分是垃圾，根本不值得一读，但可能，总会有百分之一是有阅读价值的。而即使只占百分之一，这个数量也巨大得难以想象。有位很有名的法国诗人写道，"身体很悲伤，因为我读完了所有的书"，但怎么可能读完所有的书呢？很久以前我就觉得这个说法很是不可思议。

日本以前有一个文学传统，会出版几十卷本的名为《世界文学全集》的丛书。当然了，这个书名可以说是一个荒谬的彻头彻尾的谎言啊。因为，收集整理某一个作家的作品集，比如把夏目漱石、陀思妥耶夫斯基写过的所有作品结集出版是可能的，但要把所有的世界文学也收入"全集"是根本不可能的，总量实在太过巨大了。然而即便如此，"全集"这个词还是会带来一种莫名的安心感。因为，这个词语当中含有一种毫不动摇的价值观的体系，似乎在说那些值得阅读的"所有"的作品都在这里了，这会让人们觉得，即使现在没有办法通读全集，需要的时候再回到这里就可以了。它就像一个温暖的家，无论何时都欢迎游子的归来。

然而到了现在，在受到现代文化理论的洗礼之后我们都认识到，这个世界上根本不存在什么超越了时代而一成不变的价值体系。这已是一个常识。我们已经来到了一个与从前大为不同的时代，在这个时代，能够像从前那样给人们带来安心感，让人们感到"读完了这些就尽知天下事了""所有应该读的已尽在此处"的那种所谓的世界文学全集并不存在。"世界文学全集"要收录哪位作家的什么作品于其中，用现在流行的话说，是"卡农"（公认的价值及规范）的问题，而卡农反映的则是不同时代的价值观和意识形态，是会随着时代而变化的。如果说，小孩子们在外面游荡，玩累了以后随时都可以回去的那个家就是卡农，那么或许可以说，生活在这个时代的我们已经是没有家的孤儿了。

如果是这样的话，那应该如何去建设一个新的家呢？就我自己而言，已经到了一个更重视孩子们的未来胜过自己的余生的年纪，也很想大声呼喊："孩子们，那个外面的世界没有地图也没有道路，不要再流浪了，快点回家！"但如果说那个家已经没有了（可能在奥斯威辛之后，尤其如此），而且，如果说摧毁那个家的人原本就是我们这些身为父母的，那应该怎么办呢？在那一片从未有人踏足过的沃野，重建一个家吧。因为，对于那些喜欢世界文学的人们而言，只有未来才是故乡之所在。

（2013年3月3日　于东京大学山上会馆）

3

是的，作为父母来说，我们这一代人真是很贴心，所以如果房子要坍塌了，我们会为孩子们着想，帮他们找到一个未来的新家。这也是我们现在这个年纪的人所应该承担的义务。

但是，在认真思考了现在这个社会的种种现象后，我终于在这个年纪明白了这一点——可能我的想法有点老旧也不可知啊——文学有着不同于宗教和哲学的属于它自己的独特作用，很多情形下它仍然是被需要的。目前的形势对于文学来说很不利，这一点我很清楚。置身于大学的文学部这一（不知道能存活到哪一天就消失的）组织，所以对此也比较了解。纵观这二十几年来的趋势可见，选择文学（特别是外国文学专业）的学生确实在连年减少，这种倾向恐怕不是可以靠加大"招揽客人"的力度等小打小闹的方式解决的。与此相对，比文学有更多社会需要（因此或者也可以说更有存在意义）的各种媒体（电影、漫画、动漫以及近期发展迅猛的各种网络媒体上的作品），却一直到现在都没有在大学等教育机构中获得一席之地。因为，制度总是落后于现实。

但是，这种情况是现在才有的吗？其实，从二十世纪后半期开始，各种不同立场的人就曾发出这样的声音，说"文学已死""文学在现代社会根本就是百无一用"，等等。这些看法自有其理由和背景，但也存在一个内在原因，即文学自身的发展也陷入了停滞。二十世纪以后，欧美文学经历了未来主义、超现实主义以及以詹姆斯·乔伊斯①在其小说中所表现的那种过激的语言实验为代表的前卫主义的尝试,最后进入了一条死胡同,再也难以前行。这样一来,阅读晦涩难懂的纯文学作品就意味着要放弃那种单纯的读书之乐,文学变成了供一部分精英知识分子逃离现实用的秘密仪式一样的东西。这样一来,文学还剩下的就只有供大众消费的娱乐读物。

此外,在二十世纪后半期,随着科技的发展,诞生了电视这种新的媒体,并呈现出一种要取代活字印刷文化的势头。继而又出现了电脑相关的各种技术,尤其是因特网的迅猛发展,是当时的人们谁也不曾想象到的。新媒体的出现,推动了二十世纪末高度发展起来的资本主义体制下的大众文化的繁荣,到了今天更是如此,传统的活字印刷文化之外的娱乐形式以其压倒性的数量,要将文学从文化市场中驱逐出来。电视、电影、录像、漫画、电视游戏、因特网……在这些五花八门的新兴娱乐方式日益兴隆的状况下,照目前这个样子发展下去,到二十一世纪结束时,文学或者说书面读物究竟还能不能幸存呢?

但仔细想来,所谓"文学的危机"这种言论,并非是现在才有的。例如,大约三十年前,比较文学界的世界级大师雷纳·韦勒克②就曾在当时"对文学的攻击"日益激烈的情形下坚决地

---

① 詹姆斯·乔伊斯(James Joyce, 1882—1941),爱尔兰作家、诗人,20世纪最伟大作家之一,后现代文学奠基者之一,其作品及"意识流"思想对世界文坛影响巨大,代表作有《都柏林人》《尤利西斯》等。
② 雷纳·韦勒克(René Wellek, 1903—1995),捷克文学批评家、比较文学家,代表作有《现代文学批评史》。

表达了对文学的拥护态度。他说，从历史上来看，优秀的文学从来都是站在进步阵营，而非"反动"阵营一侧的，文学为了争取人类的自由持续做出了自己的贡献，文学将被电视等新媒体驱逐这一担心并没有什么现实根据。这样说是因为，虽然很多有识之士感慨一般大众"远离文学"的呼声越来越高，但实际上人们阅读的虚构类文学作品的数量丝毫没有减少。雷纳·韦勒克这样说："文学的形式确实发生了很大的变化，但只要人类还会以现在大致能想象到的方式存活在这个世界上，人们就不会停下对自己的观察、感觉、欲望、思考、自身的存在以及自己所身处的这个世界的性质的探索和创造——也就是说，人们会继续通过书写、印刷等方式来表达自己、传达信息。"

到了今天，生活在二十一世纪初期的我们，或许已很难像雷纳·韦勒克那样满怀信心地拥护我们的文学了。至少，"文学应该是一种以印刷在纸制品上的书籍的形式流通的东西"这一从前的常识，估计在不远的将来就要被推翻了。但是，人类是靠语言来表达自己的动物，这是一个根本，而这个根本是不会变的。此外有人说，与过去的优秀文学相比现在的文学退化了，我觉得这实际上并不是什么问题。过去有过去的文学，现在也有现在的文学，仅此而已。去争论《源氏物语》和吉本芭娜娜的《厨房》哪一个是更好的文学，也并没有什么意义。对于不同时代的读者而言，都有那个时代的好文学。就像人活着无时无刻不需要空气和水一样，只要人还是人，人类就是离不开语言的动物；只要人类还有用语言表达自己的欲望，那么无论到了什么时候，广义上的文学对共同生活在那个时代的人们来说都是必然会需要的。根本不必害怕什么"危机"。

4

而真正让人感到危险的,难道不是语言的低劣化吗?在语言方面最近我留意到一点,就是政治家们的所谓"不当言论"也实在是过于频繁了。仅仅从2013年4月到7月间,就有如下诸多的"不当言论",如"(有关奥运会申办成功的可能性)伊斯兰诸国家总是打架个不停"(东京都知事)、"希望(美国军人)能更多地利用淫秽行业"(大阪市长)、"(有关宪法修正的讨论)学习一下那种(纳粹的)做法如何呢"(副总理),等等,简直是"失言"事件的大游行啊。

此外,我还听说了这样一件事,虽然在日本没有怎么报道——2013年5月22日在日内瓦举办的联合国禁止刑讯逼供委员会的对日审查会议上,在目睹了自己拙劣的答辩发言惹得其他委员忍不住发笑时,日本的人权大使毫无风度地大喝一声"shut up!"真是让人难为情。"shut up"在英语中是一个非常粗鲁的表达,相当于日语中的"闭嘴",极其无礼,当然不是一个可以在国际会议这样的场合使用的词语。人权大使作为日本人的代表,本来应该是一位绅士,但却从他的嘴巴里一不留神出现了这样的用词,参会的代表们一定目瞪口呆了。当然了,原本大使的英语就不能说是很流畅,之所以会有这样的表现,可能部分也有英语能力的原因,但我觉得,这是一个英语能力如何之前的根本问题(不擅长英语的话,找一个优秀的英语翻译就可以了,完全没必要觉得需要翻译的协助是丢人的事)。在讨论的过程中,当对方用清晰的语言表达了对我们的批评，那么我们应该也同样用清晰的语言进行回答，如果连这一点都做不到，难道不正说明这个人的语言表达能力有问题吗？当然这不仅只是大使一个人的问题。

对于这些"不当言论"的内容及其背景，我无意在此重新进行考量。同时我也知道，那些对失言者持拥护态度的人又会说什么不了解那个人发言的全部而仅仅拿出一部分来横加指责是不对的。但在很多情况下，当这一类的失言招致社会各界的批评时，为了逃避这些批评，当事人就会摆出"我真正想说的意思不是这个，我被误解了"这样一个赤裸裸的谎言，只想一时蒙混过关。一直让我感到不可思议的是，教育程度也不低，甚至可以说是日本社会领导者的这样一些精英人士，为何毫不吸取教训，反而一次次去重复那些在人们眼中明显并不合适的发言呢？是语言能力退化了吗？还是说，他们太过于轻视语言的力量了？而且，一个人不管为自己的"不当言论"纠正多少次，导致他会做出这种表达的"心理结构"也不会有什么改变吧。根据弗洛伊德的研究，口误本身就是潜意识的表达。并不是不小心说错了话，而是，一不留神吐露了内心真实的声音。而且，纠正也罢，收回也罢，归根结底留在人们记忆中的，还是他口中曾经说过的那一句，用哈姆雷特的话来说，就是"语言、语言、语言"。

面对这种事态，尚有能力抵抗的除了文学之外再没有别的了。因为文学是一门极致的语言运用的艺术。也正因此，就更有必要创造出一个空间，使得年轻人在更根本的层面上感受文学语言本身的力量。作为一个置身于大学的文学部这样一个不知道哪天就会消失的组织的人,我认为,与其通过小打小闹的制度改革来努力"招揽客人",不如扔掉狭隘的拉队伍占地盘的意识,把创造一个新的世界文学的空间当作自己的奋斗目标。虽然我自己也觉得接下来这个提议多少有些空想主义,但今天还是想说,我们必须用心地在社会中建立起一个可以提供充分的文学体验的空间,使人们感觉到阅读莎士比亚、陀思妥耶夫斯基、巴尔扎克、卡夫卡、福克纳和大江健三郎,与探求宇宙的起源一样有趣,研究布鲁诺·舒尔茨、约瑟夫·布罗茨基和多和田叶子,比原子炉的设计要远为重要。那将会是一种超越了日本文学、英国文学等框架的,通向未来的世界文学空间。可能有人觉得这是在开玩笑,但我自己真的是这样认为的——政治家当中如果多增加一位曾在年轻时有过这类体验的人,这个世界就会变得好一点。我说的并非是指文学有那种单纯的劝善惩恶的功能,是另外一个层面的事。关于这一点,我衷心赞同苏联出生的逃亡诗人布罗茨基的这一略微缺乏现实性的思考。

> 一般的艺术,其中包括文学,成了社会上少数人的财产(特权),无论如何,我觉得这一状况是不健康的,危险的。我并不号召用图书馆去取代国家——虽然我不止一次地有过这种想法——但我仍不怀疑,如果我们依据其读者经验去选举我们的统治者,而不是依据其政治纲领,大地上也许会少一些痛苦。我觉得,对我们命运未来的统治者,应该先不去问他的外交政策方针是什么,而去问他对司汤达、狄更斯、

陀思妥耶夫斯基持什么态度。①

(约瑟夫·布罗茨基《文学的功绩在于确立人的个性——诺贝尔文学奖受奖演说》，日文版由群像社出版)

我并没有什么资格说些高高在上的话，谨希望这本小书与布罗茨基的那些不走寻常路的主张是一脉相通的。现在我所能做的，就是作为一个通往未来的世界文学之路的向导，在年轻人的耳边一再轻轻诉说——文学不仅有趣，而且非常有意义。

---

① 该译文引自刘文飞译《布罗茨基：诺贝尔文学受奖演说》，收录于中央编译出版社1999年版《文明的孩子》。

附记

本文中除了"开幕式致辞"以外,还有几处地方融合了笔者此前所写的其他文章的内容,但一方面由于做了较大力度的推敲,增加了内容,同时也根据笔者思考的改变做了修改,因此没有采用标注出处的做法。希望大家把这篇附记看作是我对自己此前的思考进行了重新构思之后写成的一篇新的文章。以下就是上述提到的、此前已刊载过的几篇文章的出处,它们构成了本篇附记的基础,仅供参考。

《〈新的世界文学〉的创造》,《周刊朝日百科 世界的文学120 文学要往何处去》,利比·英雄、沼野充义编,朝日新闻社,2001年,第292页—第295页。

《邮票收藏家的悲哀,或者〈快回家吧,孩子们!〉》,

Renyxa / *Реникса* 第三期，东京大学文学部现代文艺论研究室，2012年，卷首语。

《创造一个属于未来的世界文学的空间》，岩波书店编辑部编，《今后将如何创造未来的方式》，岩波书店，2013年，第398页—第401页。

◎本书所刊载的各场对谈，分别由以下讲演为基础编辑而成。

龟山郁夫

《东大教授世界文学讲义1》日文版出版纪念演讲"作为新的世界文学的陀思妥耶夫斯基"（纪伊国屋书店），2012年3月22日［东京，纪伊国屋大厅］

野崎欢

谈话活动"让我们来一场新的'阅读'冒险之旅吧！"（主办：riburo池袋店），2012年4月7日［池袋社区，学院28号教室］

◎以下几场对谈，均出自日本出版文化产业振兴财团（JPIC）主办／"续·文学构筑世界——十几岁就可以读的翻译文学作品导读《新·世界文学入门》与沼野教授一起读世界文学中的日本、日本文学中的世界"

第1场：绵矢莉莎 2012年9月29日［东京，光文社演习

室]

第2场：都甲幸治 2012 年 10 月 14 日［东京大学（本乡校区）法文 2 号馆现代文艺论研究室］

第3场：杨逸 2012 年 11 月 11 日［明治大学紫绀馆］

第4场：多和田叶子 2013 年 2 月 19 日［东京大学（本乡校区）法文 2 号馆 2 号大教室］

© Mitsuyoshi Numano[2013]
Editorial Cooperation: Tetsuo Konno
All rights reserved.
Original Japanese edition published by Kobunsha Co., Ltd.
Publishing rights for Simplified Chinese character arranged with Kobunsha Co., Ltd. through KODANSHA LTD., Tokyo and KODANSHA BEIJING CULTURE LTD. Beijing, China.
本书简体中文版权为浙江文艺出版社独有。
版权合同登记号：图字：11-2018-439号

图书在版编目（CIP）数据

东大教授世界文学讲义.2/（日）沼野充义编著；王凤译.—杭州：浙江文艺出版社，2021.7
ISBN 978-7-5339-6526-6

Ⅰ.①东… Ⅱ.①沼… ②王… Ⅲ.①世界文学—文学研究 Ⅳ.①I106

中国版本图书馆CIP数据核字（2021）第113277号

统筹策划	柳明晔
责任编辑	邵 劼
责任印制	吴春娟
封面设计	人马艺术设计·储平
营销编辑	张恩惠
数字编辑	姜梦冉

东大教授世界文学讲义2

[日]沼野充义 编著 王 凤 译

出版发行	浙江文艺出版社
地　　址	杭州市体育场路347号
邮　　编	310006
电　　话	0571-85176953（总编办）
	0571-85152727（市场部）
制　　版	浙江新华图文制作有限公司
印　　刷	杭州富春印务有限公司
开　　本	850毫米×1168毫米　1/32
字　　数	251千字
印　　张	11.25
插　　页	6
版　　次	2021年7月第1版
印　　次	2021年7月第1次印刷
书　　号	ISBN 978-7-5339-6526-6
定　　价	86.00元

版权所有　侵权必究

（如有印装质量问题，影响阅读，请与市场部联系调换）